Ma vie
selon Moi

Sylvaine Jaoui

Illustrations de Colonel Moutarde

Ma vie selon Moi

Rien ne sépare ceux qui s'aiment

RAGEOT

À Jean-Luc Luciani qui m'a alimentée en Pago fraise
et en Car en Sac durant l'écriture de ce tome,
dans sa maison de Piscia, Corsica !

Cet ouvrage a été imprimé sur un papier
issu de forêts gérées durablement,
de sources contrôlées.

Notes et articles de Sylvaine Jaoui.
Conception graphique intérieure : Anaïs Louvet.

ISBN : 978-2-7002-4292-8

Gros coup de spleen

Léa – Arrête de pleurer, Justine, ça ne sert à rien. Il t'aime, tu l'aimes et il t'a juré qu'il n'y avait plus rien entre elle et lui.

Justine – Comment le croire ? S'il a été capable de me cacher cette liaison, il peut être capable de n'importe quoi.

Léa – Dois-je te rappeler que côté liaison cachée, tu n'as pas de leçon à lui donner ? Et que lui a été assez élégant pour ne te poser aucune question sur ta relation avec Thomas ?

Justine – Je comprends pourquoi maintenant... Monsieur a joué les grands seigneurs parce qu'il avait lui-même un cadavre dans le placard.

Léa – Scarlett ne ressemble pas exactement à un cadavre...

Oh, ça c'est sûr... cette bitch n'a rien d'un cadavre. Des jambes interminables, un ventre musclé, un décolleté à faire pâlir n'importe quel top modèle. Si on ajoute à cela une crinière blonde, des yeux verts et un sourire hollywoodien, vous voyez la catastrophe.

Le genre de fille que tu détestes à la seconde où elle entre dans ton champ de vision, le genre qui te fait prendre conscience qu'il y a deux types de filles dans le monde : Elle et les autres.

Léa a ajouté en souriant :

Léa – Enfin, elle ne ressemble pas ENCORE à un cadavre... Mais crois-moi, si elle s'approche de Thibault, je veillerai personnellement à ce que ce soit le cas.

Justine – Elle peut faire ce qu'elle veut avec lui, ce n'est plus mon histoire.

Ma meilleure amie m'a observée un long moment en silence sans prononcer un seul mot. Nous étions lundi soir, nous avions quitté Key West samedi matin et depuis je passais sans cesse des larmes à la colère. Je n'étais même pas allée à la fac ce matin.

Je lui ai crié :

Justine – Je n'arriverai jamais à lui pardonner ce qui s'est passé...

Dois-je vous rappeler les événements qui se sont déroulés samedi midi ou les avez-vous suffisamment en mémoire ?

Vous souvenez-vous de l'arrivée de cette belle inconnue au moment où nous allions monter dans la voiture pour rejoindre Miami et des propos qu'elle avait tenus à Thibault ?

Pour m'assurer que vous pouvez évaluer la situation avec la plus grande objectivité, les voici avec la traduction.

Scarlett – Ooops, sorry, I thought she'd be back to France by now. I missed you all week. We didn't part properly last Sunday... Don't bother, I'll be back later*.

* « Oh désolée, je pensais qu'elle était déjà repartie pour la France. Tu m'as manqué toute cette semaine. On n'a presque pas eu le temps de se dire au revoir dimanche dernier... Ne vous dérangez pas, je reviendrai plus tard. »

Inutile de vous proposer un commentaire analytique des phrases de la demoiselle, je pense que vous aurez lu entre les lignes.

Non... Finalement, je pense qu'il vaut mieux que je vous aide à interpréter ses paroles.

* « Oh désolée *(En fait, je ne suis pas désolée du tout, j'ai fait exprès de venir à ce moment-là pour que Justine me voie et comprenne que je suis celle avec laquelle Thibault vit une passion torride à Key West tandis qu'elle prépare inutilement un concours dans sa petite chambre de bonne)*, je pensais qu'elle était déjà repartie pour la France *(Je savais très bien que la gourde était encore là, mon arrivée était calculée à la seconde près, et que je la verrais se décomposer en me voyant. Il faut dire qu'entre elle et moi, il n'y a pas photo. Entre ses seins version œufs au plat et ses cheveux mous attachés n'importe comment, elle ne ressemble à rien,* *cette pauvre fille).* Tu m'as manqué toute cette semaine *(sous-entendu, en temps normal, on se voit tous les jours. L'attraction est telle entre nous que nous ne pouvons vivre longtemps l'un sans l'autre).* On n'a presque pas eu le temps de se dire au revoir dimanche dernier... *(On était dans un lit tous les deux, et c'était super chaud! C'est pour ça que tu étais en retard pour aller la chercher à l'aéroport et que tu lui as raconté le mytho de la panne de voiture).* Ne vous dérangez pas, je reviendrai plus tard. *(Ici, c'est chez moi et je reviens quand je veux, contrairement à toi la pauvrette qui étais à Key West seulement pour une semaine et qui vas repartir rater ton concours dans la grisaille et le froid...)* »

ぉ

Donc, vous saisissez mieux les raisons de mon état.

Léa – Tu devrais peut-être discuter avec Thibault, non?

Justine – C'est inutile, il ne m'a pas convaincue.

Léa – Je ne suis pas certaine que tu aies été très réceptive lorsqu'il a voulu te parler samedi.

Justine – Quoi, tu voudrais que je m'excuse d'avoir refusé d'écouter ses explications lamentables? Et tu te dis mon amie?

Devant l'injustice de la situation, j'ai claqué la porte de la chambre et je suis allée dans la cuisine. J'étais devenue le bourreau et Thibault la pauvre victime d'une fille jalouse. Pourtant la réalité me donnait raison, non?

Je vous livre les faits tels quels.

Bon... certains dont le prénom commence par Ni et finit par Colas semblent agacés par cette histoire que je raconterais, selon eux, pour la cent cinquantième fois. Je vais donc renoncer à vous narrer les faits.

En même temps, comment m'assurer que vous allez comprendre les enjeux ?

Vous savez quoi ? Pour celles et ceux qui brûlent de connaître la vérité et qui ne se prénomment pas Nicolas, rendez-vous à la fin de cet épisode, page 42. Vous aurez tout le loisir d'assister à la scène, sans que quiconque me fasse des remarques désagréables.

ᄒ

Léa m'a rejointe dans la cuisine. Elle a préparé le matériel nécessaire pour une discussion « mise au point sérieuse » : thé au jasmin, grande assiette de Michoko/fraises Tagada, rouleau de Sopalin.

Léa – Il faudra se contenter de ça, il n'y a plus de Kleenex. Tu as épuisé nos réserves depuis hier.

Justine – J'en rachèterai si ça te pose tellement de problèmes !

Ma meilleure amie ne s'est pas laissé dérouter par mon agressivité de parade. Elle a très bien compris que je cherchais le conflit pour ne pas parler de Thibault.

Léa – Bonne idée. Pense à prendre des lingettes démaquillantes aussi, on n'en a plus.

Elle a posé devant moi quatre fraises Tagada et quatre Michoko sans leur papier.

Léa – Allez, tu m'avales ça sans discuter.

Justine – Ouh là ! L'heure est grave.

Léa – Absolument !

Le sucre et nous

Vous êtes émotive et avez parfois du mal à canaliser vos émotions ? Dans ce cas vous vous ruez sur une tablette de chocolat ou une poignée de bonbons que vous engloutissez sans même en apprécier le goût. C'est grave, docteur ?

Si le sucre blanc vous apporte des sensations rapides de coup de fouet et de réconfort, l'impression est toujours de courte durée car son absorption va déséquilibrer votre taux d'insuline, créer un effet de manque et une nouvelle envie impérieuse de sucre. Bref, c'est le cercle vicieux, à la fois pour votre tour de taille et votre santé.

Il importe de troquer peu à peu cet aliment-doudou contre des aliments plus sains (un quartier de pomme, un yaourt peu sucré). Bannissez aussi de temps à autre les sodas comme le Coca, dont un litre renferme 22 morceaux de sucre, et préférez un verre d'eau fraîche !

Qui a osé scotcher ça sur la porte du placard à gâteaux ???

J'exige un nom !

J'ai enfourné l'une après l'autre les sucreries. Il y a vraiment des valeurs sûres dans la vie ! L'alliance caramel-chocolat-fraise en est une.

Léa – Bien, on peut parler maintenant ?

J'ai tenté d'articuler un oui, mais tous ceux qui ont déjà mis quatre Michoko dans leur bouche en même temps pourront témoigner qu'en pareille circonstance les mâchoires ont du mal à se décoller.

J'ai donc opiné du chef en signe d'approbation.

Léa – Ma Justine adorée que j'aime...

Justine – N'en fais pas trop* !

* Cette dernière réplique a été traduite pour le confort du lecteur. La réplique réelle donne à peu près cela : « N'enchefaichepachpastroche. »

Léa a repris :

Léa – Ma Justine adorée que j'aime, je n'irai pas par quatre chemins : tu cours à la catastrophe.

Justine – Sympa. Je crois que je vais reprendre quatre Michoko*.

* Réplique en langue originale : « Chimpache. Checroique-chevaisreprondrechequatreMichokoche. »

Léa – Ne te gêne pas ! Je continue... Donc tu cours à la catastrophe parce que si tu as du temps devant toi pour réfléchir à ton histoire avec Thibault, en revanche, tu n'en as pas pour préparer ton concours. Maintenant que tu as bien pleuré, que tu as sacrifié une journée entière de cours à la fac, la période lamentation est terminée. Tu vas me faire le plaisir de bouger ton cul !

J'ai avalé de travers tellement j'ai été surprise par la dernière phrase. Je n'avais jamais entendu Léa utiliser un tel langage.

Léa – Eh oui, ma grande... Bouger ton cul !

J'ai réussi à articuler :

Justine – Tu traînes trop avec Nicolas, tu parles comme lui maintenant.

Léa – Peut-être ! Mais il arrive un moment où la compréhension n'est plus d'aucune efficacité. Il faut passer à la méthode forte. Tu vas donc boire ton thé, prendre une douche, te laver les cheveux et ranger tes bouquins dans ton sac pour demain. Ensuite, tu reviens dans la cuisine préparer le repas puisque c'est ton tour, ce soir.

Sur ce, elle a pris sa tasse de thé et elle est partie.

ठ

J'ai repris quatre Michoko. Le bilan était sans appel : je n'avais plus d'amoureux, plus d'avenir professionnel et plus de meilleure amie.

J'ai décidé de téléphoner à ma mère. Les mères sont le meilleur des refuges en période trouble !

Grave erreur. Elle n'avait toujours pas digéré que je ne réponde pas à ses quarante-deux messages, durant mon séjour aux States. Elle m'a donc sermonnée durant dix longues minutes sur le respect dû aux parents et elle a raccroché sans me demander si j'avais besoin de quelque chose.

Je complète le bilan de ma vie : je n'avais plus d'amoureux, plus d'avenir professionnel, plus de meilleure amie et j'étais quasi orpheline. Je suis donc allée me laver les cheveux ! Vous ne voyez pas le rapport ? Moi, non plus...

Si, à ce moment-là, je pensais que l'existence était un enfer, j'avais oublié à quel point la vie regorge d'idées. Je n'avais encore rien vu. Le pire était à venir... Alors que je branchais le séchoir pour tenter de discipliner mes cheveux qui n'en faisaient qu'à leur tête (ce qui est un comble pour des cheveux), j'ai entendu Ingrid hurler dans sa chambre. Allons bon, que se passait-il encore ? Elle s'était cassé un ongle ? Elle avait découvert une rayure sur un de ses escarpins ?

Non, je ne suis pas médisante. Mais si Jean-Baptiste avait réussi à rendre la demoiselle fréquentable l'été dernier, son histoire avec Ilaiiii l'avait de nouveau rendue pénible et égocentrée.

J'ai allumé mon séchoir sur la position 3 pour tenter de couvrir les cris qui retentissaient dans toute la maison rose. Peine perdue...

En désespoir de cause, j'ai penché la tête vers le couloir pour essayer d'en savoir plus. Les têtes de Léa, de Jim et de Nicolas sont apparues l'une après l'autre, façon ballet aquatique hyper bien réglé.

Mon cousin a demandé :

Nicolas – Qu'est-ce qui se passe encore avec Ingrid ?

Léa – Je ne sais pas.

Jim – Ça a l'air grave.

Nicolas – Je le plains l'Américain ! Il doit avoir les tympans défoncés. Moi, si une meuf me gueulait dessus comme ça, je supporterais pas !

Jim – Ouais, c'est pas cool pour lui.

Léa – Je dois reconnaître qu'elle y va un peu fort.

Justine – Un peu seulement ? C'est la guerre, tu veux dire !

On s'est tus pour essayer de comprendre, à travers les hurlements, les raisons du conflit qui opposait la peste et son homme.

Ingrid – Mais enfin, c'est maintenant que tu le dis ? Tu ne crois pas que je méritais de le savoir avant...

Nicolas a murmuré :

Nicolas – Ouh là, il y a de la meuf là-dessous.

Je me suis aussitôt sentie solidaire d'Ingrid. Des images de Thibault sur la plage avec sa Scarlett ont obscurci mon horizon déjà bien sombre.

Jim – En tous les cas, elle ne se donne même plus la peine de lui parler en anglais.

Léa – Il paraît qu'il se débrouille bien en français.

Nicolas – Là, il va acquérir du vocabulaire ! Comment tu dis déjà, Léa ? Le champ lexical de la trahison ?

Léa – Exact !!! Bravo Nico.

Ingrid a continué à hurler :

Ingrid – Je ne te ferai plus jamais confiance... Ah non, s'il te plaît, pas la peine de me la jouer : « J'ai eu peur de te perdre si je te disais la vérité » et tout le baratin habituel des lâches. Je te déteste...

Nicolas a chuchoté :

Nicolas – Je crois qu'on peut rayer Ilaiiiiiii de la liste de nos connaissances.

Léa – En effet.

Jim – C'est étrange quand tu y penses. Ils ne se sont vus que deux fois dans un aéroport et ça prend des proportions dingues.

Nicolas – Tu oublies leur longue traversée de l'Atlantique ! Ça te soude un couple.

Justine – Arrêtez de vous moquer d'elle, ça doit être super douloureux.

Léa m'a regardée, légèrement agacée.

Léa – Ingrid est devenue ta BFF ou quoi ?

Justine – Tu es jalouse ?

Léa – Non, surprise.

Nicolas – Solidarité de filles ! Elles sont toujours d'accord pour se liguer contre les mecs. C'est d'ailleurs le seul moyen de les voir devenir copines.

Même si le discours était d'une misogynie sans nom, je dois avouer que mon cousin faisait preuve d'une certaine perspicacité.

La voix d'Ingrid est montée d'un cran.

Ingrid – Tu sais quoi ? Je vais raccrocher. Je n'ai pas envie d'entendre tes explications minables. Je suis horriblement déçue.

Nicolas a demandé en chuchotant à Léa :

Nicolas – Champ lexical du mépris ?

Léa – Oui… Maintenant Ingrid va raccrocher. C'est l'estocade finale.

Léa ne s'était pas trompée. Après cette dernière phrase, nous n'avons plus entendu la voix d'Ingrid. Jim a proposé :

Jim – Quelqu'un va la consoler ?

Léa – Vas-y toi.

Jim n'a pas eu le temps de sortir de sa chambre qu'Ingrid a déboulé dans le couloir, les yeux rougis et la mine défaite. Je lui ai demandé :

Justine – Tu veux des Michoko ?

Oui, je sais, cette réplique ne restera pas dans les annales de la littérature française mais que celui qui a eu un véritable chagrin d'amour me jette le premier caramel.

Ingrid – Tu n'as pas de la ciguë ou de la mort-aux-rats plutôt ?

Justine – Tu veux mourir ?

Ingrid – Non, ce n'est pas pour moi.

Justine – Tu veux tuer Ilaiiiiii ?

Ingrid – Pourquoi je voudrais le tuer ?

Aïe... Ingrid ne veut pas s'avouer devant nous que son lover a une autre femme dans sa vie. J'ai fait comme si de rien n'était. Il fallait lui laisser le temps de digérer l'information. J'étais bien placée pour savoir combien c'était douloureux.

Tout le monde n'a pas eu la même délicatesse.

Nicolas – Parce que c'est un bâtard de ne pas t'avoir avertie qu'il avait une autre meuf.

Ingrid a demandé, interdite :

Ingrid – Ilaiiiii??? Il a une petite amie ? Quand est-ce que tu as appris ça ?

Ouh là, phase de déni sévère.

Jim a dit avec toute la bienveillance du monde :

Jim – Tu sais, Ingrid, on ne cherchait pas à être indiscrets mais on a entendu la discussion que tu viens d'avoir au téléphone.

Ingrid – Et ?

Jim – Et on a compris le problème que tu rencontres avec Ilaiiiii.

Ingrid nous a regardés l'air confuse puis elle a paru soulagée.

Ingrid – Je n'étais pas au téléphone avec Ilaiiiii.

Ah oui, d'accord... Mademoiselle joue les amoureuses éperdues avec son Américain mais en réalité il n'est pas le seul. Ilaiiiii ET un inconnu, qui va certainement le demeurer au vu des dernières révélations.

Un long silence s'est installé puis Ingrid nous a annoncé sans ménagement ce qui avait provoqué sa colère.

Breaking news :

« Mon père a eu, cinq ans après ma naissance, une liaison avec une de ses collègues. De cette relation qu'il a cachée à tout le monde est née une fille qu'il n'a pas reconnue : Lolita. La demoiselle a aujourd'hui quatorze ans et a débarqué chez mes parents, hier, sans crier gare.

C'est l'affolement général ! Ma mère a fait sa valise et est partie chez sa sœur. Mon père vient de m'appeler pour que je tente de l'aider à ramener ma mère. Il a cherché à m'expliquer en quoi il est la pauvre victime d'une femme qui l'a piégé en lui faisant un enfant dans le dos. »

Pour du scoop, c'est du scoop !!!

Nicolas – Oh le bordel !

Oui, on peut effectivement le dire ainsi.

Ingrid – Je le déteste !

Nicolas – Je comprends. En même temps, ce n'est pas toi qu'il a trompée, c'est ta mère.

Ingrid – Oh mais il y a pire que tromper dans la vie, il y a trahir. Et en ce qui me concerne, il m'a trahie en me cachant l'existence de cette fille.

Nicolas – Ta sœur...

Ingrid – Quoi ma sœur ?

Nicolas – C'est ta sœur.

Ingrid – Certainement pas ! Cette fille est une étrangère pour moi.

Nicolas – Avec la moitié du même capital génétique que toi, elle est plus de ta famille que nous.

Ingrid – Ce ne sont pas les gênes qui font le lien.

Nicolas – Non, tu as raison. On est parfois plus proche de ses amis que de sa famille, il n'empêche... C'est ta sœur !

Ingrid a explosé en sanglots.

Ingrid – Je ne lui pardonnerai jamais.

Léa a fait signe à Nicolas de ne pas insister et elle a pris Ingrid dans ses bras.

Léa – Ça prendra du temps.

Ingrid – Jamais, je te dis.

Léa – D'accord.

Jim – Tu veux qu'on aille prendre l'air, tous les deux ? Je pense que ça te permettrait de respirer un peu.

Léa – C'est une bonne idée.

Dans mon livre de droit, j'ai trouvé plein de façons d'être la sœur de quelqu'un aux yeux de la loi :
* sœur aînée,
* sœur cadette,
* sœur consanguine (de père),
* sœur utérine (de mère),
* sœur naturelle (hors mariage),
* sœur jumelle...

Mais aux yeux de l'amour, chacun fait comme il peut !
Tu vas y arriver, Ingrid.

Jim

Des sœurs célèbres, il y en a!

Madeleine et Armande Béjart,
comédiennes de la troupe de Molière.

✳

Les sœurs Brontë, poétesses et romancières de talent.
Charlotte a écrit <u>Jane Eyre</u>, Emily <u>Les Hauts de Hurlevent</u>
et Anne <u>Agnes Grey</u>!

✳

Emmanuelle et Mathilde Seigner,
actrices.

✳

Katia et Marielle Labèque,
pianistes concertistes qui se produisent en duo.

✳

Alexandra et Audrey Lamy,
actrices.

✳

Serena et Venus Williams,
championnes de tennis.

✳

Kim Kardashian + Khloé + Kourtney, etc.
Inutile de vous préciser qui elles sont!

Ils sont partis marcher, nous laissant dans une ambiance glauquissime. Je vous ferai grâce de la soirée qui a suivi. Totalement sinistre.

ठ

Au moment où je me couchais, j'ai murmuré à Léa :

Justine – En plus, j'ai rompu définitivement avec Thomas quand j'étais à Key West, il doit me détester. Ça va être l'horreur demain à la fac.

Léa – Bonne nuit Justine.

Bilan de ma vie réactualisé : plus d'amoureux, plus d'avenir professionnel, plus de joie de vivre en coloc, plus de meilleure amie, plus de mère, plus de binôme. Autant dire : plus rien.

Léa – Justine ?

Justine – Oui ?

Léa – Demain est un autre jour avec d'autres possibles que tu n'imagines pas.

Justine – Vu ce qui se passe depuis deux jours, je préfère ne pas imaginer.

Léa – Fais de beaux rêves quand même. Si tu proposes des rêves à la vie, elle est capable de les réaliser, mais il faut avoir confiance en elle.

Justine – Alors je vais rêver que ma meilleure amie m'aime encore.

Léa – Tu peux faire l'économie de ce rêve, c'est déjà une réalité. Bonne nuit ma Justine.

Justine – Bonne nuit ma Léa.

ठ

Ce matin, quand je suis sortie pour aller à la fac, j'ai été saisie par le froid. Après une semaine de soleil, mon corps avait oublié les rigueurs de l'hiver. Jim m'avait pourtant prévenue au petit-déjeuner qu'il faisait moins deux degrés mais je ne m'attendais pas à cette sensation horrible qui vous saisit le matin, lorsque le vent glacé mord vos oreilles et engourdit vos doigts. J'ai enfoncé mon bonnet sur ma tête, enroulé trois fois mon écharpe autour de mon cou, fermé ma doudoune et avancé front baissé en direction de l'arrêt du bus. Je n'avais fait que quelques pas quand j'ai entendu une voix d'homme derrière moi :

La voix d'homme – Bonjour Justine !

Je me suis retournée. Le voisin écrivain... J'ai sursauté. À force de le voir en homme-tronc derrière sa fenêtre comme un présentateur du journal de 20 heures, je n'imaginais pas qu'il avait des jambes et qu'il pouvait sortir de chez lui !

Justine – Bonjour...

Le voisin écrivain – Vous allez bien ?

Justine – Oui.

Le voisin écrivain – Alors c'était comment ces vacances à Key West ?

La question à ne pas me poser... Je lui ai répondu un peu agacée :

Justine – Vous avez besoin d'idées pour votre prochain tome ? Vous êtes en manque d'inspiration ?

Le voisin écrivain – Moi non, ça va plutôt bien. Mais vous, en revanche, j'ai l'impression que vous n'en avez plus.

Justine – Je n'ai pas besoin d'être inspirée, je n'écris pas de roman.

Le voisin écrivain – Notre propre vie est un roman et il nous faut tous de l'inspiration pour imaginer l'avenir et proposer des scenarii à la vie.

Justine – Décidément, vous êtes la deuxième personne à me tenir ce discours en quelques heures.

Le voisin écrivain – Ah oui, et qui est l'autre ?

Justine – Léa.

Le voisin écrivain – Je ne suis pas surpris.

Comme je voyais le bus arriver de loin, j'ai voulu couper court à la conversation.

Justine – Il faut que j'y aille. Je vais être en retard à la fac.

Le voisin écrivain – Ça vous ennuie si je fais le chemin avec vous ?

En réalité, j'avais envie d'être tranquille et de penser au moment où je retrouverais Thomas. Je ne savais pas comment il se comporterait avec moi quand j'arriverais dans l'amphi. Je devais me préparer à affronter sa totale indifférence ou alors une terrible agressivité. Et cela m'inquiétait.

Le voisin écrivain – Allez, je vous accompagne...

Et il est monté dans le bus avec moi. Nous nous sommes assis l'un en face de l'autre. C'était vraiment une situation étrange.

Le voisin écrivain – Comment va votre ami Thibault?

Justine – Je ne suis pas certaine d'avoir envie d'en parler.

L'écrivain m'a souri.

Le voisin écrivain – Vous avez l'air triste, Justine.

Justine – Vous êtes psy ou écrivain?

Le voisin écrivain – C'est un peu le même métier, vous savez. On observe, on écoute, on fait des liens, on met en perspective. On cherche une logique, une cohérence pour une histoire qui n'est pas la nôtre.

Justine – Ça doit être un drôle de métier d'écrire toute la journée des histoires totalement inventées dans l'espoir que les gens y croient.

Le voisin écrivain – Oui, on peut le voir comme ça.

Justine – Vous savez que Léa veut devenir écrivain elle aussi?

Le voisin écrivain – J'ai cru comprendre.

Je l'ai observé tandis qu'il cherchait un Kleenex dans sa poche pour essuyer ses petites lunettes rondes. C'était un drôle d'homme. Difficile de lui donner un âge ou de l'imaginer avec des parents, frère, sœur, femme ou amis. Il semblait hors du monde.

Justine – Je vous préviens que si vous comptez sur ma vie palpitante pour écrire la suite de votre série, vous allez être déçu.

Le voisin écrivain – Ah oui ?

Justine – Ma vie est un naufrage.

Le voisin écrivain – Mais c'est très romanesque, ça !

Justine – Une fille dépressive qui se suicide lentement aux Michoko, vous trouvez ça romanesque ?

Le voisin écrivain – Dans une fiction, oui. Ça ouvre des perspectives intéressantes.

« Sans personnage, pas de roman. »

Anthony Burgess

« On n'invente pas les personnages, ils existent dans l'inconscient, il faut les laisser sortir. »

Henry Bauchau, *La Déchirure,* Actes Sud

« Le personnage est d'abord un texte. »

Louis Jouvet

« On place souvent dans les tableaux quelque personnage difforme pour faire ressortir la beauté des autres. »

François-René de Chateaubriand, *Les aventures du dernier Abencérage*, GF Flammarion

« L'amour me semble un capricieux personnage, aussi avare de ses dons que prodigue de ses mensonges... »

Hector Bernier, *Au large de l'écueil*, Librairie de l'événement

Justine – Du genre ?

Le voisin écrivain – Je ne sais pas. Il faudrait que je réfléchisse mais si le personnage s'effondre, ça peut donner l'occasion d'écrire de jolies pages pathétiques.

Justine – Mais vous êtes horrible !

Le voisin écrivain – Je suis romancier. C'est moi qui décide du destin de mes personnages.

Justine – Ça ne vous gênerait pas d'en zigouiller un ?

Le voisin écrivain – C'est toujours triste mais si ça permet un rebondissement intéressant pour la suite, pourquoi pas.

J'ai eu du mal à accuser le choc. Mon voisin était en train de m'annoncer calmement que mon personnage n'était pas éternel.

Je rêve, ou sa série s'intitule *Ma vie selon Moi* ? Et il se trouve que le Moi du titre, c'est moi ! Donc comment pourrait-il faire sans moi ???

J'ai essayé de le coincer.

Justine – Et votre groupe de copains sans le personnage de Justine, vous en faites quoi ? Vous le zigouillez aussi ?

Le voisin écrivain – Non, bien sûr que non ! Ce serait même très intéressant de voir comment la vie reprend ses droits.

Justine – C'est-à-dire ?

Le voisin écrivain – Vous savez, Justine, on s'habitue à tout. Ça ne veut pas dire que les gens qui partent ne nous manquent pas mais la vie continue. Imaginons que mon

personnage disparaisse. Ses déceptions l'ont conduite à arrêter ses études de médecine, à quitter la maison rose et petit à petit à se couper du groupe.

Justine – Ce serait affreux pour elle.

Le voisin écrivain – Pourquoi, si c'est son choix !

Justine – Ça ne serait pas un choix, elle est dans l'incapacité de rebondir. Si Thibault l'a trompée, qu'elle a rompu avec Thomas et qu'elle n'arrive plus à préparer son concours, elle aurait des raisons de perdre espoir.

Le voisin écrivain – Peut-être, chacun fait comme il peut. Mais ça n'empêcherait pas les autres de continuer à vivre.

Justine – Vous pensez que ses amis ne seraient pas tristes ?

Le voisin écrivain – Si bien sûr ! Ils tenteraient de la joindre, de la convaincre de revenir. Durant un long moment, l'équilibre du groupe serait bousculé. Ils pourraient même penser se séparer tant l'absence de leur amie serait douloureuse.

Justine – Et alors ?

Le voisin écrivain – Ils chercheraient une nouvelle colocataire pour parvenir à payer le loyer, au moins jusqu'en juillet.

J'ai dégluti avec difficulté.

Justine – Une colocataire qui dormirait dans la chambre avec Léa ?

Le voisin écrivain – Eh bien oui...

Justine – Mais Léa ne la supporterait pas.

Le voisin écrivain – Pas sûr. Avec le temps le personnage de Léa trouverait du réconfort dans la présence de cette gentille fille.

Justine – Vous ne choisiriez pas une peste ?

Le voisin écrivain – Ah non, j'aimerais mieux créer un personnage sympathique qui fait des études de lettres et a un goût prononcé pour le théâtre. Une jolie fille indépendante, mature, qui n'exigerait pas qu'on la materne. Elle nouerait alors une amitié très différente avec le personnage de Léa.

J'ai crié sans le vouloir :

Justine – Vos lecteurs la détesteraient de prendre la place de Justine dans le cœur de sa meilleure amie.

Le voisin écrivain – Vous avez raison, il faudrait que je veille à la rendre sympathique et attachante.

Justine – Ça sera difficile.

Le voisin écrivain – Si elle est douce avec des failles qu'elle cherche à masquer, qu'elle est généreuse et attentive, mes lecteurs finiraient par l'aimer.

Justine – Vous pensez qu'Ingrid supporterait la concurrence d'une jolie fille ?

Le voisin écrivain – Je lui trouverais un autre centre d'intérêt.

Justine – Ilaiiiiiii ?

Le voisin écrivain – Qui est Ilaiiiiiii ?

Justine – Un Américain qu'Ingrid a rencontré dans l'avion à l'aller, elle en est folle amoureuse. Ils se sont retrouvés à New York samedi.

Le voisin écrivain – Parfaite, l'idée de la love story avec un Américain, ça me permettra de faire voyager mon personnage d'Ingrid. D'ailleurs, je me demande si je ne vais pas lui accorder plus d'importance dans la série. Elle pourrait devenir à terme mon personnage principal. Elle a du potentiel.

Mon sang n'a fait qu'un tour.

Justine – Et votre série deviendrait *Ma vie selon Ingrid*?

Le voisin écrivain – Pourquoi pas? On pourrait imaginer un tome intermédiaire dans lequel Ingrid prendrait de plus en plus de place et le début d'une nouvelle série intitulée : *Le monde d'Ingrid* ou *Le monde selon Ingrid*.

Justine – Et vous utiliseriez Lolita?

Le voisin écrivain – Qui est Lolita?

Justine – La fille que le père d'Ingrid a eue sans le dire à personne, il y a quatorze ans.

Les yeux du voisin ont brillé.

Le voisin écrivain – Quand vient-elle à la maison rose, cette ado?

Justine – Elle ne vient pas mais je vous préviens qu'une série avec Ingrid en personnage principal, ce serait nul. Et Jim et Nicolas, que deviendraient-ils?

Le voisin écrivain – Le personnage de Jim mériterait une belle histoire d'amour avec une fille qui le reconnaît pour ce qu'il est.

J'ai ironisé :

Justine – Pourquoi pas la coloc de Léa? Après avoir pris la place de la meilleure amie, elle pourrait aussi devenir la copine de Jim.

Le voisin écrivain – Pourquoi pas? C'est intéressant...

Cet homme est sans cœur. J'ai ajouté, très énervée :

Justine – Il n'y a que pour Nicolas que ça vous poserait un gros problème.

Le voisin écrivain – Ah oui, lequel?

Justine – La demoiselle ne pourrait pas devenir sa cousine du jour au lendemain.

Le voisin écrivain – Les écrivains peuvent beaucoup, vous savez. Et puis, vous le voyez avec Ingrid, un secret de famille est si vite révélé!

Il avait réponse à tout et la survie de mon personnage était vraiment en danger.

Justine – Mais que faudrait-il faire pour que Justine reste dans la série?

Le voisin écrivain – Je ne sais pas. Qu'en pensez-vous?

Justine – Elle pourrait rappeler Thibault et lui pardonner son infidélité avec Scarlett. Après tout, elle n'était qu'une erreur d'un soir et Justine, de son côté, n'a pas été très clean avec Thomas. Ils sont quittes en quelque sorte. Du coup, elle retrouverait sa joie de vivre et son humour légendaire.

Le voisin écrivain – Mouais. C'est pas mal. Autre idée?

Justine – À moins qu'elle ne tente de renouer avec Thomas. Il lui a prouvé qu'il l'aimait vraiment, elle a encore tout le second semestre à ses côtés. Il pourrait y avoir des scènes de révision dans sa petite chambre sous les toits, quelques affrontements avec Nicolas. C'est bien, ça, non?

Le voisin écrivain – Bof! Je préférerais un peu de nouveauté pour mes lecteurs.

Justine – Quoi alors? Un autre garçon?

Le voisin écrivain – Pourquoi pas ?

Justine – À la fac ?

J'ai essayé de visualiser les garçons susceptibles de me plaire que j'avais croisés au dernier cours de biologie cellulaire.

Justine – Raphaël ? Un doublant assez sympa avec un super sourire qui ne refuse jamais de m'aider ? Ou alors Guillaume, un grand blond ultra sérieux qui me regarde en douce de temps à autre ?

Le voisin écrivain – À voir. Mon personnage peut se passer d'un petit ami pendant quelques mois et se consacrer à la réussite de son concours.

Justine – Ça sera un peu triste, non ?

Le voisin écrivain – Non. Les gens n'existent pas seulement quand ils sont amoureux. Il y a des tas d'autres choses à vivre. Il faut juste accepter les changements. Je suis certain que, parmi mes lectrices, il y a plein de filles formidables qui traversent actuellement une période sans love story. Elles pourraient parfaitement s'identifier à un personnage qui a le cœur en bandoulière.

Justine – Mais ça ne serait pas définitif, le personnage rencontrerait quelqu'un après ses concours, quand même ?

Le voisin écrivain – Ah oui ! Je vous l'affirme, Justine, la vie et les romans ont ceci en commun : tout est toujours possible.

Justine – Elle pourrait alors reprendre des cours de danse, ça lui manque. Juste une fois par semaine, histoire d'avoir autre chose dans son existence que la fac.

Le voisin écrivain – Excellente idée.

Justine – Et descendre deux stations avant la maison, le soir quand elle rentre. Pour s'oxygéner...

Le voisin écrivain – Bien. La rue est un univers fabuleux pour la rencontre avec l'imprévu.

J'ai regardé par la fenêtre, mon arrêt approchait.

Justine – Je dois vous laisser, je suis bientôt arrivée !

Le voisin écrivain – D'accord. Bonne journée !

J'ai demandé, angoissée :

Justine – Vous n'allez pas donner le premier rôle à Ingrid dans votre série ?

Le voisin écrivain – Avoir le premier rôle dans votre propre vie, Justine, c'est le plus important. Ne laissez pas les autres décider pour vous. Choisissez le scénario ! Vous venez de me prouver que vous ne manquez pas d'inspiration.

Justine – Vous croyez ?

Le voisin écrivain – J'en suis certain.

Justine – Merci.

Le voisin écrivain – C'est moi qui vous remercie pour toutes ces bonnes idées.

Les portes du bus allaient se refermer alors je suis descendue à la hâte.

Une fois dans la rue, j'ai levé la tête pour faire un signe de la main à mon voisin. Il ne me regardait plus. Il avait sorti un carnet et prenait des notes.

J'ai pensé : « Il ne perd pas de temps, l'écrivain. Et si je faisais la même chose ? »

La vie était là avec tous ses possibles, elle n'attendait que moi. Il ne me restait plus qu'à avancer. J'ai prononcé tout bas en souriant :

Justine – Allez Justine, en avant, marche ! À nous deux le bonheur.

Pour ceux qui brûlent de savoir ce qui s'est passé à Key West, après le départ de l'Américaine.

La scène telle qu'elle s'est passée (certifiée conforme à la réalité, sans aucun ajout personnel).

L'Américaine est repartie, non sans s'être retournée une dernière fois pour envoyer un baiser à Thibault. Le temps s'est figé. On est tous restés comme momifiés. L'équilibre du jour avait été rompu et il semblait que le moindre geste allait nous faire basculer dans le drame.

Seulement, dans la vie, il n'y a pas de vrais arrêts sur image. Il faut vivre la suite... tout de suite.

Thibault – Justine, ce n'est pas ce que tu crois.

Justine – Je ne veux rien entendre. Tu nous ramènes à Miami et tu ne m'adresses plus jamais la parole.

Thibault – Laisse-moi t'expliquer au moins.

Justine – Ce n'est pas nécessaire. Je ne suis pas stupide, j'ai bien compris la situation. Et puis, au cas où j'aurais un doute sur ce qui vient d'arriver, j'ai quatre témoins.

Thibault a fait un pas vers moi. J'ai crié :

Justine – Tu ne t'approches pas.

Contre toute attente, Nicolas a pris ma défense. Retenant le traître par le bras, il lui a dit assez durement :

Nicolas – Laisse Justine tranquille !

Thibault – Il faut qu'elle m'écoute d'abord. Il faut que vous m'écoutiez tous. S'il vous plaît...

Jim – Thibault a le droit de donner sa version des faits.

Justine – Sa version des faits ? Tu plaisantes ? Il va chercher à m'embrouiller, c'est tout.

Léa – Justine, laisse-lui la possibilité de s'expliquer.

Justine – NON ! Mais ne vous gênez pas pour moi si vous avez envie d'écouter ses mensonges.

Et je me suis éloignée, folle de rage. Je me suis retournée, les mains sur les oreilles. Thibault a commencé à parler aux autres. J'ai desserré un peu la pression de mes doigts, tandis qu'il déclarait d'une voix tremblante :

Thibault – D'abord, je voudrais vous dire que je suis désolé que vous ayez été témoins de cette scène. Ensuite, j'ai besoin que vous sachiez que j'aime vraiment Justine.

Il a inspiré très fort pour prendre son souffle puis il a continué :

Thibault – Lorsque je suis arrivé à Key West, je ne connaissais personne et je me sentais très seul. Un soir de cafard, je suis allé écouter de la musique dans un bar. À la table voisine, il y avait une bande de potes comme nous avant au Louis XVI... Des filles et des garçons qui buvaient un verre en se marrant. *Ils m'ont proposé de les rejoindre. J'ai bu avec eux. Un peu trop... On a fini la soirée sur la plage et c'est là qu'il s'est passé un truc avec Scarlett. Je n'en suis pas très fier.*

Il y a eu de nouveau le silence et puis Ingrid a dit :

Ingrid – *Si c'était une erreur d'un soir qui date de plusieurs mois et que tu ne l'as jamais revue, pourquoi cette fille a-t-elle débarqué aujourd'hui ?*

J'étais censée ne pas entendre puisque j'avais les mains sur les oreilles, sinon je vous jure que j'aurais félicité Ingrid pour cette remarque pertinente.

Thibault – *Oh si, crois-moi ça explique tout. Le lendemain matin de cette fameuse soirée...*

Léa, qui devait se sentir mal à l'aise devant ce grand déballage, a interrompu Thibault.

Léa – *Je pense que ce serait mieux que tu t'expliques avec Justine en tête à tête. Tu n'as pas à te justifier auprès de nous.*

Thibault – *Elle ne veut pas m'écouter et je la connais assez pour savoir qu'elle est capable de me quitter sans un mot. Et puis, je me sens mal par rapport à vous aussi. Qu'est-ce que vous allez penser de moi ?*

Léa – *Ce n'est pas ton problème le plus urgent. Tu dois d'abord parler à Justine. Nous, on va saluer les mainates.*

Tandis que mes amis s'éloignaient discrètement, j'ai entendu Ingrid marmonner :

Ingrid – *Eh bien moi, j'aimerais savoir pourquoi cette fille a affirmé qu'ils étaient ensemble dimanche dernier. Ce n'est pas clair son histoire.*

Elle n'était pas la seule à vouloir connaître la vérité, alors je n'ai pas fui quand Thibault s'est approché. Je suis restée de dos. J'ai gardé les mains plaquées sur les oreilles mais pas un seul de ses mots ne m'a échappé.

Thibault *– Justine, tu dois être folle de rage contre moi et je te comprends. Mille fois, j'ai voulu te parler de cette histoire mais je n'ai pas trouvé le courage. Je le paye aujourd'hui. Écoute-moi et je te jure qu'après je te laisserai décider.*

J'ai soupiré et j'ai baissé les bras.

Thibault *– Je t'aime Justine. Il faut que tu me croies. Cette fille n'a jamais compté pour moi. Le lendemain de cette triste soirée arrosée, quand je me suis réveillé sur la plage et que j'ai pris conscience de ce que j'avais fait, je m'en suis terriblement voulu. J'ai tout de suite expliqué la situation à Scarlett. Dans ma précipitation, j'ai été maladroit avec elle. Je lui ai dit sans ménagement que je regrettais ce qui s'était passé entre nous, que je t'aimais toi et que je ne comptais pas la revoir. Elle ne l'a pas supporté. Scarlett n'est pas le genre de fille qu'on quitte. Depuis, elle me voue une haine tenace, elle cherche tous les moyens de me nuire. Je crois qu'aujourd'hui elle a eu sa revanche.*

Des milliers de questions se sont mises à tourner dans ma tête. Pouvait-il jurer qu'il ne l'avait vraiment jamais revue ? Pensait-il à elle depuis leur folle nuit sur la plage ? Comptait-il la revoir après mon départ ? Arriverait-il à lui résister si elle revenait, les larmes aux yeux et son corps sublime moulé dans une petite robe blanche ?

Mais je n'ai rien dit.

Je suis restée figée sur place. Ma colère s'est transformée en chagrin et ma rage s'est mise au service du désespoir.

J'ai essayé de retenir mes larmes mais c'est comme si j'avais voulu construire un barrage avec deux allumettes pour endiguer un fleuve en crue. La tristesse a déferlé à l'intérieur de moi. C'est surprenant de voir à quel point les émotions sont puissantes et peuvent terrasser un cœur. Thibault a posé une main sur mon épaule, j'ai eu la sensation que je me désagrégeais, que mon corps n'était plus que des particules flottant dans la lumière du jour.

__Thibault__ – Justine, regarde-moi...

__Justine__ – Je ne peux pas. Va chercher les autres, s'il te plaît, je veux m'en aller.

Thibault a semblé hésiter un moment et puis il est parti. Je me suis installée à l'arrière de la voiture pour ne pas passer le retour vers Miami à côté de lui.

Inutile de vous préciser que le trajet dans la super décapotable américaine a été sinistre. Aucun de nous n'a pu en profiter. Malgré les efforts de mes amis pour lancer des sujets de discussion, l'ambiance était affreuse. On était bien loin de la joie de notre arrivée.

Nous étions à cinquante kilomètres de Miami quand soudain Nicolas a hurlé :

__Nicolas__ – Thibault, stoppe ta caisse dans cette station-service ! On ne peut pas continuer comme ça.

Thibault s'est exécuté.

Mon cousin est sorti de la voiture et nous a ordonné de faire de même. Il s'est mis face à nous et nous a parlé comme un CPE tance deux collégiens boutonneux se battant dans la cour de récréation.

Nicolas – Bon, quelle est la situation ? Thibault a couché sur une plage avec une fille, un soir où il était seul et où il avait trop bu. Soit, c'était une connerie... En même temps, vu comme la sirène est sexy, on peut comprendre le dérapage. Le lendemain, quand il s'est réveillé, il a regretté, il a jeté la demoiselle comme un malpropre. Elle a juré de se venger et elle est venue foutre le souk ce matin. On est d'accord sur les faits ?

Devant notre air surpris, il a ajouté :

Nicolas – Oui, je suis au courant, Ingrid a écouté aux portes tout à l'heure et m'a tout répété.

La peste est devenue rouge Tabasco pour rester couleur locale.

Mon cousin a continué :

Nicolas – Alors, vous faites quoi maintenant ? Vous attendez d'être à huit mille kilomètres l'un de l'autre pour réaliser que vous auriez dû vous réconcilier avant ? Vous laissez l'Américaine bousiller votre histoire ?

Aucun de nous deux n'a répondu. Nicolas a soupiré façon taureau à qui on vient de planter des banderilles et qui a l'intention d'exploser le torero.

Nicolas – Bon Justine, tu fais quelque chose ?

Justine – Quoi ???

Nicolas – *Je ne sais pas. T'es en colère? Alors crie-lui dessus, fiche-lui une baffe, tape avec tes petits poings contre sa poitrine, arrache-lui les cheveux mais fais quelque chose!*

Justine – *Je ne suis pas en colère. Je suis triste. Enfin, je suis les deux à la fois.*

Mon cousin a regardé Thibault.

Nicolas – *Bon, agis, toi! Demande-lui pardon, serre-la dans tes bras, embrasse-la. Cours-lui après... Vous êtes là comme deux baleines échouées sur la plage.*

Justine – *Si tu pouvais éviter de parler de deux corps sur une plage, ça m'arrangerait.*

Nicolas a mis un quart de seconde avant de comprendre mon allusion perfide.

Nicolas – *Eh bien, tu n'as pas perdu ton sens de la repartie au moins!*

Justine – *Je ne peux pas tout perdre le même jour : mon humour et mes illusions.*

Nicolas – *J'y crois pas, on ne va pas y arriver. Léa, Jim, Ingrid, quelqu'un a une idée?*

Silence. Puis Léa a dit :

Léa – *On va trop vite, là. On voudrait tous que la situation s'arrange avant notre départ mais Justine vient d'apprendre une nouvelle douloureuse et il va lui falloir du temps pour l'accepter.*

Nicolas – *Alors quoi? Ils remontent dans la voiture, ils se disent adieu et ils se séparent à l'aéroport comme deux étrangers?*

Cette vision froide et sans affect de nous deux m'a per-cutée en plein cœur. Je me suis mise à pleurer. J'avais envie d'être dans les bras de Thibault. Il a fait un pas vers moi, j'ai reculé. J'ai eu l'impression d'être totalement déchirée.

Léa – Il me semble que la seule chose raisonnable est de ne pas prendre de décision définitive aujourd'hui. Faites-vous juste la promesse de vous parler par Skype quand Justine sera prête. Ça prendra le temps qu'il faudra et il est possible qu'à ce moment-là elle choisisse de rompre. Mais au moins, elle aura réfléchi à ce qu'elle veut vraiment. Est-ce que vous seriez d'accord tous les deux pour ça?

Thibault – Oui, du moment qu'elle me laisse une chance.

Léa – Et toi Justine?

Justine – Je ne sais pas. Je suis perdue.

Léa – Alors fais-moi confiance, accepte cette proposition.

Justine – D'accord.

Nous sommes remontés en voiture dans un silence de mort. Ingrid qui regardait sa montre a quand même chuchoté:

Ingrid – Dépêchons-nous sinon on va rater notre avion.

Il est vrai que l'amour était devant elle. Ilaiiiiiii l'attendait à New York. Ils allaient commencer leur histoire, la vivre avec fougue, espérer, vibrer, imaginer la vivre toujours. Au moment où la mienne s'effondrait.

Fin de la suite telle qu'elle s'est passée (certifiée conforme à la réalité, sans aucun ajout personnel).

Breaking news

Quand je suis rentrée de la fac ce soir-là, c'était l'effervescence à la maison rose. Personne ne s'est rendu compte de mon arrivée.

J'ai essayé un moment de comprendre le sujet qui affolait mes amis mais, épuisée par mes cours et mes heures de révision à la bibliothèque, j'ai vite renoncé.

Depuis la semaine dernière, j'avais repris mon rythme intensif de travail avec Thomas.

Ah mais, je ne vous ai pas raconté mes retrouvailles avec mon binôme, mardi dernier, après ma discussion éclairante avec le voisin écrivain...

Consciente de tous « les possibles », j'étais rentrée dans l'amphi en me disant que j'étais quand même plus réactive qu'un personnage de roman et qu'il fallait que je reprenne mon existence en main. Et lorsque j'avais passé la porte, je m'étais sentie forte comme jamais.

Thomas était assis au troisième rang, il m'avait gardé une place près de lui. Mon cœur avait fait des bonds. J'avais respiré un grand coup et j'étais venue m'asseoir avec l'assurance d'une fille qui se sait attendue. Il avait continué à prendre des notes tandis que je m'installais et rien n'avait filtré de ses émotions. Ni amour, ni colère, ni amertume.

J'avais murmuré, intimidée :

Justine – Bonjour Thomas.

Il m'avait regardée comme s'il n'y avait jamais rien eu entre nous et m'avait répondu avec un sourire poli :

Thomas – Bonjour Justine.

Je dois avouer que son calme m'avait désarçonnée. Enfin, comment pouvait-il être passé de l'état d'amoureux à l'indifférence totale en moins d'une semaine alors que moi, en sa présence, je me sentais fébrile ?

Il avait suivi le cours avec attention sans se soucier une seule seconde de moi. Lorsque le prof avait eu fini, Thomas avait rangé ses affaires en échangeant quelques paroles avec son voisin de gauche. J'avais craqué.

Justine – Je peux te parler ?

Thomas – Bien sûr. Je t'écoute.

Justine – Non, pas ici. On peut discuter dehors cinq minutes ?

Thomas – J'aimerais bien, Justine, mais je vais travailler à la bibliothèque avant le cours d'anapath. Une autre fois ?

Et il avait filé sans attendre.

Dans la mesure où le voisin écrivain n'était pas là pour me pousser à imaginer de nouveaux « possibles », j'étais restée figée sur place. Et soudain, comme mue par une énergie invisible, j'avais grimpé quatre à quatre les marches de l'amphi pour rejoindre Thomas. J'avais crié :

Justine – Thomas ! Thomas !

Il s'était retourné. Il m'avait regardée et durant un dixième de seconde, j'avais cru voir une émotion dans ses yeux mais j'avais dû la rêver.

Thomas – Oui ?

Justine – Je peux venir travailler avec toi à la bibliothèque ? Je voudrais bien recopier les cours d'hier. Je n'étais pas là, tu t'en es rendu compte ?

Thomas – Ah oui ? Effectivement je ne t'ai pas vue.

Et il avait continué à marcher. Il ne m'avait posé aucune question sur mes vacances, mon retour, la raison pour laquelle j'avais été absente. Évidemment aucune allusion à mon mail :

« Je suis vraiment désolée, Thomas, j'aime Thibault. Je ne regrette rien de ce qui s'est passé entre nous mais c'était une parenthèse. J'espère que tu ne m'en voudras pas. Je rentre demain. Justine. »

Ni à la réponse envoyée en retour :

« Justine, j'ai pris conscience ces derniers jours que je m'étais trompé sur mes sentiments pour toi. Les événements familiaux de ces derniers temps m'avaient certainement égaré. Ton absence m'aura permis de réfléchir. Toi aussi apparemment. Je suis soulagé que tu sois arrivée à la même conclusion de ton côté. Bonne fin de vacances. Biz. Thomas. »

Il semblait que notre histoire n'avait été qu'un mirage et que nous revenions sans douleur à la réalité.

Nous étions entrés à la bibliothèque en silence et, après s'être assis en face de moi, Thomas m'avait tendu les fiches des cours que j'avais manqués. On avait travaillé jusqu'à midi.

Voilà comment nos retrouvailles s'étaient passées. Sans drame ni pathos. Nous étions deux binômes préparant un concours dans la bonne entente, sans aucun sentiment parasite.

Une fois seulement, j'avais osé une question sur son père et son deuil si récent, Thomas m'avait répondu calmement : « On ne parle pas de ce qui fait mal, ça affaiblit. » Je m'étais demandé si notre histoire lui faisait mal et si c'était pour cette raison que nous n'avions aucune discussion sur le sujet.

En tout cas, j'étais heureuse de continuer à travailler avec lui. Ma vie affective était un naufrage puisque je n'avais toujours pas appelé Thibault mais au moins, il me restait mes études.

ठ

Voilà pourquoi je rentrais tard aujourd'hui encore et, comme avant les vacances, j'avais de nouveau la sensation de ne plus partager grand-chose avec mes amis à la maison rose et de vivre à côté d'eux.

Comme je mourais de faim, je suis allée chercher un truc à grignoter dans le frigo dans l'indifférence générale.

Alors que je mâchais un vieux Krisprolls tout mou avec du Kiri, Lili a débarqué dans la cuisine. Elle a semblé heureuse de me voir. Moi aussi... C'est bon, un être humain qui vous accueille.

Lili – Coucou Justine !

Justine – Salut Lili ! Tu vas bien ?

Lili – Oui ! Encore deux jours et maman rentre.

Justine – Top ! Elle va te rapporter une poupée de quel pays cette fois-ci ?

Lili – Mexicaine.

Justine – Waouh !!! Ça sera une belle brune avec des nattes et la peau mate. Ça nous changera de tes Barbie.

Lili – Elles sont belles mes Barbie !

Justine – Trop blondes.

Lili – T'aimes pas les blondes ?

Justine – Pas trop.

Lili – Alors t'aimes pas Ingrid ?

Ce que les enfants sont perspicaces.

Comme je ne souhaitais pas répondre de manière franche à cette question, j'ai demandé à Lili :

Justine – Est-ce que tu sais de quoi ils parlent dans le salon ?

Lili – Oui, d'Hérold.

Justine – On sait maintenant pourquoi il a fermé *L'entracte* depuis deux jours sans prévenir personne ?

Lili – Oui, c'est parce qu'il est à l'hôpital.

Justine – Quoi ??? Et c'est grave ???

Lili – Léa a dit qu'il était tombé sur la tête et que là, il dort comme la Belle au bois dormant. On ne sait pas quand il va se réveiller. Il faudrait peut-être qu'une princesse l'embrasse.

J'ai foncé dans le salon.

Justine – Qu'est-ce qui est arrivé à Hérold ?

Léa a été la seule à se retourner. Les autres ont continué à parler.

Léa – Ah, tu es là ! Je ne t'avais pas entendue rentrer.

Justine – Lili m'a dit qu'Hérold était à l'hôpital ?

Léa – Oui, il a fait une méchante chute dans l'escalier de sa cave.

Justine – Et il est dans le coma ?

Léa – Je n'ai pas bien compris, parce qu'il paraît qu'il était encore conscient quand les pompiers sont venus. C'est même lui qui a prévenu les secours. Mais le bruit circule dans le quartier qu'il serait actuellement dans le coma.

Justine – Il a peut-être fait une hémorragie cérébrale après sa chute.

Dans le brouhaha, Nicolas, qui avait dû m'entendre, m'a crié :

Nicolas – Tu dis qu'il a quoi, Hérold ?

Silence général. Tous les regards se sont tournés vers moi.

Justine – Je n'en sais rien, je n'ai aucune info. Simplement, j'imagine qu'il a pu tomber, prévenir les pompiers et perdre connaissance après.

Nicolas – Mais tu as parlé d'hémorragie...

Justine – C'est toujours ce qu'on craint quand quelqu'un reçoit un choc sur la tête.

Jim – Et quels seraient les risques ?

Justine – Du plus bénin au plus grave, tout dépend de la localisation de l'hématome.

Ma réponse a provoqué la stupeur. Ingrid a essayé de positiver.

Ingrid – Ne vous inquiétez pas. Il paraît qu'il a parlé avec un client pendant qu'on l'emmenait et qu'il était conscient. Il se serait plaint uniquement de douleurs dans les jambes et au niveau des côtes.

Je n'ai pas insisté pour ne pas les affoler, mais les dommages les plus sérieux sont souvent invisibles.

Justine – Quelqu'un est allé à l'hôpital pour avoir des informations ?

Nicolas – Je suis passé aux urgences mais comme je ne suis pas de la famille, je n'ai pu ni le voir ni parler à un médecin.

Justine – Et ses parents ont été prévenus ?

Nicolas – J'imagine.

Jim – Qu'est-ce qu'on peut faire ?

Justine – Y retourner demain et essayer d'avoir des nouvelles.

Nicolas – C'est tout ?

Justine – Qu'est-ce que tu veux faire d'autre ?

Nicolas – Je ne sais pas mais je peux pas rester ici comme un con à attendre.

Gédéon, qu'on n'avait pas encore entendu, a murmuré :

Gédéon – Cinquante, Nicolas...

Mon cousin a aboyé.

Nicolas – Quoi, cinquante ?

Lili a évidemment répondu à la place de son frère :

Lili – T'as dit « con », tu dois mettre cinquante centimes dans la boîte à gros mots.

Nicolas – Putain, fait chier cette nouvelle idée de Léa de mettre du fric dans une boîte quand on prononce une grossièreté. On ne peut plus parler tranquille ici.

Lili – Con, putain, chier, ça fera un euro cinquante en tout.

Léa – Allez Nicolas, tu payes s'il te plaît.

Nicolas a voulu sortir des pièces de sa poche pour régler ses dettes mais il les a fait tomber par terre.

Nicolas – Et merde...

Léa a ramassé deux euros qui avaient roulé à ses pieds.

Léa – Avec le dernier merde, ça fera le compte, merci.

On a éclaté de rire en voyant la tête de mon cousin. Sauf Gédéon, bien sûr, qui a gardé son sérieux.

On a sonné à la porte. Lili s'est précipitée.

Lili – Ça doit être papa !

Léa – Lili, tu demandes qui c'est avant d'ouvrir.

Les cris de joie de la fillette ont confirmé que c'était bien Claude qui venait chercher ses enfants.

Claude – Bonsoir tout le monde.

Tous ensemble – Bonsoir Claude !

Claude – Qu'est-ce qui se passe ? Vous avez l'air contrariés ?

Lili a expliqué la situation.

Lili – Hérold est comme la Belle au bois dormant. On ne sait pas quand il va se réveiller. Nicolas a voulu le voir mais

il a pas eu le droit parce que c'est pas son papa mais il a mis deux euros dans la boîte parce qu'il a dit des gros mots.

Les raccourcis des enfants sont parfois très poétiques. Pas forcément très clairs.

Claude – Je n'ai pas bien compris, ma chérie. Quel rapport entre Hérold, la Belle au bois dormant et Nicolas qui dit des gros mots ?

Lili – Ben, parce qu'il est tombé dans les escaliers...

Claude s'est tourné vers Nicolas.

Claude – Vous êtes tombé dans l'escalier ?

Nicolas – Non, pas moi, Hérold.

Claude – Hérold, le patron de *L'entracte* ?

Nicolas – Oui, il est aux urgences.

Claude – Et c'est grave ?

Nicolas – On ne sait pas. Il se dit beaucoup de choses, mais aucune information vérifiée.

Claude – C'est pas de bol. Hérold est vraiment un chic type. Toujours dispo, toujours souriant.

On est restés un moment à parler d'Hérold, de sa gentillesse, du rôle qu'il jouait dans le quartier. Jim a même raconté comment il les avait aidés, Nicolas et lui, lors de notre installation à la maison rose.

Jim – Il a été cool avec nous. La première fois qu'on est allés à *L'entracte*, on avait passé la matinée à enduire et à poncer le bureau de Justine. On était couverts de sueur et de poussière. Tu te rappelles, Nicolas ?

Nicolas – Ouais... Il ne nous a pas demandé ce qu'on voulait. Il nous a apporté direct deux sandwichs et deux bières et il nous a dit : « Respect pour les travailleurs, c'est moi qui régale. » Un patron de bar qui te file à bouffer et à boire gratos, je n'avais jamais vu ça… D'habitude, ils te refusent un verre d'eau.

Jim – D'ailleurs, Nico et moi, on a eu le même réflexe, on lui a répondu qu'il n'était pas question qu'il nous offre notre repas.

Lili très intéressée a demandé :

Lili – Et alors, il a accepté vos sous ?

Jim – Ça a été toute une histoire.

Séquence souvenir : les souvenirs de la première fois à *L'entracte* racontés par Jim.

Hérold – Ah mais ici, c'est moi le boss et les clients payent si je veux !

Nicolas lui a répondu du tac au tac :

Nicolas – Dans ce cas, il faudra nous laisser faire la vaisselle et nettoyer les tables ce soir après notre taf !

Hérold – Mais c'était au programme.

Jim – Dans ce cas, on accepte. Moi, c'est Jim et lui Nicolas.

Hérold – Hérold ! On se tutoie et deal.

On s'est tapé dans les mains pour sceller le contrat.

Hérold – Vous bossez dans le bâtiment ?

Jim – Non, on est étudiants, enfin à partir de septembre et on s'installe dans un appart un peu plus loin.

Hérold – Et il y a beaucoup de travaux ?

Nicolas – Non, l'appart est nickel. Mais on refait les peintures d'une chambre en haut qui va servir de bureau à ma cousine.

Hérold – Donc, vous allez vivre en coloc ?

On lui a expliqué que nous étions les nouveaux habitants de la maison rose.

Hérold – Super. Vous vous connaissez déjà, donc pas de risque de mauvaise surprise.

Jim – Ouais, c'est vrai. En même temps on n'a jamais vécu ensemble, donc il faudra que chacun trouve ses marques.

Nicolas – Surtout que même si on les connaît bien, on va avoir à gérer quatre chieuses.

Jim – J'espère qu'il y en aura quatre...

Nicolas – Mais t'inquiète, elle va venir, ton avocate.

Jim – Pas sûr. Elle ne se bouge pas beaucoup pour trouver un stage ici.

Hérold – Elle va trouver ! Les femmes amoureuses ont des ressources insoupçonnées.

Jim – Alors j'attends de voir ! Et toi, ton bar, ça marche bien ?

Hérold – Pas mal. Au début, ça n'a pas été facile mais la clientèle s'est fidélisée petit à petit. J'ai beaucoup d'habitués qui sont devenus des potes.

Nicolas – Si tu offres à manger à tout le monde, tu dois avoir du mal à boucler tes fins de mois !

Hérold – Non, j'offre juste la première fois, après je fais payer double !

On a éclaté de rire. Hérold nous a souhaité bon appétit et est allé servir d'autres clients. On a mangé et on est repartis bosser non sans avoir prévenu qu'on reviendrait à 20 heures pour régler nos dettes.

Après une après-midi à poncer les plinthes et à poser une première couche d'enduit, on a débarqué. Hérold nous a accueillis avec la même gentillesse qu'à midi.

Hérold – Salut les garçons ! Ouh là, vous avez l'air morts !

Nicolas – C'est rien de le dire. Il fait une chaleur à crever sous les toits.

Hérold – Qu'est-ce que vous voulez boire ?

Jim – De l'eau glacée. Je n'en peux plus de l'eau tiède qui a un goût de plastique.

Nicolas – Même chose pour moi mais après, on te prévient, on attaque la vaisselle et le nettoyage des tables.

Hérold – J'ai dit d'accord mais on n'est pas pressés. Reposez-vous un peu et on verra après.

On n'a rien vu du tout.

Lorsqu'on est déjà épuisé, il ne faut surtout pas s'arrêter pour se reposer avec l'espoir de continuer sa tâche plus tard. Il est impossible de retrouver de l'énergie. On s'est affalés sur les chaises et on a végété comme des morts vivants.

Quand, vers 21 heures, Hérold a rangé les tables qui étaient en terrasse et a fermé le bar, on était toujours au même endroit et dans le même état.

Jim – Désolé, on est des vrais boulets. On ne s'est pas levés pour t'aider.

Hérold – No problemo.

Nicolas – On y va, t'inquiète. Il est tard et tu dois avoir envie de te poser.

Hérold – Calme, les garçons. Tout va bien. Vous avez prévu quoi ce soir ?

Jim – On ne s'est pas encore posé la question, figure-toi. On va commander des pizzas et les manger sur la terrasse, je pense.

Hérold – Vous avez une grande terrasse ?

Jim – Oui, en teck, super belle.

Hérold – Vous avez loué le duplex des Shankland ?

Nicolas – Ouais, tu les connais ?

Hérold – Bien sûr, c'est des super potes ! Il m'avait dit qu'ils avaient loué à des étudiants, je n'ai pas fait le lien avec vous.

On a raconté à Hérold notre premier rendez-vous avec Léa seule devant la porte et tous les autres en embuscade.

Jim – C'était un vrai sketch… Nicolas a failli massacrer un voisin, après il a cru que Léa avait été enlevée par un vieux qui n'arrivait pas à faire son code.

Hérold a tout de suite compris de qui on parlait.

Hérold – Notre Roger national !

Nicolas – Tu le connais aussi ?

Hérold – Évidemment. Il vient souvent se réfugier à *L'entracte* pour échapper à Suzette. Il dit qu'il va faire des courses, il boit un café ici et après il s'arrange pour acheter ce qu'il ne faut pas, afin d'être certain que sa femme le renvoie au Monop. Et il revient, se reprend un café tranquille, achète encore le mauvais truc et rentre au bercail. Sa femme pense qu'il est bigleux alors qu'en fait, il est super malin.

Nicolas – J'y crois pas. Mais pourquoi il ne s'est pas barré de chez lui s'il a une femme aussi pénible?

Hérold – Parce qu'il l'aime mais qu'il ne la supporte pas!

Nicolas – Il est piégé!

Hérold – Ça, c'est la vie. À partir du moment où tu tombes amoureux t'es piégé... Je sais de quoi je parle, j'ai beaucoup donné à une époque!

On est restés un moment à méditer.

Nicolas – Ouais, c'est un peu ça. Tu me verrais avec Léa, je suis un vrai caniche. Elle me remet à ma place comme aucun mec n'oserait le faire.

Hérold – Oui, mais tu l'aimes!

Nicolas – Ben ouais...

Nicolas s'est levé d'un coup d'un seul.

Nicolas – Bon, on arrête de parler des meufs! Et si tu venais manger une pizza sur la terrasse avec nous?

Hérold – Bonne idée!

Jim – Mais cette fois-ci, c'est nous qui t'invitons.

Hérold – OK. Mais j'apporte une bonne bouteille de vin et le dessert. Il me reste des mousses au chocolat et des fraises. Ça vous dit?

Nicolas – Parfait.

La soirée a été très sympa. Hérold nous a raconté la vie du quartier depuis cinq ans, date à laquelle il avait ouvert *L'entracte*. Ce n'était pas un petit quartier calme.

Le boulanger près de l'église, pensant que sa femme le trompait avec un de ses clients, avait attendu le prétendu « amant » avec son fusil de chasse un dimanche matin. Des voisins avaient été obligés d'intervenir pour qu'il ne tire pas sur son rival.

On avait découvert aussi que le plombier de la rue de la République abîmait lui-même les tuyauteries qu'il venait réparer mais qu'il s'arrangeait pour que les problèmes arrivent plusieurs semaines après son passage. Il fidélisait sa clientèle de cette façon.

Il avait été surpris la main dans le sac, ou plutôt la pince sur le tuyau, par une voisine.

Dans un genre plus romantique, Hérold nous a annoncé fièrement qu'il venait de fêter le troisième mariage et le deuxième bébé entracte.

Nicolas – C'est quoi ça ?

Hérold – Les mariages entracte, ce sont les mariages des clients qui se sont rencontrés chez moi : Jessica et Paul, Romy et James, Tanguy et Pedro.

Nicolas – Tanguy et Pedro, ils se sont mariés ?

Hérold – Ben oui, le mariage pour tous ça existe, tu n'en as jamais entendu parler ?

Nicolas – Si ! Et les deux bébés, c'est les leurs ?

Jim

Les copains, Wikipédia nous renseigne sur la loi. Le mariage homosexuel ou mariage entre personnes de même sexe, surnommé également « mariage pour tous », est autorisé en France par la loi n° 2013-404. C'est désormais un droit. Le projet de loi, déposé au Parlement le 7 novembre 2012, a été définitivement adopté le 23 avril 2013 puis validé par le Conseil constitutionnel le 17 mai 2013 et promulgué le lendemain. Le premier mariage homosexuel a été célébré le 29 mai 2013 à Montpellier.

Aujourd'hui, 19h53 · 3 personnes aiment ça · Commenter

Nicolas Oh hé ! On se calme avec les chiffres, le juriste :)

Aujourd'hui, 19h54 · J'aime

Ingrid En 2014, 10 000 couples gays se sont passé la bague au doigt.

Aujourd'hui, 19h58 · 11 personnes aiment ça

Léa C'est beau, l'amour…

Aujourd'hui, 20h03 · 1 personne aime ça

Justine Surtout quand les nouveaux mariés sont en majorité des gens de plus de quarante ans !

Aujourd'hui, 20h13 · J'aime

Hérold – Non, mais ils aimeraient bien. Le petit Léonard est le fils de Jess et Paul, quant à miss Violette, elle est la fille de Romy et James. Je suis le parrain des deux enfants.

Jim – C'est cool.

Hérold – Oui, mais la rencontre dont je suis le plus fier, c'est celle de Maurice et Madeleine.

Nicolas – C'est qui, eux?

Hérold – Un super couple de 77 et 79 ans.

Jim – Ils se sont connus à *L'entracte*?

Hérold – Absolument. Ils vivent un véritable conte de fées depuis deux ans!

Nicolas, moqueur comme souvent, s'est senti obligé de commenter:

Nicolas – Plus très frais le prince et la princesse!

Hérold – Ne crois pas ça. Maurice est un ancien imprimeur, un type raffiné et très érudit. Il a perdu sa femme il y a dix ans et il vivait assez reclus depuis. Tous les matins, il prenait son petit-déjeuner à *L'entracte* : café noir, tartines avec du miel des forêts. On parlait musique. C'est un passionné de jazz. Un jour, alors qu'on discutait, entre une vieille dame affolée qui avait claqué la porte de chez elle en laissant les clés à l'intérieur.

Nicolas – Tu ne vas quand même pas nous dire qu'il lui a ouvert sa porte, qu'il l'a emballée et qu'il n'est plus jamais reparti?

Hérold – Non, ça ne s'est pas réglé aussi vite. Pendant plus d'un an il lui a fait la cour comme un chevalier du temps jadis.

Nicolas – À 79 balais, il s'est encore fait piéger ?

Hérold – Oui ! Avec une joie que tu n'imagines pas. Le lendemain de l'ouverture de porte, il lui a écrit une lettre où il lui demandait s'il pourrait la revoir. Il s'était installé à une table près du comptoir, il écrivait, raturait, réécrivait puis finissait par froisser la feuille et la jeter. Quand il l'a eu enfin terminée, il est allé la poster et la longue attente de la réponse de Madeleine a commencé.

Nicolas – Il aurait dû lui envoyer un SMS du genre : « Madeleine, je te kiffe, et toi ? », ç'aurait été plus vite réglé.

Hérold – Pas exactement le genre de Maurice ! Ni celui de la dame.

Hérold nous a raconté comment Maurice avait vécu les jours suivants avec le cœur dans les chaussettes. Il attendait le facteur comme le messie et, chaque matin, c'était la grande déception. Et puis un jour, Madeleine avait répondu. Elle acceptait l'invitation et lui demandait le lieu et l'heure du rendez-vous. Maurice était arrivé au café dans un état d'angoisse inquiétant. Il ne savait pas où inviter sa dulcinée à dîner. Chez lui, c'était trop tôt encore et il lui semblait qu'un restaurant serait trop impersonnel.

Nicolas – Et alors ? Où est-ce qu'il l'a pécho la Mado ?

Hérold – Ici même.

Jim – Ici ? Avec tous les clients ?

Hérold – Non. J'ai fermé *L'entracte* plus tôt que d'habitude. Je n'ai laissé qu'une table au centre avec nappe blanche, argenterie, roses rouges et chandelles. Maurice a préparé

un repas raffiné et délicat comme lui. À 20 heures, la belle Madeleine est arrivée. Elle était visiblement allée chez le coiffeur et portait une robe qui semblait bien neuve. Malgré son âge elle avait dans le regard le désir gêné des filles lors de leur premier rencard. Quand Maurice l'a vue, il est devenu aussi rouge que les fleurs.

Jim – Et alors?

Hérold – Et alors, je me suis éclipsé. Mais vers une heure du matin, quand je suis redescendu pour fermer la porte du café à clé...

Nicolas – Ah non, ne raconte pas ce que tu as vu, il y a des âmes sensibles ici!

Hérold – Eh bien, quand je suis redescendu, Maurice avait mis un euro dans le juke-box et les deux amoureux dansaient sur *Strangers in the Night*.

Nicolas – Il l'a emballée sur Sinatra, quelle classe...

Jim – Et alors depuis, où ils en sont tous les deux?

Hérold – Après une année de roses rouges envoyées, de promenades au bord de l'eau, de séances de cinéma, ils sont partis en croisière au pôle Nord. C'était le rêve de Madeleine mais son mari, puisqu'elle était veuve aussi, n'avait jamais voulu. Aujourd'hui, ils sont plus amoureux que jamais mais ils ont gardé chacun leur appartement. Ils ne veulent pas que le quotidien use leur couple.

Nicolas – Incroyable! Quand Justine et Léa rentreront de leur voyage, il faudra que tu leur racontes cette histoire. Elles vont adorer...

ACCUEIL   FASHIONISTA   **INSPIRATIONS**   FOOD   BONS PLANS   CONTAC

Portrait de star : Frank Sinatra

Ingrid : Waouh, j'ai découvert sur le Net Frank Sinatra. Quel tombeur, et quel artiste ! On le surnommait The Voice. Il est né en 1915 aux États-Unis dans le New Jersey. Son père était originaire de Sicile, sa mère de Ligurie. Il a commencé sa carrière de chanteur dans des orchestres de jazz. Un immense crooner. *I'm A Fool To Want You!*, *Night And Day*, *Strangers In The Night*, *New York, New York*, c'est lui. Mais quel acteur aussi ! Il a reçu un Oscar pour son rôle dans *Tant qu'il y aura des hommes…* Plus tard il a fondé avec ses amis Dean Martin et Sammy Davis Jr le célèbre Rat Pack. Chanteur, acteur, producteur, beau gosse : il avait tout pour lui !!!

Mode fraîc et belle même aprè l'atterrissa

Fish pédicu LE bon pla beauté

Nicolas :
Il a pécho les plus belles femmes du monde : Ava Gardner, Mia Farrow…
Et de grands artistes ont repris ses tubes : Springsteen, U2.

Jim :
On prétend qu'il était lié à la mafia.

Justine :
Ingrid, tu as oublié le mythique *My Way.* Je fonds…

Ingrid :
Un bad boy comme je les aime :)

Nicolas a dû être très angoissé par cette séquence souvenir parce qu'il a interrompu Jim assez brutalement.

Nicolas – Bon ben ça va, calme-toi. On dirait qu'Hérold est mort et que tu prononces le discours pour son enterrement.

Il n'avait pas tout à fait tort.

Attrapant son blouson et les clés de la voiture sur la table basse, il a annoncé :

Nicolas – J'y vais.

Léa – Où ça ?

Nicolas – À l'hôpital.

Léa – Mais il est 20 h 15.

Nicolas – Et alors ? C'est pas une épicerie, ça ne ferme pas le soir.

Je suis intervenue.

Justine – Non, ils ne ferment pas mais c'est le service de nuit. Tu ne trouveras personne pour te renseigner.

Nicolas – Donc, personne pour me faire barrage.

Jim a dû trouver l'argument convaincant.

Jim – Je te suis.

Léa – Moi aussi.

Ingrid – Attendez-moi, je vais chercher mon manteau.

Justine – OK, on y va mais je vous préviens, ils ne nous laisseront pas entrer aux urgences. Il y a des règles très strictes d'hygiène et de surveillance.

Après avoir promis à Claude qu'on l'appellerait si on en savait plus, on a filé en lui laissant le soin de claquer la porte en sortant.

Nous nous sommes entassés dans la voiture de Jim et nous avons pris la direction de l'hôpital. Tandis qu'on roulait, Ingrid m'a demandé :

Ingrid – Tu ne connais pas un médecin qui pourrait nous aider là-bas ?

Justine – Non.

Ingrid – Pourtant c'est ton CHU ?

Justine – Oui, mais pour l'instant, on reste dans les amphis et on ne va jamais dans les services.

Ingrid – Tu n'as pas une carte d'étudiante en médecine ?

Justine – Si, mais elle me permet juste d'aller au resto-U et à la bibli ! Ce n'est pas un laissez-passer pour l'hôpital.

Nicolas a réagi :

Nicolas – C'est mieux que rien. On va t'envoyer en émissaire, Justine.

Justine – Moi ?

Nicolas – Oui, toi. Tu en penses quoi, Léa ?

Léa – C'est une bonne idée. Il ne faut surtout pas qu'on débarque en masse sinon on va se faire refouler.

Lorsque nous sommes arrivés devant l'hôpital, Nicolas m'a larguée en vol sans me demander mon avis.

Nicolas – On se gare et on t'attend dans le hall.

Je n'ai pas eu le temps de claquer la portière, il était déjà parti. Je me suis retrouvée seule dans un froid glacial.

Dire qu'il y a moins d'une demi-heure j'étais tranquillement chez moi après une longue journée et que je rêvais d'un bain chaud.

J'ai hâté le pas. J'ai passé l'accueil sans encombre. À cette heure-ci il n'y avait personne. Je me suis dirigée vers les urgences sans croiser âme qui vive.

Je sais que j'ai choisi de passer les prochaines années de mon existence dans un hôpital mais franchement, déjà le jour ce n'est pas super fun, alors le soir, c'est carrément flippant.

J'étais en train de me demander si le choix de mes études de médecine était le bon quand les portes des urgences se sont ouvertes violemment sur un infirmier antillais d'une trentaine d'années qui poussait un brancard vide. Le type devait mesurer deux mètres. J'ai laissé échapper un cri. Il m'a souri.

L'infirmier – Il ne faut pas avoir peur comme ça, mademoiselle !

Justine – Désolée, je suis un peu émotive.

L'infirmier – Vous cherchez quelqu'un ?

Justine – Oui.

L'infirmier – Les visites ne sont pas autorisées le soir.

Justine – Je sais. Mais je voudrais juste savoir comment il va.

L'infirmier – C'est votre petit ami ?

Justine – Non.

L'infirmier – Un membre de votre famille ?

Justine – Pas tout à fait.

L'infirmier – Un ami qui compte ?

Justine – C'est ça.

Saturnin – oui, parce qu'il s'appelait Saturnin, c'était écrit sur son badge – m'a regardée avec beaucoup de gentillesse.

L'infirmier – Et il s'appelle comment cet ami ?

Justine – Hérold.

L'infirmier – Hérold comment ?

Alors là, je n'en avais aucune idée.

Hérold de *L'entracte*, c'est la seule réponse que je pouvais lui fournir. Jamais Hérold n'avait prononcé son nom de famille devant moi. Et après tout, on fréquente plein de gens dont on ne connaît pas le patronyme. On ne demande pas leurs papiers d'identité aux gens qu'on rencontre, on n'est pas de la police. Toutefois, j'avais parfaitement conscience qu'être incapable de fournir le nom d'un homme dont je venais demander des nouvelles à 21 heures à l'hôpital était suspect.

Alors que je buggais sévèrement, l'infirmier m'a demandé sur le ton de la confidence :

L'infirmier – Il est marié, c'est ça ?

Il m'a fallu un quart de seconde pour saisir le sous-entendu de Saturnin : « Vous êtes la petite amie d'un homme marié que vous venez voir en cachette et vous taisez son nom de peur que cela se sache. Je comprends la situation et je suis du genre discret. N'ayez aucune inquiétude… »

Décidément, entre le père d'Ingrid et Saturnin, le monde des adultes n'était pas un monde où régnait la transparence. Il fallait que je pense à checker la vie de mon père, un de ces jours.

Bon, mais il faut reconnaître que son interprétation m'arrangeait !

J'ai baissé les yeux comme une fille prise en faute et j'ai murmuré un oui quasi inaudible. Je ne voudrais pas me lancer de fleurs mais, franchement, j'aurais pu recevoir un Oscar pour cette prestation.

Je suis certaine que si, à ce moment-là, Nicolas et les autres n'avaient pas déboulé façon sangliers dans le maquis corse, j'aurais eu toutes les infos du monde sur Hérold. Mais en les voyant arriver, Saturnin a quitté son air d'infirmier sympa et a joué les cerbères.

L'infirmier – Il n'y a pas de visites à cette heure-ci, même pour la famille.

Jim a cru arranger les choses en répondant :

Jim – On est avec la demoiselle.

Il n'a pas compris qu'en disant cela il ruinait mon alibi de petite amie et me rendait suspecte.

L'infirmier m'a soudain regardée comme si j'étais un paparazzi de *Closer* cherchant à shooter illégalement une star hospitalisée.

J'ai cherché à me justifier.

Justine – Hérold tient un bar en bas de chez nous et...

Saturnin, comprenant que je n'avais pas dit la vérité, a très mal réagi :

L'infirmier – Écoutez, je ne sais pas ce que vous trafiquez avec votre patron de bar et ça ne me regarde pas mais vous ne pouvez pas rester. Et vous autres non plus...

C'est fou comme on peut passer en moins d'une minute du statut de maîtresse éplorée à celui de voleuse de photo, pour finir trafiquante de drogue.

Nicolas n'a aimé ni le ton ni le contenu de la phrase de Saturnin.

Nicolas – Mais comment il nous parle, lui ?

L'infirmier – Pour l'instant, je vous parle gentiment.

Vu la façon dont il s'adressait à nous, l'adverbe « gentiment » ne convenait pas. « Fermement », « avec autorité », auraient été plus justes.

Nicolas – Ah oui, tu nous parles gentiment ? Eh bien ta mère n'a pas dû bien t'expliquer le sens du mot.

Aïe ! Quand un garçon hausse le ton avec un autre et commence à lui parler de sa mère, c'est mauvais signe. En général, ça dégénère...

La situation qui dégénère racontée par un journaliste de France 3 Région

« Ce qui devait être une soirée amitié et retrouvailles a fini dans un bain de sang à l'hôpital Avicenne hier. Un quiproquo semble être à l'origine de cette tragédie. Un infirmier, Saturnin M'boko, pensant avoir affaire à une bande de drogués cherchant leur dealer dans l'enceinte de l'hôpital, leur a interdit l'entrée des urgences. En réalité, ces cinq jeunes gens venaient tout simplement prendre des nouvelles d'un commerçant de leur quartier. Le ton

est monté entre l'infirmier et un des garçons. *Le service de
sécurité, alerté par les cris, est arrivé en renfort et la police
a été appelée.*

*Les jeunes ont tenté de s'enfuir. Des coups de feu ont
été tirés.*

*Deux jeunes sont morts et deux sont dans un état grave.
Une des filles encore sous le choc a commencé à raconter
aux enquêteurs la terrible méprise. »*

L'infirmier – Je vous prierai de me vouvoyer, nous ne nous
connaissons pas.

Avant que Nicolas ne réagisse, Jim est intervenu.

Jim – Veuillez l'excuser, il ne cherchait pas à vous offen-
ser. Nous sommes désolés d'arriver tard et de vous déranger
dans votre travail. Nous allons repartir.

L'infirmier – Très bien. Bonsoir alors...

Jim – Bonsoir.

Jim a attrapé Nicolas par le bras et l'a tracté jusqu'à la porte.
On l'a entendu le sermonner :

Jim – Mais où tu te crois, toi ? Tu ne vas pas bien...

Nicolas – T'as vu comment il nous a parlé ?

Jim – Comme quelqu'un qui fait son boulot.

Léa et Ingrid qui les avaient suivis ont confirmé :

Léa – Il s'est adressé à nous très correctement. Il a été
sec mais respectueux. En revanche, on ne peut pas en dire
autant de toi.

Ingrid – C'est vrai, il a été très pro.

Saturnin, qui était toujours devant moi, a écouté avec attention les remarques faites à mon cousin. J'ai pensé que ça devait lui faire plaisir de voir Nicolas se faire sermonner par ses amis.

Mon cousin a accepté les critiques sans broncher puis il a déclaré, angoissé :

Nicolas – Ouais, je sais. J'y suis allé un peu fort, mais c'est pas normal qu'on ne puisse pas avoir de nouvelles d'Hérold. On n'est pas de sa famille mais c'est notre ami. C'est pas juste le patron du café en bas… Si ça se trouve, il ne se réveillera jamais, on ne pourra pas lui dire au revoir.

Ingrid – Ne parle pas de malheur, Nicolas. Il est juste tombé dans les escaliers, il va s'en remettre.

Léa – Ingrid a raison, ne dramatise pas. Qu'est-ce qui t'arrive ? D'habitude, c'est Justine et moi qui délirons, et toi qui nous remets les idées en place. On viendra demain matin avant la fac pour avoir de ses nouvelles, d'accord ?

Nicolas a hoché la tête en signe d'acquiescement. J'allais rejoindre mes amis qui regagnaient le parking, lorsque l'infirmier m'a dit :

L'infirmier – Attendez là cinq minutes, je reviens.

Et il a disparu. Effectivement, cinq minutes plus tard il était de retour.

L'infirmier – Votre ami est resté très peu de temps aux urgences, il a été transféré en chirurgie orthopédique : fracture tassement du plateau tibial latéral. Il a été opéré :

réduction et ostéosynthèse par plaque. Quelques jours à l'hôpital et après lever avec attelle et deux cannes béquilles sans appui durant trois mois.

Justine – Il n'était pas dans le coma ?

L'infirmier – Non. Je ne sais pas qui vous a donné cette information.

Justine – Vous êtes sûr ?

L'infirmier – Sûr et certain. À cette heure-ci il se repose, revenez demain aux heures de visite.

Justine – Merci monsieur. Et désolée pour le comportement de mon cousin.

L'infirmier – C'est votre cousin ?

Justine – Oui.

L'infirmier – Et les autres ?

Justine – Ce sont mes amis. On est étudiants et on vit en coloc.

Saturnin m'a de nouveau regardée avec bienveillance.

Saturnin – Alors dites à votre cousin qu'à son âge j'étais un cheval fougueux comme lui et que ça ne m'a apporté que des ennuis.

Justine – Je le lui dirai. Bonsoir...

Saturnin – Bonsoir mademoiselle.

Il a repris son brancard et a continué son chemin. Certains adultes sont étonnants, ils arrivent à se souvenir de leurs erreurs de jeunesse avec assez de clairvoyance pour comprendre celles des autres.

Quand j'ai rejoint mes amis dans la voiture et que je leur ai raconté la dernière scène avec Saturnin, ils sont d'abord restés sans voix et puis il y a eu des « Putain, il m'a fait peur ce con » et des « Je me sens vraiment soulagée ». Et puis, il y a eu Ingrid :

Ingrid – Professionnel, sexy et sympa. Si je n'étais pas amoureuse d'llaiiiiiii, je me serais bien cassé deux ou trois jambes pour qu'il s'occupe de moi.

Justine – Mais ça ne va pas, il a au moins trente ans !

Ingrid – Avec de l'expérience, en plus ? Arrête, tu me fais rêver !!!

Opération
solidarité

Léa – Justine et Lili, vous avez fini la banderole de l'entrée ?

Lili – Non, pas encore.

Léa – Dépêchez-vous, il reste encore celle du bar à faire.

Justine – Tu ne peux pas demander à Gédéon de tracer les lettres au feutre noir ? Ça nous aiderait.

Léa – Non, il est avec Nico en train d'accrocher les guirlandes en papier. Il faut vous activer, les filles.

Justine – Et Ingrid, elle est où ?

Léa – Partie chercher du papier sulfurisé chez Suzette, il reste deux tartes à faire cuire.

Nicolas est entré dans la salle en hurlant :

Nicolas – Quelqu'un a vu le scotch double face ?

Léa – Si tu le demandes normalement, je te dirai où il est.

Mon cousin a pris une petite voix sucrée.

Nicolas – Ma Léa chérie, adorée, adorable, pourrais-tu me dire où se trouve ce putain de scotch double face ?

Lili – Cinquante centimes, Nico !

Nicolas – OK Lili, je vais payer. Dites-moi juste où est le scotch et vite.

Si mon cousin était d'accord pour régler sa facture « gros mot », c'est qu'il tenait à ce que tout soit parfait avant l'arrivée d'Hérold. Cela faisait un mois, jour pour jour, qu'il avait quitté *L'entracte*. Et ce midi nous fêtions son retour.

Léa – Dans le sac, avec les nappes et les serviettes en papier.

Nicolas a récupéré le scotch et est reparti sans un mot. Tandis qu'il était quasiment sorti du bar, Léa lui a crié :

Léa – Qu'est-ce qu'on dit ?

Nicolas – Je ne sais pas. Bonjour ? Bon appétit ?

Lili a éclaté de rire. Ma meilleure amie a soupiré.

Léa – Il est infernal.

Lili – Oui mais qu'est-ce qu'il est rigolo !

Léa – Pas toujours.

Jim, survolté, est entré à son tour.

Jim – On a oublié de mettre les boissons au frais, elles sont encore dans le coffre de ma voiture.

Léa – On ira les chercher au dernier moment, il fait plus froid dehors que dans le frigo.

Jim – Qu'est-ce qui reste à rapporter alors ?

Léa – Je crois qu'on a tout.

Justine – Vous lui avez mis des serviettes et du savon dans sa nouvelle salle de douche ?

Jim – Non. Elles sont où les affaires de toilette ?

Justine – Dans le sac Auchan.

Vous ne devez pas bien comprendre pourquoi nous parlons d'une nouvelle salle de douche et d'affaires de toilette. Peut-être faut-il que je prenne cinq minutes pour vous expliquer un peu mieux la situation.

Le mois dernier quand Hérold est tombé, il a été hospitalisé un petit moment. Il y a eu quelques complications après son opération, voilà pourquoi il est resté plus longtemps que prévu. Quand il a eu enfin l'autorisation de sortir, il n'a pas pu revenir dans son appartement au-dessus de *L'entracte*. Il y a un escalier... Il est donc parti chez ses parents à trois cents kilomètres d'ici. Il les adore mais, quand nous sommes allés le voir la veille de son départ, il était déprimé.

Hérold – Je ne tiendrai jamais là-bas. Ils sont adorables mais étouffants. Déjà, quand je passe deux jours chez eux, je n'ai qu'une hâte, rentrer chez moi le plus vite possible, alors là...

Nous avions très bien compris ce que ressentait Hérold car, après six mois de vie autonome, nous avions du mal à supporter les week-ends « famille ».

Léa avait tenté d'être rassurante.

Léa – C'est une affaire de quelques semaines seulement.

Hérold – Avec la rééducation, j'en ai pour plus de deux mois et le médecin a été formel, je ne peux pas retourner chez moi avec l'escalier. C'est trop risqué.

Nicolas – Pourquoi tu ne viendrais pas chez nous ? Avec Jim, on te laisse notre chambre et on dort dans le salon.

On avait tous trouvé l'idée excellente.

Hérold – C'est gentil mais vous avez autre chose à faire. Il va falloir m'accompagner régulièrement chez le kiné, me faire les courses, me préparer à bouffer...

Jim – Eh ben, on s'arrangera.

Ingrid – Mais oui...

Hérold – C'est gentil mais non. Je vais me sentir encore plus mal. Mes parents sont à la retraite et ils se font une joie de s'occuper de moi.

Hérold avait été très touché par notre proposition mais l'avait refusée. Il était donc parti le lendemain. Nicolas nous avait raconté la scène.

Nicolas – Vous l'auriez vu à l'arrière de la voiture de ses parents, c'était vraiment le bad trip.

Jim – Oh l'enfer !

Ingrid – Il ne faut peut-être pas exagérer. Il a des problèmes de santé et il a la chance d'avoir des parents qui l'aiment pour s'occuper de...

Ingrid s'est arrêtée net au milieu de la phrase. Depuis les dernières révélations de son père, elle refusait de lui parler et là, malgré elle, elle affirmait l'importance de l'amour parental.

Léa – Ingrid a raison, des tas de gens seuls rêveraient qu'on leur mette un petit coussin sous la tête.

Nicolas – C'est vrai.

Jim – En ce qui me concerne, je préférerais être seul plutôt que mon père s'occupe de moi.

On avait éclaté de rire.

Jim – Ne riez pas, ce n'est pas drôle.

Justine – Ce qui est drôle, c'est la tête que tu fais quand tu parles de ton père.

Jim – Ça serait ton père, je t'assure que tu te marrerais moins.

Nicolas – Tu devrais essayer le mien, de père ! Celui qui se la joue plus ado que son fils, ça te changerait.

Ingrid – Et le mien, quelqu'un en veut ?

Léa – Au moins vous avez un père !

On avait donc débattu de la question du père. En valait-il mieux un étouffant, maltraitant, dissimulateur, adulescent ou mort ? Chacun avait donné des arguments recevables et nous n'étions arrivés à aucune conclusion définitive.

Nicolas – Bon, en tous les cas Hérold est dans une sale situation et je ne sais pas comment l'aider. D'autant plus qu'il m'a confié que la fermeture de *L'entracte* pendant deux mois risquait d'être une catastrophe financière.

Léa – Pour ça, on ne peut rien faire.

Nicolas – Non.

Les jours avaient passé et nous avions régulièrement téléphoné à Hérold. Nicolas surtout. Leur amitié s'en était trouvée renforcée.

Un soir, alors que je rentrais tard de la bibliothèque, j'avais trouvé mon cousin dans un état de surexcitation incroyable.

Nicolas – Tu peux venir deux secondes, Justine ? J'allais expliquer aux autres l'idée que je viens d'avoir.

Et il avait dévoilé son plan sans même reprendre sa respiration.

Nicolas – Hérold s'ennuie à mourir chez ses parents. Il ne supporte plus d'être là-bas. Ce matin, j'ai eu une idée de génie qui est apparemment réalisable. Si on prend la salle qui lui sert de réserve...

Ingrid – *À L'entracte ?*

Nicolas – Oui, la salle qui jouxte les toilettes.

Léa – Eh bien ?

Nicolas – On refait les peintures et on fait une chambre pour Hérold.

Jim – Pas mal. Il a la cuisine du bar, il pourra se préparer à manger.

Léa – Et la salle de bains ?

Nicolas, qui avait eu la journée pour peaufiner son projet – il ratait de plus en plus souvent ses cours –, avait immédiatement proposé une solution.

Nicolas – J'ai vu ça avec Romain, un pote plombier d'Hérold que j'ai rencontré à l'hôpital et qui n'habite pas loin. On peut monter une petite cabine de douche dans la chambre, il y a ce qu'il faut pour l'évacuation d'eau. Il serait d'accord pour

m'aider gratos. Du coup, Hérold aurait tout au rez-de-chaussée : sa chambre, la salle de douche, les toilettes, la cuisine.

Justine – Top !

Jim – C'est parfait

Ingrid – Génial !

Mon cousin avait regardé Léa qui ne réagissait pas.

Nicolas – Où est le problème ?

Léa – Nulle part. Je réfléchis au quotidien s'il se retrouve seul chez lui.

Nicolas – Les courses et la bouffe, on peut l'aider.

Léa – Oui… Et il faut qu'il se rende tous les jours chez le kiné.

Nicolas – On l'emmène !

Léa – Et puis il y a aussi le ménage et surtout passer du temps avec lui. Il va s'ennuyer tout seul.

Nicolas – C'est pas compliqué !

Léa – Ce n'est pas évident non plus.

Mon cousin avait mal supporté les réticences de Léa.

Nicolas – Je ne comprends pas. Tu n'as pas envie de l'aider ?

Léa – Si ! Mais avant de prendre la décision de le rapatrier et en admettant qu'il soit d'accord, il faut être certains qu'on peut assumer. Ta bonne idée exige une vraie disponibilité.

Jim – Léa a raison. Il faut bien réfléchir avant.

Nicolas – Réfléchir à quoi ? Il rentre, on s'en occupe, c'est tout. Et si vous ne voulez pas m'aider, je le ferai seul.

Il avait fallu plus d'une heure pour faire comprendre à Nicolas qu'on souhaitait aider Hérold mais qu'on devait être pragmatiques et trouver des solutions viables. On avait des obligations personnelles : garder Lili et Gédéon pour Léa, assurer les permanences au club de gym pour Jim et surtout préparer nos examens.

Nicolas – Qu'est-ce que vous proposez alors ?

Nous étions restés à réfléchir un long moment puis Ingrid avait lancé :

Ingrid – Et si on faisait un calendrier pour les deux mois à venir avec toutes les tâches quotidiennes à effectuer et les emplois du temps de chacun ? Une bonne visibilité nous permettrait de voir si c'est faisable ou pas, non ?

Nicolas – Tu ne veux pas un tableau Excel aussi ?

Léa – Pourquoi pas, au moins les choses seraient claires. Tu sais, Nicolas, au début, sous le coup de l'émotion, tout le monde est d'accord pour aider mais après, les mouvements solidaires s'essoufflent. Il faut être certain de tenir la route avant d'en parler à Hérold.

Ingrid avait crié :

Ingrid – Mais bien sûr, un mouvement solidaire, c'est ce qu'il faut. On va organiser une réunion avec les clients du quartier qui ont envie d'aider Hérold.

Justine – Il y en aura plein ! Les gens l'adorent.

Jim – Et plus on sera nombreux à participer, moins ce sera lourd.

Comment dit-on « solidarité » en ?

Polonais ? Solidarność. **Allemand** ? Solidarität.
Anglais ? Solidarity. **Espagnol** ? Solidaridad.
Portugais ? Solidariedade. **Néerlandais** ? Solidariteit.
Norvégien ? Solidaritet. **Slovaque** ? Solidarita.
Finnois ? Solidaarisuus. **Italien** ? Solidarietà.
Roumain ? Solidaritate. **Hébreu** ? Achva.
Malgache ? Firaisankina. **Swahili** ? Mshikamano.

Léa – Dans ces conditions, ce serait possible de faire revenir Hérold chez lui.

Nicolas – C'est parti !!!

ঌ

Le soir même, Nicolas et Jim avaient récupéré les adresses mail des gens du quartier, les numéros de portable, créé un groupe WhatsApp : #quiveutaiderHerold? et un événement sur Facebook.

À tous les amis et connaissances d'Hérold, le patron de _L'entracte,_

Vous le savez peut-être, Hérold a fait une chute dans les escaliers et a dû être opéré.

Nous avons besoin de l'aide de chacun pour qu'il revienne chez lui. Toutes les bonnes volontés sont les bienvenues.

Rendez-vous à *L'entracte* mercredi 20 février à 19 h 30 avec quelque chose à grignoter et à partager.

Grâce à cette opération de com, les habitants du quartier avaient été prévenus en un temps record. Si bien que le mercredi soir à 19 h 30, il y avait un monde fou à *L'entracte*.

Les gens s'étaient entassés dans la grande salle et avaient écouté Nicolas présenter son projet. Un véritable élan de solidarité était né. Les participants avaient écrit leur nom et leurs possibilités. Nicolas avait immédiatement tout retapé sur son ordi.

Propositions des gens du quartier.doc

Mme Canut (boulangère) : livraison du pain tous les jours + croissants + gâteaux le dimanche.

Madeleine & Maurice (voisins, retraités) : repas jazz du mardi et jeudi midi apportés et partagés avec Hérold (s'il le souhaite).

Roger : courses au Monop tous les jours (s'il le souhaite) + belote.

M. Pisco (voisin, comptable) : courrier administratif + poste.

Danièle Pianito (voisine) : Déjeuner du dimanche midi apporté ou à prendre chez elle avec sa famille.

Jean-Luc (voisin) : achat et livraison de la cabine de douche.

Sophie (prof de yoga) : exercices à domicile une fois par semaine.

Viviane (prof) : sortie une fois par semaine au cinéma.

Le voisin (écrivain) : soirée bowling.

Florent (informaticien) : soirée poker organisée tous les jeudi.

Cindy (bibliothécaire) : sortie médiathèque le mercredi pour aller chercher livres, CD et DVD.

Benjamin (étudiant) : sortie un soir par semaine (resto, café, cinoche, ce qu'il veut).

Estelle (retraitée) : gâteaux deux fois par semaine + regarder une série l'après-midi.

Bruno (menuisier) : bricolage si besoin le soir après 20 heures et le samedi.

Suzette (retraitée) : tous les repas s'il le souhaite à la maison et chez lui !!!

Julie (secrétaire) : courses au marché le jeudi et le dimanche matin.

Lili et Gédéon : goûter/dessin animé le mercredi.

Il y en avait quatre pages comme cela.

Nicolas avait remercié tous les participants et avait promis un calendrier précis très rapidement. Il avait ensuite discuté avec Romain, le plombier, de la cabine de douche. Ils avaient décidé de l'installer le week-end suivant. Des voisins s'étaient portés volontaires pour déménager la réserve et la repeindre.

Il restait de la peinture blanche à Thierry, un voisin qui avait refait sa maison six mois plus tôt, un lit en 140 quasi neuf à Catherine, deux tables de chevet à Éric, une couette grand froid à Guillaume, une vasque de salle de bains à Suzy, une petite télé écran plat à Rachid...

Bref, ensemble, tout devenait possible.

Comme chacun avait apporté à manger, la « réunion » avait duré une bonne partie de la soirée. Moi, j'étais rentrée assez tôt à la maison rose pour travailler mais Léa m'avait tout raconté quand elle était venue se coucher. Avant qu'on éteigne la lumière, elle m'avait dit avec des étoiles dans les yeux :

Léa – Nicolas a été formidable. Il est en train d'emmener tout le monde avec lui. Cette histoire l'éloigne de ses études mais le rapproche de ce qu'il a à devenir.

Justine – Ça veut dire quoi ?

Léa – Je ne sais pas encore.

En quelques jours et grâce à la volonté affirmée de tous, la réserve s'était dotée d'une salle de douche. La semaine d'après, elle s'était transformée en chambre coquette.

Le vendredi 1er mars, Nicolas avait appelé les parents d'Hérold pour les prévenir, dans le plus grand secret, de ce qui avait été organisé pour permettre à leur fils de revenir chez lui. Ils avaient été très touchés par cet élan de solidarité et ils avaient chaleureusement remercié Nicolas.

Il avait été convenu avec eux qu'ils viendraient le dimanche midi suivant, soit deux jours après, pour régler un problème à *L'entracte* (problème bien entendu inventé de toutes pièces par Léa). Le but étant de ramener Hérold sans qu'il se doute de rien.

ॐ

Voilà pourquoi nous étions si survoltés en cette matinée du dimanche.

Nicolas – Qui va chercher les salades chez Suzette ? Ça fait dix fois qu'elle m'appelle sur mon portable, je n'en peux plus.

Léa – Jim doit s'en charger mais avant il faut qu'on mette les nappes sur les tables.

Nicolas – Tu ne veux pas la rappeler pour le lui expliquer, elle me saoule.

Léa – Appelle Ingrid, elle est chez elle, elle le lui dira.

Léa avait à peine fini sa phrase qu'Ingrid est apparue.

Ingrid – Inutile de me téléphoner, je suis là.

Nicolas – Ah merde…

Ingrid – Je te remercie, ça fait toujours plaisir.

Nicolas – J'ai pas dit merde parce que tu étais là, j'ai dit merde parce que j'aurais préféré que tu sois encore chez Suzette.

On a entendu la petite voix de Lili.

Lili – Trois fois merde égale un euro cinquante.

Tandis qu'il cherchait des pièces dans sa poche, mon cousin a demandé agacé :

Nicolas – Mais au fait, qui a fixé ce montant de cinquante centimes par gros mot ? C'est énorme. Vingt centimes, ça serait plus supportable, non ?

Léa – Ce qui serait plus supportable, c'est que tu cesses d'utiliser ce vocabulaire de charretier.

Nicolas – Peut-être mais c'est du racket. Quand on enlève des points sur le permis des gens, ils ont les moyens de les récupérer. Il n'y a pas que la répression dans la vie. Tu peux inciter les gens à avoir un comportement citoyen en leur montrant les bénéfices d'une bonne conduite.

J'ai applaudi mon cousin.

Justine – Franchement, là, tu m'épates, Nico. Une argumentation claire et efficace au service d'une cause juste, sans l'ombre d'une grossièreté !

Le portable de Nicolas a sonné. On l'a entendu marmonner :

Nicolas – Oh putain... encore elle ! C'est la onzième fois en moins de vingt minutes. J'en peux plus de ses salades.

Lili n'a pas verbalisé la dernière incartade verbale. Elle a dû estimer qu'elle était justifiée.

Nicolas – Bon, quelqu'un peut se charger de Suzette avant que je lui fasse bouffer ses pommes de terre au cumin et ses carottes au carvi ?

Ingrid a éclaté de rire.

Ingrid – Justement, elle m'a chargé de lui envoyer un garçon.

Le téléphone a arrêté de sonner.

Nicolas – Yes ! Elle a lâché l'affaire. Je suis tranquille pour au moins trois minutes.

Erreur... On ne devrait jamais mésestimer la force d'une grand-mère obstinée. Dans la seconde qui a suivi, Suzette a rappelé.

Nicolas – OK, j'y vais. Je ne m'en sortirai pas sinon !

On a éclaté de rire.

Comme mon cousin s'en allait, Jim est revenu avec le scotch double face en main. Il semblait agacé.

Jim – Ben qu'est-ce que tu fais Nico ? Tu me demandes de t'aider, je m'interromps et je te retrouve en train de bavasser avec les filles. Je ne suis pas à ta disposition.

Nicolas n'a rien répondu mais a claqué la porte du bar en sortant.

Jim – Qu'est-ce qu'il a ? Vous lui avez dit un truc qui l'a énervé ?

Ingrid – Pas nous, Suzette !

Jim – Au fait, je ne devais pas aller chercher quelque chose chez elle ?

Venant du fond de la salle, on a entendu le petit rire cristallin de Lili.

Il était onze heures maintenant et nous nous activions pour que tout soit prêt. Le père d'Hérold venait de téléphoner et avait annoncé qu'ils seraient là dans moins d'une demi-heure. C'était trop tôt... Le rendez-vous avec les clients-amis de *L'entracte* avait été fixé à 11 h 30. Si Hérold et ses parents arrivaient avant les invités, la surprise serait complètement ratée. Il fallait absolument que le père s'arrange pour tarder un peu.

Depuis au moins dix minutes, Nicolas tentait de le briefer au téléphone.

Nicolas – Je ne sais pas, moi, arrêtez-vous dans une station-service et buvez un café... Ah, c'est ce que vous venez de faire. Oui ben, j'imagine qu'Hérold est impatient et qu'il ne va pas comprendre pourquoi vous décidez de vous arrêter encore. Et si vous lui disiez que vous ne vous sentez pas bien ? Que vous avez besoin de vous reposer ? Il ne pourra pas prendre le volant et sera obligé d'attendre sans trop râler. C'est pas mal ça, non ? Bon... Alors, vous faites comme ça ? Très bien... Rendez-vous à midi alors.

Et il a raccroché.

Nicolas – Il est en panique le papy ! Il paraît qu'Hérold est intenable.

Jim – Tu m'étonnes ! Et encore, il ne sait pas ce qui l'attend, ça va être le choc.

Ingrid – Et si ça ne lui plaisait pas ?

Nicolas – Quoi ??? Qu'est-ce qui pourrait ne pas lui plaire ?

Jim

Allez, si ça continue on va bientôt monter une association pour gérer les problèmes du quartier ! Petite piqûre de rappel de droit. Pour en savoir plus, consultez la suite sur Wikipédia. L'association est définie par la loi du 1er juillet 1901 et le décret du 16 août 1901. « L'association est la convention par laquelle deux ou plusieurs personnes mettent en commun, d'une façon permanente, leurs connaissances ou leur activité dans un but autre que de partager des bénéfices. Elle est régie, quant à sa validité, par les principes généraux du droit applicables aux contrats et obligations. »

L'association est donc un contrat de droit privé. À nous de nous organiser selon nos objectifs, dans le respect des lois of course.

Aujourd'hui, 20h16 · 3 personnes aiment ça · Commenter

Ingrid C'est quand tu veux, garçon !

Aujourd'hui, 20h38 · 1 personne aime ça

Nicolas Si j'ai bien compris, on bosse sans faire de thunes. Ce sera sans moi :)

Aujourd'hui, 20h39 · J'aime

Léa Ah oui ? Qui a été le premier à avoir l'idée de rapatrier notre Hérold bien-aimé ???

Aujourd'hui, 20h50 · 3 personnes aiment ça

Ingrid – Qu'on ait effectué des travaux dans son bar sans lui demander son avis. On a quand même transformé sa réserve en chambre à coucher.

Nicolas – Oui, mais c'est pour qu'il puisse revenir !

Ingrid – OK, mais sans lui en parler.

Nicolas s'est tourné vers Léa, totalement angoissé.

Nicolas – Tu crois que ça ne lui plaira pas ?

Léa – Je ne sais pas. C'est vrai qu'on ne lui a pas posé la question.

Nicolas – Et on aurait dû ?

On est tous restés sans voix. Soit, nos actes avaient été guidés par notre amitié pour Hérold mais nous ne lui avions pas demandé si cela lui convenait. Est-ce aider l'autre que de décider à sa place de ce qui est bon pour lui ?

Gédéon que personne n'avait entendu depuis le début de la matinée a chuchoté :

Gédéon – Maintenant c'est fait. On verra bien.

Léa a regardé le jeune garçon en souriant et l'a embrassé sur le front.

Léa – Ce petit d'homme est la voix de la sagesse !

Devant un tel compliment, Gédéon est devenu rouge coquelicot. Sa gêne n'a pas échappé à mon cousin.

Nicolas – Je rêve ou tu te la joues philosophe pour plaire à ma meuf ?

Gédéon – Pas du tout.

Nicolas – J'aime mieux ça ! Moi aussi, je peux le dire : « Maintenant c'est fait. On verra bien. » Alors Léa, je suis la voix de la sagesse ?

Léa – Mais bien sûr. Viens là que je t'embrasse aussi !

Le baiser donné par Léa à Nicolas a été très différent du précédent. Et quand je dis très différent, vous pouvez lire radicalement différent. Un vrai baiser d'amoureux de cinéma.

Ça m'a fait un petit coup au cœur.

J'ai pensé à Thibault et à notre dernière soirée romantique sur le voilier à Key West : le coucher de soleil, la coupe de champagne et nos yeux dans les yeux. Il était bien loin le temps des amours. On ne pouvait même pas dire que nous étions fâchés. J'avais fini par le rappeler et nous avions eu une discussion franche à propos de ce qui s'était passé avec son Américaine. Il s'était une fois de plus excusé et je lui avais assuré que je ne lui en voulais pas, mais la réalité était autre. Je n'arrivais pas à lui pardonner.

Toutes les fois où je pensais à lui, j'étais émue, le manque me gagnait, mais très vite l'image de lui et de Scarlett sur la plage était projetée, en trois D, devant mes yeux. Je le détestais alors...

Il continuait à m'appeler régulièrement, ne supportant pas la distance qui s'installait entre nous, mais lui et moi savions que ce n'était plus comme avant. Je lui racontais sans beaucoup d'enthousiasme ma vie à la fac et quelques anecdotes de la maison rose.

Il me parlait de ses balades en mer avec Peter et des mainates qui continuaient à répéter : « Ilaiiiiiii !!! » Lorsque nous raccrochions, il me murmurait « Tu me manques ma

Justine », je ne parvenais qu'à lui répondre : « Je t'embrasse. À plus tard. »

J'étais de plus en plus triste après ses appels et j'en étais venue à les redouter. Il m'arrivait maintenant d'éteindre mon portable pour ne pas lire ses SMS dans la journée.

Ma relation avec Thomas n'était pas plus fun. Une association professionnelle, c'est tout...

क

— Salut la joyeuse équipe !

J'ai sursauté. Romain, le plombier, venait d'arriver, une bouteille de vin dans une main et une fougasse aux olives dans l'autre.

Nous tous – Salut Romain !

Romain – Des nouvelles d'Hérold ?

Nicolas – Je viens d'avoir son père, ils seront là comme convenu à midi.

Romain – Parfait. Si vous n'avez pas besoin de moi, je dois encore bricoler un truc dans la chambre.

Jim – Tu n'avais pas fini ?

Romain – Si, mais j'ai eu une idée cette nuit. Je veux lui ajouter une petite poignée pour qu'il puisse se tenir quand il prend sa douche. Je l'enlèverai quand il tiendra mieux sur ses jambes. Ça glisse, un bac à douche, on ne sait jamais. Ce serait idiot de le faire revenir ici et qu'il se recasse un truc en tombant !

La remarque de Romain est venue évidemment faire écho à celle d'Ingrid. Elle n'était pas de même nature mais elle soulevait le même problème : celui de notre responsabilité. Nous avions décidé de faire des travaux à *L'entracte*, d'exfiltrer Hérold de chez ses parents. Il était possible que ça lui déplaise.

Jim a réagi le premier.

Jim – Romain, il y a une question qu'on se pose avec les autres et qui nous torture un peu.

Romain – Ah oui, laquelle ?

Jim – Tu crois qu'on a eu raison d'organiser tout cela sans lui demander son avis ?

Romain nous a regardés puis il a déclamé en souriant :

Romain – « *(...) si tu m'apprivoises, nous aurons besoin l'un de l'autre. Tu seras pour moi unique au monde. Je serai pour toi unique au monde*[1]*...* » J'ai appris ce texte pour les seize ans de mon meilleur pote et je ne l'ai jamais oublié. C'est la définition parfaite de l'amitié pour moi.

Léa a souri.

Léa – Un de mes passages préférés du *Petit Prince*.

Romain – Ça vous suffit comme réponse ?

Pas sûr que ça nous suffisait, toutefois Romain nous rappelait avec élégance la nécessité d'assumer les risques qui vont de pair avec l'amitié.

Nicolas – Excuse-moi mais je ne vois pas le rapport entre ton renard qui parle et la cabine de douche d'Hérold ?

---

1. Antoine de Saint-Exupéry, *Le Petit Prince*, éditions Gallimard.

Avant que quiconque ait eu le temps d'ouvrir la bouche, mon cousin a dit :

Nicolas – Ça va, c'est pour rire. Vous pensez que je suis un bourrin à ce point et que je ne comprends rien ? Vous savez, je suis un garçon sensible avec un petit cœur qui bat.

Ingrid – Oui, mais comme tu t'arranges pour le planquer derrière une grosse couche de lourdeur, on finit parfois par l'oublier.

Léa a éclaté de rire.

- Bonjour la jeunesse !

On s'est retournés. C'est Maurice et Madeleine, le fameux couple senior qui s'était rencontré à *L'entracte* ! Ils portaient à deux un panier rempli à ras bord.

Tous ensemble – Bonjour les amoureux !

On est allés les embrasser. Depuis la fameuse réunion Solidarité, ils passaient tous les jours voir l'avancement des travaux et ils étaient même venus dîner un soir à la maison rose. J'avais tout de suite accroché avec Madeleine. Bonne pianiste, elle avait fait partie d'un groupe quand elle était jeune : les Rumbanana. Cinq copines musiciennes qui avaient découvert La Havane durant leurs vacances et qui, à leur retour en France, n'avaient pas cessé de jouer de la musique cubaine

dans les bars. Elle nous avait raconté leurs déplacements dans une vieille camionnette avec leur claves, leur cajon et leurs congas.

Il était touchant de voir comment cette vieille dame avec ses cheveux blancs bien coiffés et ses vêtements ultra classiques redevenait une jeune femme libre et vivante quand elle parlait musique.

C'est fou parce que lorsqu'on regarde une grand-mère ou un grand-père dans la rue, on a l'impression qu'il a toujours été vieux. Que c'est son état naturel, qu'il ou elle est né comme ça. Difficile d'imaginer qu'il a été un bébé qui pleure, un enfant qui joue, un ado qui se questionne et un adulte amoureux. Pourtant, tous les vieux humains du monde entier sont passés par ces étapes avant de devenir courbés et fragiles.

Et ce qui est terrible, c'est qu'à notre tour, un jour, des jeunes nous regarderont et ne verront qu'une personne âgée. Ils n'imagineront pas qu'à l'intérieur, toutes ces vies coexistent encore et qu'un vieillard est une incroyable poupée russe.

Madeleine – Justine, sans vous commander, pourriez-vous mettre le guacamole au frais? Et vous, si pouviez réchauffer le chili con carne à feu doux, ce serait parfait.

Justine – OK, je m'en occupe.

Dans les dix minutes qui ont suivi, tous les clients amis sont arrivés. *L'entracte* était plein à craquer.

Léa a fait circuler une grande feuille de papier Canson décorée par Lili et Gédéon sur laquelle les invités ont chacun écrit un petit mot pour Hérold.

QUELQUES-UNS DES PETITS MOTS ÉCRITS PAR LES CLIENTS-AMIS DE *L'ENTRACTE*

Rendez-nous notre Hérold !
James

Bon, ça va, tu t'es assez reposé comme ça, reviens !
Pedro

Le Monop, la maison. La maison, le Monop...
Au secours Hérold !
Roger

Le poker, ça ne se joue pas avec les pieds, alors aucu excuse pour refuser une partie dans la semaine ! Content pouvoir te plumer bientôt !
Benjamin

J'espaire que ta nouvelle chambre vas te plaire.
Le dessin au deçu du lit, ces moi.
Lili ❀

Tu nous as manqué... Un peu !!!
Rachid

Beaucoup !!!
Jim

Passionnément !
Julie

À la folie, moi je dirais...
Estelle

erche ami avec lequel parler jazz tous les matins
ur d'un café noir et d'un croissant.
Maurice

Et si c'est moi qui te sers une bière,
tu reviens ?
Thierry

Un jour, tu m'as dit en te marrant
que je te cassais les pieds, je ne
savais pas que c'était à ce point !
Florent

Besoin d'inspiration pour création
e personnages variés et divers prenant
n verre au zinc d'un bar dont le patron
est l'âme du quartier.
Le voisin écrivain

Reviens parrain chéri, nos biberons n'ont plus le même goût
depuis que tu es parti.
Violette et Léonard (les bébés de l'entracte)

Besoin de toi garçon...
rue est triste sans ta voix.
Bruno

On a reçu un nouveau polar formidable
à la médiathèque. Je vous l'ai mis de côté.
Cindy

Couscous boulette ou tajine de mouton
our demain soir ?
Suzette

Il était midi, Hérold allait arriver d'une minute à l'autre. Nicolas avait fermé la porte d'entrée et nous avait demandé de nous cacher dans le fond de la salle, de manière à ce que la surprise soit complète. C'était drôle de voir toutes ces personnes, d'âges, de métiers, de conditions différents, s'entasser en riant comme si elles étaient des enfants farceurs. Drôle et rassurant aussi... Le monde n'était donc pas seulement ce qu'on entend au journal de 20 heures, un festival de règlements de comptes, de pauvreté, de colère et de morts. Il y avait aussi des gens pour aimer, rire et partager.

On venait de terminer la répétition générale quand Roger et Gédéon, qui jouaient les guetteurs en embuscade derrière la petite fenêtre, ont crié :

Roger et Gédéon – Attention, ils arrivent !

Nicolas – Ils se sont garés ?

Roger – Oui, juste en face. Hérold sort de la voiture avec ses béquilles. Son père l'aide. Sa mère sort à son tour. Hérold regarde en direction de *L'entracte*. Il sourit.

Roger a continué à commenter avec la syntaxe minimale et le débit saccadé d'un commentateur sportif le jour d'une finale du Mondial. Je m'attendais à tout moment à ce qu'il hurle : « But !!! Oui, magnifique but de Pogba sur une passe de Benzema !!! »

Roger – Il prononce quelques mots. Son père lui répond. Il regarde lui aussi en direction de *L'entracte*. On le sent nerveux. La mère tend une écharpe. Hérold la refuse brusquement. Il change d'avis. Il l'accepte. Il embrasse sa mère. Le

père descend les affaires de la voiture. Hérold semble impatient. Il fixe la façade. Il a l'air intrigué par quelque chose. Il regarde à droite, à gauche. Il parle à son père. Le père regarde à son tour. Il fait non avec la tête. Hérold agite ses béquilles. Ils traversent la rue.

Il y a eu des rires nerveux, des « Taisez-vous, il va nous entendre » et puis aussi un « J'ai envie de faire pipi » et « C'est pas le moment Lili, il fallait y penser avant », des « Arrêtez de pousser, derrière », des « Il ne va pas en revenir » et des « J'ai hâte de voir la tête qu'il va faire ».

Tous ces petits apartés ont cessé quand Gédéon a ordonné :

Gédéon – Silence !

On s'est arrêté net de parler et de bouger. On a entendu la clef dans la serrure et la voix d'Hérold derrière la porte.

Hérold – J'espère que je ne vais pas trouver le bar en trop mauvais état. Nicolas m'a dit qu'il avait épongé toute l'eau mais si c'est la canalisation des toilettes qui a fui, le sol de la salle a dû en prendre un coup.

Le père – Ne t'inquiète pas, tes amis s'en sont occupés.

La porte s'est ouverte. Hérold a allumé la lumière et on a tous crié :

Tous ensemble – Bienvenue chez toi Hérold !

Notre ami nous a regardés comme s'il ne nous connaissait pas. Il y a eu un moment de silence qui a semblé durer une éternité, puis :

Hérold – Incroyable…

Maurice, qui s'était improvisé DJ, a lancé la musique. Il y a eu des hip hip hourra et des applaudissements. Des larmes de joie aussi. À tour de rôle, on est allés embrasser Hérold. Nicolas a fait sauter le bouchon du champagne offert par Dominique, le négociant en vin qui approvisionne *L'entracte* depuis plusieurs années. Il a aspergé les béquilles d'Hérold en disant :

Nicolas – Content de te retrouver mec, tu nous as manqué !

Hérold – Et vous donc !

Le voisin écrivain a rempli les coupes qui se trouvaient sur le zinc et chacun est venu en prendre une.

Une voix a lancé :

Une voix – Hérold, un discours ! Hérold, un discours !

Tous ensemble – Hérold, un discours ! Hérold, un discours !

Notre ami a pris une longue inspiration. Il a ouvert la bouche mais aucun son n'est sorti. Et puis, il a prononcé :

Hérold – Je suis si... touché...

Il n'a pas pu en dire plus. C'était suffisant... On imaginait bien ce qu'il ressentait puisque nous le ressentions aussi.

Ingrid – Alors, levons nos verres à l'amitié capable de surmonter les obstacles !

Hérold – À l'amitié !

Tous ensemble – À l'amitié !

#Gepetto
for ever

Jim – Justine, à table !!!

Justine – J'arrive dans cinq minutes. Commencez sans moi...

Jim – Tu nous as déjà répondu ça il y a un quart d'heure.

Justine – Oui, mais là, j'ai presque fini.

Jim – Ça aussi, tu l'as déjà affirmé.

Justine – Désolée.

Je dois reconnaître que j'étais devenue une coloc insupportable. Je respectais de moins en moins la règle numéro quatre, fixée par la communauté de la maison rose.

Règle n° 4 : Le dîner est pris en charge chaque soir par deux colocs (voir calendrier de la semaine). Les autres doivent venir quand on les appelle. En semaine, ce repas pris ensemble est le seul moment commun obligatoire et ce, quelles que soient nos occupations. Le week-end est libre.

Pour ma défense, je dois avouer que j'étais submergée par la masse de travail à fournir pour mon concours. Si j'avais eu la sensation au premier semestre que la charge était maximale, je me trompais. Ce n'était rien en comparaison des efforts exigés maintenant. J'étais toujours en retard dans le fichage de mes cours et pourtant je travaillais tout le temps. De 8 heures à 19 heures, on pouvait me trouver en train d'étudier à la fac, avant le dîner dans ma chambre en bas, après le dîner dans celle d'en haut. Je ne m'accordais de répit que le dimanche matin et encore... Je culpabilisais tellement que, parfois, je relisais des cours au lieu de faire une grasse mat.

ক

Léa a toqué à la porte.

Léa – Allez, viens dîner Justine ! On a presque terminé.

J'ai souri à Léa.

Justine – Vous devez me détester.

Léa – Plus que ça !

Justine – Je suis complètement dépassée, Léa. Je ne fais que bosser et je suis en retard sur le programme qu'on s'est fixé avec Thomas.

Léa – Oui mais il faut bien que tu manges. Tu sais, on a tous du travail... Tu veux que je te lise le texte de Ionesco que j'ai à commenter pour lundi ?

Sans attendre ma réponse, ma meilleure amie a pris une pochette qui était sur son bureau et a commencé à lire.

Léa – « *Il existe d'autres moyens de théâtraliser la parole : en la portant à son paroxysme, pour donner au théâtre sa vraie mesure, qui est dans la démesure ; le verbe lui-même doit*

être tendu jusqu'à ses limites ultimes, le langage doit presque exploser, ou se détruire, dans son impossibilité de contenir[1]... »

Justine – OK. C'est bon, je me lève !

Léa – Bien. Ionesco vient d'apporter la preuve que le langage a encore le pouvoir de convaincre !

On a rejoint les autres dans la cuisine. Ils en étaient au dessert. La discussion semblait enflammée entre les deux garçons. Ingrid les écoutait sans intervenir.

Nicolas – Mais ça ne sert à rien de continuer dans ces conditions. C'est de la pure hypocrisie !

Jim – Je ne trouve pas, tu continues à apprendre au moins.

Nicolas – Tu parles. Je me fais chier, c'est tout.

Jim – Personne n'a affirmé que les études étaient un pur divertissement.

Nicolas – Non, mais pas une purge non plus. Et puis, si je commence des études de menuiserie en septembre prochain, quel est l'intérêt d'apprendre le langage JAVA en attendant ?

Jim – Tout apprentissage est bon à prendre. Et puis tu restes dans une ambiance étudiante. Je suis bien placé pour savoir que lorsqu'on commence à travailler et à gagner de l'argent, c'est très dur de reprendre des études et de redevenir élève.

1. Eugène Ionesco, article « Expérience du théâtre », *NRF*, février 1948, publié dans *Notes et Contre-notes*, éditions Gallimard, Folio, 2003, pp. 62-63.

Léa qui, comme moi, n'était pas au courant du projet « vie active » de Nicolas a demandé :

Léa – Où est-ce que tu vas travailler ?

Il y a eu un silence gêné puis Jim a dit à mon cousin :

Jim – Il y a bien un moment où tu seras obligé de leur en parler.

Nicolas a pris une grande inspiration.

Nicolas – J'arrête mon école d'informatique et je commence à bosser chez Hérold dès lundi.

J'ai bafouillé :

Justine – Hein ? Tu arrêtes en milieu d'année ? Et pour devenir serveur ? C'est n'importe quoi.

Nicolas – Voilà pourquoi je ne voulais pas en parler, j'étais certain de vos réactions. Léa, tu n'aurais pas une petite remarque désagréable à me balancer aussi ?

Léa – Non, pourquoi ?

Mon cousin s'est adouci d'un coup.

Nicolas – Tu es d'accord ?

Léa – Je n'ai pas à être d'accord, c'est ta vie.

Nicolas – Ah ouais, t'es pire que les autres en fait. Tu ne critiques pas mais tu n'en penses pas moins. Madame est au-dessus de tout ça.

Léa n'a pas réagi à l'agressivité de mon cousin. Il est monté d'un ton.

Nicolas – Mais qu'est-ce que ça peut vous foutre que j'arrête en cours d'année ? Je vais à un cours sur quatre, et encore... Je suis mal quand j'y vais parce que je ne me sens

plus concerné, je suis mal quand je n'y vais pas parce que je me sens déserteur. Bref, je me sens mal tout le temps.

Léa – Et quel est ton projet?

Nicolas – Arrêter cette école et rouvrir vraiment *L'entracte*. Au moins, j'aurai l'impression d'être utile.

Léa – Hérold est d'accord?

Nicolas – Il m'a demandé le week-end pour réfléchir.

Justine – Pourquoi? C'est toi qui lui as fait la proposition?

Nicolas – Oui. Il ne peut pas tenir *L'entracte* tout seul dans son état.

Jim – Mais il l'a fait cette semaine.

Nicolas – Il a ouvert uniquement quand il y avait Maurice, Roger ou moi pour l'aider. Et on n'a servi que des boissons. Pour faire son chiffre, il a besoin des snacks.

Ingrid, qui ne s'était pas manifestée depuis le début de la conversation, a demandé :

Ingrid – Et tu vas te mettre à la cuisine?

Nicolas – Faire un sandwich, c'est pas très compliqué. Quant au reste, on verra. Si Hérold est assis, il peut cuisiner, je lui servirai de petite main. Pour le service, je peux m'en occuper seul.

Comme plus personne ne parlait, mon cousin a ajouté :

Nicolas – De toute façon, je ne vous demandais pas un conseil, je vous informais de ma décision.

On a changé de sujet de conversation, comme j'étais arrivée au moment où les autres prenaient leur dessert, ils sont partis moins de dix minutes après. J'ai fini de manger seule.

Avant de sortir de la cuisine, Ingrid, qui était de « tour de débarrassage », m'a demandé :

Ingrid – Tu pourras éponger la table et mettre le lave-vaisselle en marche ?

Justine – Bien sûr.

Ingrid – Ça va aller ? Tu ne vas pas te sentir abandonnée ?

Justine – T'inquiète ! Je prends un yaourt et je retourne travailler.

Ingrid – Tu en penses quoi pour Nicolas ?

Justine – C'est n'importe quoi.

Ingrid – En même temps, ses arguments sont recevables. Il réalise qu'il s'est trompé d'orientation. Jusque-là, il s'ennuyait et restait dans un entre-deux qui le rendait malheureux. Je trouve que c'est courageux de trancher.

Justine – Je ne vois pas où est le courage. Son école et sa vie à la maison rose sont payées par ses parents, donc son choix de tout plaquer ne lui coûte rien. Tu sais comme j'aime Nicolas mais pour moi, ça relève plus du caprice d'un garçon gâté que d'une décision responsable.

Ingrid – Je te trouve sévère. D'autant plus que ton oncle l'a prévenu que s'il arrêtait ses études d'informatique avant les examens, il devrait se débrouiller financièrement.

Justine – Ah bon ?

Ingrid – C'est injuste parce qu'on a droit à l'erreur, tu ne crois pas ?

Justine – Toi, tu penses que tout le monde a le droit à l'erreur ?

« Le seul mauvais choix est l'absence de choix »
Amélie Nothomb by Justine

« L'homme a ce choix : laisser entrer la lumière ou garder
les volets fermés. » Henry Miller by Jim

« Se révolter ou s'adapter,
il n'y a guère d'autre choix dans la vie. »
Gustave Le Bon by Léa

On a tort de parler en amour
de mauvais choix, puisque dès qu'il y a choix
il ne peut être que mauvais.
Marcel Proust by Ingria

« Il y a des hommes qui naissent engagés : ils n'ont pas le choix,
on les a jetés sur un chemin, au bout du chemin il y a un acte
qui les attend, leur acte ; ils vont, et leurs pieds nus pressent
fortement la terre et s'écorchent aux cailloux. »
Jean-Paul Sartre by Léa

« Choix et conscience sont une seule
et même chose. » by Jim

"Ce sont nos choix, Harry, qui montrent ce que nous sommes vraiment,
beaucoup plus que nos aptitudes" J. K. Rowling by Nicolas

Ingrid a immédiatement saisi mon allusion à son père.

Ingrid – Disons que c'est avec nos erreurs que nous apprenons, tous, le métier de vivre.

Ingrid est sortie sur cette dernière phrase. La princesse des mots tordus, comme nous l'appelions depuis le collège, était devenue vraiment pertinente.

LISTE DE QUELQUES-UNES DE MES ERREURS (DANS L'ORDRE CHRONOLOGIQUE) QUI M'ONT APPRIS LE MÉTIER DE VIVRE

Imitation de la signature de ma mère sur une dictée où j'avais eu zéro en CM2. Leçon retenue : Si tu dois tricher ou mentir, fais-le très bien ou ne le fais pas.

Coupe au carré en 6e pour ressembler à Johanna, une fille de ma classe super jolie. Sauf que moi, je ressemblais à Jeanne d'Arc. Leçon retenue : Sois toi-même et n'essaie pas d'être un clone de ta voisine. Surtout quand elle est blonde aux yeux bleu clair avec une adorable fossette et que tu es brune aux yeux bleu marine.

Demande d'une mezzanine dans ma chambre en 3e parce que j'avais vu ça dans une série à la télé. Leçon retenue : Quand tu es du genre à faire des cauchemars et à te lever la nuit d'un coup alors que tu es à moitié endormie, c'est haut une mezzanine ! Et quand tu auras usé tes parents pour l'avoir, qu'ils l'auront payée, que ton père aura mis un week-end à la monter, tu seras obligée de la garder un long moment.

À moins de faire comme moi et de t'ouvrir l'arcade sourcilière en chutant. Tu pourras, dans ce cas, récupérer ton vieux lit à hauteur humaine mais tu garderas une vilaine cicatrice sur ton sourcil à vie. C'est cher payé, la mezzanine.

Inscription annuelle à un cours de tir à l'arc en classe de seconde. J'avais soutenu que c'était le sport de ma vie et que je tenais à ce cours qui était le dimanche matin à 9 heures, juste parce que ma mère trouvait l'idée idiote. Leçon retenue : Si, pour agacer ta mère, tu choisis une activité qui ne te plaît pas vraiment, tu seras perdante à tous les coups. Soit parce que tu seras obligée de supporter un truc qui te pourrit la vie, soit parce qu'il faudra supporter ta mère répétant avec satisfaction : « Je te l'avais bien dit, ma petite chérie, tu ferais mieux d'écouter ta mère. »

Faire croire à ses copines du collège qu'on est sortie avec un garçon prénommé Alban, un grand brun charmant, champion de surf, pendant l'été. S'enferrer dans son mensonge en lisant à la pause à haute voix des mails inventés de toutes pièces. Leçon retenue : S'inventer une histoire d'amour pour faire comme les copines est le meilleur moyen de se griller auprès de Jeremy dont tu es amoureuse et qui croira, à cause de tes sornettes, qu'il n'a aucune chance avec toi. Il sortira donc avec Sarah, qui est une célibataire qui s'assume. Toi, il ne te restera que tes yeux pour pleurer quand elle viendra te raconter que Jeremy est le garçon le plus merveilleux du monde et qu'il embrasse divinement bien.

J'arrête la liste des erreurs qui m'ont appris le métier de vivre. Si je continuais, il faudrait déboiser une forêt entière pour le papier nécessaire à son impression. En effet, il y a eu une accélération côté ratages dans ma vie à partir de mes quinze ans (erreur de casting pour mes choix amoureux, fautes nombreuses côté style vestimentaire, réactions parfois inappropriées avec les adultes) avec un pic monstrueux ces deux dernières années. Il est inutile, il me semble, que je vous fasse un rappel de mes histoires : Thibault/Jim, Jim/Thibault, Thibault/Thomas, Thomas/Thibault...

– À quoi tu penses, Justine ?

J'ai sursauté. Je n'avais pas entendu Jim entrer. Il me regardait d'un air inquiet.

Justine – Pourquoi tu me demandes ça ?

Jim – Parce que tu fais la même tête que lorsque tu regardes un film d'horreur.

Justine – La comparaison est intéressante.

Jim – J'ai compris que tu désapprouvais la décision de Nicolas mais ce n'est pas ce qui te met dans cet état ?

Justine – Non. Surtout que tout bien réfléchi, je ne suis plus aussi catégorique.

Jim – Vraiment ?

Justine – Oui. Mais je ne suis pas certaine non plus que Nico fasse le bon choix. Disons que je suis dubitative.

Jim – Moi aussi, mais il a besoin qu'on l'aide à réfléchir, pas qu'on le juge.

Justine – Tu as raison.

Jim a récupéré le Sopalin qu'il était venu chercher et est reparti sans ajouter un mot. J'ai avalé mon yaourt en essayant de ne plus penser à rien. Peine perdue.

Avant de me remettre au travail, je suis passée voir Nicolas dans sa chambre. Il était allongé sur son lit, les yeux rivés au plafond.

Justine – Je peux entrer?

Nicolas – Si c'est pour me soûler à propos de l'école, c'est pas la peine.

Justine – Et si c'est pour te dire que j'ai réagi trop vite tout à l'heure et que ton choix mérite réflexion?

Nicolas – C'est Léa qui t'envoie?

Justine – Non, pourquoi?

Nicolas – Tout à fait le genre de Léa, cette remarque.

Justine – Eh ben non, elle est de moi, tu vois.

Nicolas – Et qu'est-ce qui me vaut ce soudain revirement?

Justine – Ce n'est pas un revirement. Je ne te dis pas : « Arrête ton école et fonce préparer des sandwichs jambon-fromage, c'est la chance de ta vie. » Je voulais juste m'excuser d'avoir parlé sans prendre le temps de mesurer le pour et le contre.

Nicolas – Et donc?

Justine – Et donc, je vais essayer d'y penser au calme. Peut-être que j'arriverai à la même conclusion mais, au moins, j'aurai réfléchi à la question.

Nicolas – D'accord.

Comme je sortais de sa chambre, mon cousin m'a demandé :

Nicolas – Et Léa, elle en pense quoi ?

Justine – Je ne sais pas. J'étais dans la cuisine et je ne lui ai pas parlé.

En réalité, Léa était beaucoup moins rétive au projet de Nicolas que moi. Elle semblait même assez confiante quand nous en avons parlé.

Léa – Nicolas se cherche. Pour l'instant, son désir d'aider Hérold à *L'entracte* est juste une excuse pour arrêter son école, en revanche son projet d'étude de menuiserie est intéressant. Il faut qu'il trouve comment articuler tout cela.

Justine – Jim dit qu'il a besoin qu'on l'aide à réfléchir.

Léa – C'est juste.

Justine – Alors, on va essayer...

ॐ

Comme il était déjà tard et que mon programme fichage d'anapath était loin d'être bouclé, j'ai pris mes affaires et je suis montée dans ma petite chambre sous les toits. Thomas m'a appelée vers 23 heures pour me signaler qu'il manquait la page 17 sur le poly et qu'il avait réussi à la récupérer chez un doublant.

Thomas – Je te l'ai scannée et envoyée.

Justine – Merci...

Thomas – Pas de quoi. Ça va toi ?

Justine – Mouais... T'en es où pour le cours d'anapath ?

Thomas – J'ai fini.

Justine – Déjà ?

Thomas – Oui. Du coup, j'ai commencé à ficher les cours de bio cellulaire.

Justine – Je ne sais pas comment tu fais pour abattre un tel boulot si vite et réussir aussi bien !

Thomas – Je ne me pose pas de questions. Je travaille, ça m'évite de penser.

Justine – À quoi ?

J'ai aussitôt regretté ma question. Thomas avait perdu son père à peine deux mois plus tôt et il était évident qu'il devait être bouleversé. Pourtant rien ne filtrait jamais de son chagrin.

Justine – Excuse-moi. J'imagine que ce ne doit pas être une période simple pour toi.

Thomas – Ne t'inquiète pas, ça va. Et à la maison rose, tout est OK ?

C'était la première fois depuis mon retour de Key West que mon binôme me posait une question perso. Nos échanges se limitaient désormais à nos révisions. J'ai été heureuse de lui parler d'autre chose.

Justine – Nicolas a décidé d'arrêter son école d'informatique.

Thomas – Maintenant ?

Justine – Oui. Tu te souviens d'Hérold?

Thomas – Le patron du bar en bas de chez toi?

Justine – Exact. Il est tombé dans ses escaliers il y a un mois et il a été opéré d'urgence.

Thomas – Qu'est-ce qu'il a eu?

Justine – Fracture du plateau tibial.

Thomas – Aïe... Béquilles sans appui durant au moins trois mois, non?

Justine – Exact...

J'ai raconté à Thomas le séjour d'Hérold chez ses parents, les travaux d'aménagement au café et son retour à *L'entracte* organisé par ses clients.

Thomas – Sympa, beau mouvement de solidarité, mais quel rapport avec l'école d'informatique de ton cousin?

Justine – Nicolas n'aime pas ses études. Quand on était aux États-Unis, on a eu une discussion sur nos choix et, pour la première fois, il a parlé de son intérêt pour la menuiserie.

Mon binôme a demandé sur un ton moqueur :

Thomas – Lui? Il veut être menuisier?

Justine – Oui, pourquoi pas? C'est un beau métier.

Thomas – Vraiment, tu trouves?

J'ai détesté le mépris affiché de Thomas pour le choix de mon cousin, alors j'ai prétexté un double appel important et j'ai raccroché. J'étais très énervée après cette conversation. Mais pour qui se prenait-il, le « chirurgien moins onze »? Il avait fait six mois de médecine et il se permettait de juger les autres? Quel prétentieux...

Quand je suis redescendue me coucher, Nicolas regardait un film en mangeant des gâteaux secs. Je me suis assise près de lui, et je lui en ai volé un. Il m'a souri gentiment.

Nicolas – Pas plus de deux, je te préviens.

Justine – À une condition !

Nicolas – Laquelle ?

Justine – Que tu me fabriques plus tard un meuble dans lequel ranger des tas de paquets de gâteaux.

Nicolas – Vraiment ?

Justine – Oui. Je serais très fière d'avoir un cousin menuisier.

Avant que la scène ne tourne à la crise de larmes familiale, je me suis levée.

Justine – Bonne nuit Gepetto !

Nicolas a dû mettre un peu de temps avant de se souvenir que Gepetto est le menuisier qui a fabriqué Pinocchio parce qu'il ne m'a répondu que quelques secondes plus tard, en riant :

Nicolas – Bonne nuit Docteur House !

Je n'ai pas quitté mes livres de la journée de samedi. Léa non plus. Dimanche, vers 9 heures, quand je me suis levée pour prendre mon petit-déjeuner, elle m'a accompagnée dans la cuisine. Elle m'a raconté en beurrant les tartines une pièce de théâtre qu'elle avait lue pour illustrer son commentaire de texte.

Léa – Dans cette œuvre, Ionesco dépeint une maladie imaginaire, la « rhinocérite », maladie horrible qui transforme les habitants d'une ville en rhinocéros.

Justine – Mais c'est une pièce pour enfants?

Léa – Pas du tout! Cette pièce est une métaphore de la montée des totalitarismes à l'aube de la Seconde Guerre mondiale. Elle montre la nécessité de résister.

Justine – Quel rapport avec les rhinocéros?

Léa – Tu assistes peu à peu à la transformation des personnages de la pièce en rhinocéros, même ceux qui au départ trouvaient ça horrible! Si tu remplaces le mot rhinocérite par le mot nazisme, tu comprends bien le message du dramaturge : le fascisme va gagner l'Europe.

Justine – Et c'est ça la morale, c'est foutu?

Léa – Non! Parce qu'un personnage prénommé Béranger décide de ne pas capituler et déclare à la fin de la pièce : « *Je suis le dernier homme, je le resterai jusqu'au bout! Je ne capitule pas*[1]*!* »

Justine – C'est beau mais tout seul, il ne pourra pas faire grand-chose.

Léa – Bien sûr que si! Si une seule personne accepte le risque de mourir debout, elle permet aux autres de se souvenir qu'ils ne doivent pas vivre à genoux. Regarde Gandhi, Lucie Aubrac, Mandela, Aung San Suu Kyi...

Justine – Je ne les connais pas tous.

Léa – Je te ferai une fiche! En attendant, ils ont osé affirmer ce qu'ils pensaient, ils ont fait des choix pour leur vie.

Justine – Comme Nicolas avec l'arrêt de ses études en plein milieu d'année et son choix de la menuiserie.

1. Eugène Ionesco, *Rhinocéros*, éditions Gallimard.

Léa

Aung San Suu Kyi est mon modèle absolu, je veux être elle !!! Cette figure de l'opposition non-violente en Birmanie a reçu le prix Nobel de la paix en 1991. Il faut savoir qu'avant cela, elle a résisté et payé cher ses idées… En 1990, son parti, la Ligue nationale pour la démocratie, remporte les élections. Mais la junte militaire au pouvoir fait annuler ces résultats. La « Dame de Rangoon », comme la surnomment les médias internationaux, est placée en résidence surveillée et n'a pas le droit d'exercer la moindre activité politique. On la sépare de ses enfants, de son mari. Elle refuse de céder… En 2010, après des années de détention puis de résidence surveillée, Aung San Suu Kyi est enfin libérée. Elle est élue députée en 2012 et brigue les Présidentielles en 2015.

Aujourd'hui, 09h27 · 2 personnes aiment ça · Commenter

Nicolas S'il faut t'attendre vingt ans, ne compte pas sur moi…

Aujourd'hui, 09h40 · J'aime

Justine Je m'oppose à ce que nous soyons séparées ! Avec qui je mangerais mes macarons en critiquant les garçons ???

Aujourd'hui, 10h08 · J'aime

Ingrid Elle a inspiré les réalisateurs John Boorman qui a tourné *Rangoon* et Luc Besson *The Lady* ! Coldplay, U2 et R.E.M. l'ont soutenue :)

Aujourd'hui, 11h18 · 1 personne aime ça

Léa – Oui, s'il trouve le moyen de le faire avec intelligence.

Justine – Tu le lui as dit ?

Léa – Non, j'attends qu'il se réveille pour en discuter avec lui.

Justine – Un conseil, attends qu'il ait fini son petit-déj !

Léa a éclaté de rire.

Léa – Ça va de soi…

Je n'ai pas eu d'informations sur cette fameuse discussion entre Nicolas et ma meilleure amie. J'ai travaillé toute la journée dans mon bureau sous les toits et, à part quelques apparitions furtives, je ne suis redescendue que vers 19 heures. Ma tête bourdonnait tellement que j'avais l'impression que l'autoroute A6, un jour de grand départ, passait entre mes deux oreilles.

ত

Ingrid était sur Skype avec Ilaiiiiii en plein milieu du salon quand je suis arrivée. Elle s'était habillée et maquillée comme si elle était maîtresse de cérémonie au festival de Cannes. Toutes les fois où elle appelait son lover, c'était : brushing impeccable, maquillage flatteur, tenue sexy et voix suave. Je l'ai entendue répéter avec un petit rire complice :

Ingrid – Yes… Yes… Yes honey…

Je ne savais pas quelles étaient les questions posées pour qu'elle réponde « yes » sur ce ton mais comme je n'avais pas envie de le découvrir, j'ai filé dans ma chambre. Léa était

sur son lit et dans les bras de Nicolas. Ils n'avaient, a priori, pas prévu mon retour avant un certain temps. Je me suis donc éclipsée discrètement et j'ai décidé d'échouer dans la chambre de Jim, seul être susceptible de réviser encore.

Mauvaise idée... Il était au téléphone avec une dénommée Lucie, et cherchait à obtenir un rendez-vous dans moins d'une heure pour une pizza, voire plus si affinités.

Je ne voudrais pas jouer les filles malheureuses et aigries mais, si je devais dresser le bilan de ma vie à cet instant précis, voici ce que cela donnerait :

Thibault est certainement avec une Américaine (une de plus) sur une plage de Floride.

J'ai cassé mes lunettes et je n'ai pas le temps d'aller chez l'opticien pour les faire réparer donc je suis les cours avec un énorme bout de scotch pour tenir la branche droite.

Thomas a fait une erreur de casting en sortant avec moi et semble désormais indifférent à ma personne.

Depuis Key West, je ne me suis pas épilé les jambes, si bien que je ressemble à un orang-outang.

Mon classement au premier semestre est une telle catastrophe que mes chances de réussite au concours sont considérablement réduites.

Je ne sais pas si c'est le stress mais je perds mes cheveux par poignées.

Depuis une semaine, ma mère ne répond pas quand je l'appelle sur son portable, parce que je ne suis pas rentrée durant trois week-ends consécutifs et qu'elle estime que je pourrais faire un effort. C'est mon père qui décroche et, avec son sens légendaire de la diplomatie, il a envenimé la situation.

Tout le monde à la maison rose a un amoureux <u>sauf moi</u> (même Lili parle du beau Titouan qui est dans sa classe et qui lui raconte des « choses très rigolotes » quand ils sont assis côte à côte à la cantine. Ils se sont cachés mardi près de la grille quand la maîtresse les a appelés pour se mettre en rang après la récré. C'est dire les risques encourus pour vivre leur amour...).

Il n'y a plus de Car en Sac au distributeur de la fac.

L'absence de Car en Sac peut sembler anodine par rapport à mon classement au concours mais je n'arrive plus à hiérarchiser ce qui m'angoisse. Je vis toute contrariété comme un drame.

Voilà pourquoi, en cette fin de week-end monstrueux, je me suis rendue, abandonnée de tous, dans la cuisine, seul endroit de la maison où les Sans Amour Fixe pouvaient

encore trouver refuge. Un paquet de chips familial a su m'apporter le réconfort nécessaire.

Un réconfort de courte durée... Après, évidemment, j'ai eu des haut-le-cœur. J'ai bu du Coca pour essayer de diluer l'huile des chips.

Addendum au bilan de ma vie :
J'ai une envie terrible de vomir.

ক

La porte d'entrée a claqué. Je n'ai pas réagi. Quelqu'un qui courait vers son bonheur très certainement.

J'ai tenté le jus de citron. Je n'en ai pas ressenti immédiatement les bienfaits. J'ai avalé une demi-baguette pour colmater. Puis un yaourt. C'est à cet instant que Léa est entrée dans la cuisine.

Léa – Hello jolie fille...

Justine – Tu n'es pas crédible, t'as vu ma tête?

Ma meilleure amie m'a regardée avec attention puis s'approchant plus près, elle m'a retiré des mains le yaourt que j'étais en train de finir.

Léa – Je vais te préparer la tisane d'Eugénie, je crois que tu en as besoin.

La tisane d'Eugénie est une mixture atroce et efficace à prendre en cas d'indigestion. En temps normal, je rechigne à l'avaler mais là, avec le cœur au bord des lèvres, j'ai accepté.

Léa n'a fait aucun commentaire tandis que je buvais l'infâme breuvage. Elle a attendu que le mug soit vide pour murmurer :

Léa – Elle a été si difficile que ça cette journée?

Justine – Pire encore.

Léa – Tu veux qu'on en parle?

Justine – Non merci. C'est Nico qui vient de sortir?

Léa – Oui, il avait rendez-vous avec Hérold.

Justine – Et alors?

Léa – Il m'a dit qu'il avait peut-être trouvé une idée géniale mais qu'il devait d'abord s'assurer de sa faisabilité. On va attendre. Et si on se regardait *Pretty Woman* toutes les deux? Je te laisse le rôle de Julia Roberts, je prends celui de Richard Gere.

J'ai souri. Supprimer le son et réciter sans une seule erreur les répliques des comédiens, on faisait ça depuis des années quand on avait le cafard. Mais là, c'était la première fois qu'on allait officier à la maison rose.

Justine – Tu es sûre que tu as le temps? Tu as réglé ton problème de rhinocérite aiguë?

Léa – Presque. Il me reste la conclusion. Alors *Pretty Woman* ou on se fait *Mamma Mia!* pour changer?

Justine – Non, *Pretty Woman*, on ne touche pas aux valeurs sûres! Mais seulement à partir du moment où elle retourne dans les magasins avec son milliardaire pour se venger des méchantes vendeuses.

Léa – Deal !

On a demandé à Ingrid d'aller « skyper » avec son jules dans un autre décor que le salon et nous nous sommes installées sur le canapé. On a cherché le passage où la Cendrillon des temps modernes essaie les plus belles tenues du monde sous l'œil ahuri des méchantes sœurs et puis, comme d'habitude, on a joué nos rôles.

Léa avait vraiment eu une idée de génie en me proposant cette petite récréation. Ça m'a fait un bien fou. J'ai entendu mon rire résonner dans la pièce et je me suis demandé depuis quand ça ne m'était pas arrivé. On en était au moment où Richard chante sous les fenêtres de la belle, alors qu'elle le croit définitivement parti, quand Nicolas est apparu. Il nous a demandé avec un certain empressement :

Nicolas – Les filles, je peux vous parler ?

Léa – Dans quatre minutes, le temps que Julia descende par l'escalier de service pour me rejoindre.

Mon cousin m'a regardée escalader le canapé pour jouer ma scène et on a chanté à tue-tête *Oh Pretty Woman* comme deux ados perturbées.

Il a levé les yeux au ciel en murmurant :

Nicolas – Toujours aussi foldingues ces deux-là.

Léa – C'est pour ça que tu nous aimes !

Léa a éteint la télé sur le générique. Nicolas a pris une chaise et s'est assis en face de nous.

Nicolas – Je voudrais vous parler de mon projet... Je peux ?

Léa et Justine – Bien sûr.

Jim, qui s'apprêtait à sortir, nous a vus assis dans le salon.

Jim – Il y a un meeting?

Nicolas – Non, mais si tu as cinq minutes, j'aimerais bien que tu écoutes.

Jim – Seulement cinq minutes alors, parce que j'ai un rencard.

Il s'est assis, blouson sur le dos et clés de voiture en main, sur le canapé.

Nicolas – Voilà... Vendredi soir, quand je vous ai parlé de ma décision d'arrêter mon école et de bosser à *L'entracte*, je...

Mon portable a sonné. EncoreMum s'est affiché, ça m'a fait plaisir qu'elle m'appelle. Je n'aime pas qu'on soit fâchées. J'ai dit à Nicolas :

Justine – C'est ma mère, il faut absolument que je lui réponde. Tu me donnes deux minutes?

Nicolas – OK mais dépêche.

ত

J'ai foncé dans ma chambre. Après trois phrases glaciales, mamounette a craqué. Elle m'a confié qu'elle avait mal dormi cette semaine, que je lui manquais, que j'étais encore son girafon, même si j'étais devenue grande et indépendante. Je l'ai entendue renifler quand je lui ai murmuré qu'elle me manquait aussi et que la vie de jeune adulte indépendante n'était pas formidable tous les jours.

La mère – Et si on venait déjeuner dimanche prochain à la maison rose avec ton père et Théo ? J'apporte le repas, tu n'auras rien à préparer. On arrive à 12 h 30 et on repart à 14 heures, je te jure que tu ne perdras pas une minute de révision...

Ah les mères ! Vous leur tendez la main, elles vous prennent le bras.

Comme ce déjeuner avait l'air de lui tenir à cœur, j'ai accepté. Et puis, pour être honnête, ça me faisait vraiment plaisir de les voir tous les trois. Elle a hurlé dans le téléphone :

La mère – Olivier ! On déjeune chez Justine dimanche prochain !

J'ai entendu mon père de loin.

Le père – Formidable, ça va peut-être nous permettre d'avoir un autre sujet de conversation que : « Pourquoi Justine ne m'appelle pas ? »

J'ai éclaté de rire. J'ai raccroché après avoir assuré à ma mère que je ne changerais pas d'avis pour ce repas familial même si j'avais beaucoup de travail.

La mère – Alors, à dimanche ma fille ?

Justine – Oui mamounette ! À dimanche...

La mère – Je t'aime !

Justine – Moi aussi, mamounette chérie.

ॐ

Ingrid s'était jointe aux autres quand j'ai regagné le salon.

Justine – Désolée si j'ai été un peu longue mais il fallait que je console ma mère !

Nicolas – OK. Je me dépêche parce que Jim doit partir. Alors je reprends. Vendredi, quand je vous ai parlé de mon projet d'arrêter l'école et de bosser à *L'entracte*, vous avez opposé pas mal de résistance.

Jim – On ne voulait pas te faire de peine.

Nicolas – Ne vous excusez pas. Même si, sur le coup, vous m'avez agacé, vos réticences m'ont obligé à réfléchir.

Ingrid – Et donc ?

Nicolas – Donc, je veux arrêter mon école, bosser chez Hérold et commencer mes études de menuiserie.

On s'est regardés interloqués. Nous n'avions pas saisi en quoi nos réticences avaient permis à mon cousin de faire évoluer son projet. Il en était toujours au même point.

Nicolas – Seulement, ce qui n'allait pas dans mon projet de départ, c'est qu'entre mars et septembre, je perdais de vue mon objectif professionnel. Tu avais raison, Léa, quand tu me disais que je m'abritais derrière Hérold pour justifier mon choix d'arrêter mes études et que je ne construisais rien. Alors j'ai eu une idée qui va peut-être marcher.

Ingrid – Laquelle ?

Nicolas – Si Bruno, le menuisier, est d'accord, j'irai dans son atelier tous les jours de 15 heures à 19 heures pour commencer à apprendre le métier.

Léa – Et tu ne travailleras pas chez Hérold ?

Nicolas – Si, j'y serai depuis 7 heures le matin, j'assurerai l'ouverture, la préparation des snacks et le service jusqu'à 15 heures.

Si je calculais bien, mon cousin s'apprêtait à se lever chaque jour aux aurores et à travailler d'arrache-pied, sans aucune pause, douze heures d'affilée.

Léa – Tu penses que tu tiendras le coup à ce rythme ?

Nicolas – Oui. Si Bruno accepte de me prendre comme apprenti, je serai le plus courageux des garçons !

Nicolas nous a regardés avec une réelle inquiétude dans les yeux.

Nicolas – Alors, vous en pensez quoi ?

Avant qu'on ne lui réponde, il a ajouté :

Nicolas – Attendez, attendez ! Je ne vous ai pas tout dit. Hérold serait d'accord pour me payer au Smic, ce qui me permettrait de régler ma part de loyer et ma bouffe, sans rien demander à mes parents. Il n'y a aucune raison qu'ils payent pour cette fin d'année.

Léa a souri.

Léa – Ça, c'est du projet !

Nicolas – Vraiment ?

Léa – Oui, vraiment.

Jim, toujours pragmatique, a insisté :

Jim – Et tu vas lui en parler quand, à Bruno ?

Nicolas – Hérold s'en charge demain, ils sont super potes. S'il sent que Bruno est chaud, j'irai discuter des modalités avec lui.

Jim – Ça va marcher, c'est sûr.

Nicolas – Tu crois ?

Jim – Certain !

Léa est allée chercher à boire et on a trinqué en riant à la réussite du projet de Nicolas. Nom de code : « Hashtag Gepetto ».

Nicolas – Dis donc Jim, t'avais pas rendez-vous avec une meuf, toi ?

Jim – Oh si ! Je suis super à la bourre...

Alors que Jim se levait, Ingrid l'a attrapé par le bras.

Ingrid – Attends deux secondes. J'ai quelque chose de particulier à vous demander.

Jim – Maintenant ?

Ingrid – Oui... Puisqu'on est tous réunis, ça tombe bien.

Aïe ! On venait – peut-être – de résoudre le problème Nicolas, et voilà que surgissait le problème Ingrid. Vu l'air ennuyé de la demoiselle, ça promettait d'être sportif !

Jim a dû comprendre que l'heure était grave parce qu'il a enlevé son blouson et s'est rassis aussitôt.

Jim – On t'écoute !

Ingrid – Voilà. Depuis que notre colocataire Maya est partie en janvier, je suis seule dans ma chambre.

Jim – Oui...

Ingrid – C'est dommage, non ?

Où voulait-elle en venir ? Elle avait été la première, lorsque nous avions fait les comptes de la maison rose, à soutenir qu'il valait mieux partager la part manquante et attendre le

retour de Thibault en juillet. La perspective d'un nouveau casting de colocataires et le risque d'un nouvel échec avaient eu raison de notre sens de l'économie.

À moins que... Oh non !!!

Ingrid – Ilaiiiii voudrait venir un peu en France et on pensait que s'il pouvait s'installer ici durant un mois et demi, ça serait pas mal.

Nicolas – Ici ? Tu veux dire ici ?

Ingrid – Oui, ici.

Je tiens à m'excuser auprès des lecteurs pour la répétition de l'adverbe « ici » mais il faut avouer qu'il a son importance. Ici signifiant : « à l'endroit décrit ou désigné par la personne qui parle », en l'occurrence :

À LA MAISON ROSE,

CHEZ NOUS

DANS NOTRE MAISON

SOUS NOTRE TOIT

DANS NOTRE ESPACE VITAL

AU SEIN DE NOTRE GROUPE

À NOTRE TABLE

SUR NOS CANAPÉS

Bon, j'arrête, j'imagine que vous avez compris.

Il y a eu un long moment de silence durant lequel chacun a dû tenter d'imaginer la vie avec « Ilaiiiiii et Ingrid » réunis... Il est clair que ça allait modifier l'ambiance si Ingrid devait défiler façon festival de Cannes depuis le breakfast jusqu'au coucher.

Jim s'est mordu la lèvre inférieure et Léa a légèrement grimacé. En ce qui me concerne, je ne sais pas si c'était encore à cause de mon mélange chips-Coca-pain-citron-yaourt-tisane, mais la nausée est revenue d'un coup.

Seul Nicolas, en pleine période de changement, a accueilli la proposition avec enthousiasme.

Nicolas – Top ! Ça va nous obliger à parler anglais.

Effectivement, c'était une façon optimiste d'envisager l'avenir. Sans vouloir paraître désagréable, ça nous obligerait aussi à un tas d'autres choses beaucoup moins drôles. Je vous épargne la liste.

Léa-la-très-sage a tenté de temporiser.

Léa – Pourquoi pas ? Cependant, ce n'est pas une décision à prendre à la légère. Je propose que nous y réfléchissions chacun de notre côté et que nous en reparlions demain.

Ingrid a ajouté un dernier argument afin de nous convaincre.

Ingrid – Évidemment, Ilaiiiiii paierait sa part comme n'importe quel coloc.

Léa – Tu as raison de le spécifier, l'aspect financier n'est pas négligeable.

En général, quand ma meilleure amie parle comme un huissier de justice, c'est qu'elle bloque à mort ses émotions pour rester calme.

Ingrid – On en reparle demain, alors ?

Léa – OK, Ingrid.

Jim s'est levé un peu gêné et a dit timidement :

Jim – Bon ben, j'y vais, moi...

Au moment où il mettait sa main dans sa poche pour reprendre ses clefs de voiture, il m'a regardée.

Jim – Ah tiens Justine, j'ai un truc pour toi.

Et il a sorti un paquet de Car en Sac.

Jim – Tu avais l'air désespérée de ne plus en trouver au distributeur de ta fac la dernière fois.

Il y a des moments de la vie où un petit cadeau offert avec le cœur n'est pas juste un petit cadeau. C'est une preuve d'amour qui vous console de bien des chagrins.

J'ai balbutié un « merci » évidemment trop pauvre pour traduire mon émotion. Jim est parti rejoindre sa belle sans se douter de la portée de son geste.

Dans les minutes qui ont suivi, Nicolas a proposé de préparer le repas pour ceux qui restaient tandis que Léa éradiquait la rhinocérite. Ingrid, quant à elle, s'est empressée de « reskyper » Ilaiiiiiii pour lui raconter notre conversation.

J'étais tranquillement allongée sur le canapé quand mon portable a bipé.

« Et si tu venais maintenant chez moi manger des Pim's orange ? Évidemment, on n'en reparlerait pas demain. Thomas »

J'ai souri.

Bilan réactualisé de ma vie

Thibault est certainement avec une Américaine sur une plage de Floride. *Tant mieux pour lui, si c'est ce qu'il veut...*

J'ai cassé mes lunettes et je n'ai pas le temps d'aller chez l'opticien pour les faire réparer, donc je suis les cours avec un énorme bout de scotch pour tenir la branche droite. *J'irai mercredi à onze heures après mon cours et avant de rejoindre Thomas à la bibli. Ça prendra vingt secondes de remettre une petite vis.*

~~Thomas a fait une erreur de casting en sortant avec moi et semble désormais indifférent à ma personne.~~ *Eh bien non !!!*

~~Depuis Key West, je ne me suis pas épilé les jambes, si bien que je ressemble à un orang-outang.~~ *Je vais tout de suite piquer ses bandes de cire froide à Ingrid. Avec l'installation possible d'Ilaiiiiii à la maison rose, elle n'osera jamais dire non.*

~~Mon classement au premier semestre est une telle catastrophe que mes chances de réussite au concours sont considérablement réduites.~~ *« Réduites » ne signifie pas « nulles », donc en avant camarade, la victoire appartient à ceux qui y croient !*

~~Je ne sais pas si c'est le stress mais je perds mes cheveux par poignées.~~ *Il ne faut pas exagérer non plus... Une cure de fer et de magnésium et tout rentrera dans l'ordre.*

~~Depuis une semaine, ma mère ne répond pas quand je l'appelle sur son portable, parce que je ne suis pas rentrée durant trois week-ends consécutifs et qu'elle estime que je pourrais faire un effort. C'est mon père qui décroche et, avec son sens légendaire de la diplomatie, il a envenimé la situation.~~ *La famille Perrin sera au grand complet dimanche prochain!!!*

~~Tout le monde à la maison rose a un amoureux sauf moi (même Lili parle du beau Titouan dans sa classe qui lui raconte des « choses très rigolotes » quand ils sont assis côte à côte à la cantine. Ils se sont cachés mardi près de la grille quand la maîtresse les a appelés pour se mettre en rang après la récré. C'est dire les risques encourus pour vivre leur amour...).~~ *Ce n'est peut-être pas tout à fait vrai... à revoir d'ici quelques jours!*

~~Il n'y a plus de Car en Sac au distributeur de la fac.~~ *Peu importe, j'ai trouvé un fournisseur officiel.*

~~J'ai une terrible envie de vomir~~ *Une cure de Pim's orange dégustés dans la chambre de Thomas devrait dissiper rapidement mes nausées.*

Prince charmant ou pas ?

Justine – Tu crois que tu le reconnaîtras ?

Ingrid – Je te signale qu'on se voit tous les jours sur Skype.

Justine – Oui mais là, ça ne sera pas une image toute plate, il sera présent en chair et en os, grandeur nature.

Ingrid m'a regardée avec son petit sourire qui signifie : « Si tu crois que je n'ai pas compris ce que tu sous-entendais avec ta remarque perfide, tu te trompes. »

Eh bien, non, je jure que je n'avais aucune mauvaise intention en interrogeant notre amie.

Enfin, je suis quand même en droit de demander si Ingrid et Ilaiiiiii se reconnaîtront quand ils se retrouveront samedi à l'aéroport alors qu'ils ne se sont vus que deux fois dans leur vie ! À l'écouter parler, on dirait qu'elle va accueillir son mari, père de ses six enfants, parti à la guerre depuis des lustres. Il ne faut pas exagérer non plus.

Et puis, je ne voudrais pas me mêler de ce qui ne me regarde pas mais, à part un ou deux baisers échangés, il ne s'est rien passé entre eux. Et tout à coup, ils passent de « on ne se connaît pas » à « on vit ensemble ». C'est un peu rapide non ? Il ne manquerait pas quelques étapes ?

Ingrid – De toute façon, on s'est reconnus la première fois alors qu'on ne s'était jamais vus. De quoi pourrais-je avoir peur aujourd'hui ?

On a entendu Nicolas crier depuis la cuisine :

Nicolas – Ingrid, je te sers des tagliatelles avec ton rôti de veau ou tu préfères des carottes râpées ?

Ingrid – Non, sers-moi les tagliatelles seulement, tu sais bien que je ne mange plus d'animaux morts.

Nicolas – Tu préfères que je te serve un animal vivant ?

Avec Léa, on a éclaté de rire. Ingrid l'a mal pris.

Ingrid – Je ne vois pas ce qu'il y a de comique. À chaque fois qu'on mange de la viande, une bête crie dans notre assiette.

Justine – Oh non Ingrid, pitié, tu ne vas pas recommencer à nous parler des animaux maltraités dans les abattoirs ! J'ai bossé toute la journée à la fac, je retourne réviser dans moins d'une demi-heure et je voudrais manger mon rôti tranquillement.

Ingrid – Vous avez raison de choisir le mot rôti ou viande, ça vous permet d'oublier que votre nourriture provient d'un être vivant. Vous évitez de penser que c'est un gentil petit lapin ou un mignon petit cochon rose qu'on assassine.

J'ai regardé Léa, elle avait l'air aussi excédée que moi.

Nicolas – Attention chaud devant ! Ne touchez pas aux assiettes, elles sont brûlantes.

Mon cousin vêtu de son tablier gris nous a servis. Depuis qu'il travaillait chez Hérold, on avait pris l'habitude, le mardi soir, de tous dîner à *L'entracte*. Dans la mesure où c'était le jour

de « corvée de repas » pour Nicolas, il le préparait dans la matinée au bar, puis partait travailler à la menuiserie. À 20 heures, on se retrouvait tous ici pour manger. Afin d'éviter de perdre du temps, j'arrivais directement de la fac, je restais trente minutes et je repartais réviser à la maison rose. C'est à cette seule condition que j'avais accepté de « sortir » le soir pour dîner.

Alors qu'Ingrid me gâche ma seule récréation de la journée avec son discours anti-carnivore m'agaçait au plus haut point. Ça ne l'a pas empêchée de continuer.

Ingrid – Séparer le mot « rôti » du petit veau qui se promène dans les champs est d'ailleurs assez facile puisqu'on ne voit jamais le couteau du bourreau. Ce qui se passe dans les abattoirs est totalement opaque.

Nicolas, qui récupérait la manique laissée sous l'assiette de la peste, a commenté :

Nicolas – Je t'ai quand même mis des carottes, à moins que le cri de la carotte ne te pose aussi problème.

Ingrid – C'est malin comme remarque.

Nicolas – Ne prends pas ça à la légère, c'est affreux le cri de la carotte qu'on râpe. Elle souffre tandis qu'on l'écorche vive. Les oignons en pleurent de chagrin.

Ce n'est pas parce que c'est mon cousin, mais je le trouve drôle.

Ingrid – Continuez à vous aveugler, c'est bien.

J'ai avalé ma première bouchée.

Ingrid – Est-ce que vous savez comment les poulets...

Léa – STOP INGRID ! Maintenant, on dîne en paix.

Jim

Les amis, voici des abattoirs qui vont mettre tout le monde d'accord, ceux de Toulouse. En 1825, l'architecte Urbain Vitry réalise un bâtiment magnifique dans lequel sont regroupés tous les abattoirs de la ville, en bordure de la Garonne. Cette activité se poursuit jusqu'en 1989. En 1990, le bâtiment fait l'objet d'une inscription au titre des monuments historiques. En 1995, un projet culturel est retenu. Les Abattoirs, « espace d'art moderne et contemporain de Toulouse Midi-Pyrénées », ouvrent officiellement leurs portes en 2000.

Ce lieu culturel est très apprécié des Toulousains. Il regroupe un musée d'art contemporain, une médiathèque, la salle Picasso, la grande halle, l'auditorium…

On peut assister à des concerts, des performances, des projections. Il y a aussi une librairie et un resto.

Aujourd'hui, 16h16 · 3 personnes aiment ça · Commenter

Ingrid Ça a l'air génial !

Aujourd'hui, 16h18 · J'aime

Léa Incroyable !!!! J'ai vu que la première œuvre d'art installée en 2000 s'intitulait la maison bleue :)

Aujourd'hui, 16h19 · 2 personnes aiment ça

Nicolas On peut y bouffer un steak tartare ou une côte de bœuf saignante au moins ???

Aujourd'hui, 16h19 · J'aime

Ingrid Tu sais qu'au cours de sa vie, un Français mange l'équivalent de 7 bovins, de 33 cochons, de 1 300 volailles et d'1 tonne d'animaux marins ? Reprends un peu de tofu…

Aujourd'hui, 16h18 · J'aime

Le regard et le ton de Léa n'invitant à aucune négociation, Ingrid a haussé les épaules et a grommelé quelques mots incompréhensibles. Jim et Hérold, qui arrivaient de la cuisine avec les dernières assiettes, se sont installés à table dans ce climat plutôt tendu.

Jim – Il y a un problème?

Personne n'a répondu.

Jim – OK... Sympa l'ambiance.

On n'a plus entendu que le bruit des fourchettes.

Hérold – Délicieux ton rôti de veau, Nicolas. Il est vraiment tendre.

Nicolas – C'est vrai qu'il est bon.

Hérold – La viande est de qualité à la boucherie normande. Ils ont le label « Veau élevé sous la mère ».

Nicolas – C'est quoi ça?

Hérold – L'assurance que le veau a bien tété au pis de sa mère et qu'il n'a pas été élevé en batterie.

Le regard horrifié d'Ingrid n'a pas échappé à Hérold.

Hérold – Crois-moi, c'est mieux. L'animal n'est pas stressé, il gambade, il a une vie saine, du coup sa viande est meilleure.

J'ai posé ma fourchette exactement en même temps que Léa. La vision du veau gambadant en toute innocence près de sa mère a eu raison de notre appétit. Même les tagliatelles n'ont plus réussi à passer. Ingrid nous a souri.

La loi suivant laquelle rien n'empêche un garçon qui a faim de manger s'est de nouveau vérifiée. Ils ont mâché avec énergie le bébé veau et sont passés à une autre discussion.

Hérold – T'as bien bossé avec Bruno aujourd'hui?

Nicolas – Ouais...

Jim – T'as fait quoi ?

Depuis son premier jour à la menuiserie, Nicolas avait pris l'habitude de nous raconter l'enseignement dispensé par Bruno. Un enseignement mêlant la pratique de la menuiserie et l'amour de la nature. On apprenait des tas de choses sur les arbres. Savez-vous, par exemple que, pour être reconnu comme arbre, il faut être un végétal possédant des racines surmontées d'une tige unique avec des ramifications au sommet et mesurer au moins sept mètres ? En dessous, on parle d'arbuste et, encore en dessous, d'arbrisseau. Êtes-vous en mesure de citer les deux grandes familles d'arbres ? Les feuillus et les résineux. Sauriez-vous dire lesquels ont une croissance lente et lesquels ont une croissance rapide ?

Eh bien nous, oui.

Peut-être allez-vous me rétorquer que savoir tout cela n'est pas utile dans la vie quotidienne et vous aurez certainement raison. Mais qui a dit que l'utilité est le seul critère valable pour s'intéresser à ce qui nous entoure ?

Même moi, noyée dans mes cours d'anapath et de bio-chimie, j'écoutais avec beaucoup d'intérêt ces leçons sur le peuple des arbres.

Je ne voudrais pas jouer mon Ingrid avec un délire du genre : « Les arbres sont nos amis, leur sève coule tandis qu'on les abat » mais il n'empêche, sans eux, il n'y aurait pas de vie possible sur cette planète. Ils sont notre oxygène et, à ce titre au moins, ils méritent notre plus grand respect.

Poème <u>LES ARBRES DES FORÊTS</u>

Les arbres des forêts sont des femmes très belles
Dont l'invisible corps sous l'écorce est vivant.
La plus pure eau du ciel les abreuve, et le vent
En séchant leurs cheveux les couronne d'ombrelles.

Leur front n'est pas chargé de la tour des Cybèles :
L'ombre seule des fleurs sur leur regard mouvant
Retombe, et, le long de leurs bras se poursuivant,
Tournent les lierres verts qu'empourprent les rubelles.

Les arbres des forêts sont des femmes debout
Qui le jour portent l'aigle et la nuit le hibou.
Puis les regardent fuir sur la terre inconnue.

La rapide espérance et le rêve incertain
S'envolent tour à tour de leur épaule nue
Et la captive en pleurs s'enracine au destin.

Pierre Louÿs

Nicolas – Ah ouais, j'ai super bien travaillé. Aujourd'hui, j'ai fait des trous.

Hérold – Belle activité ! Demain, tu fais du découpage ?

Nicolas – Ne rigole pas, ce n'est pas si simple de percer le bois. Sur un établi, j'ai à peu près réussi, même si je n'ai pas compris tout de suite comment positionner la planche dans le serre-joint. Par contre sur un panneau en l'air sans faire d'éclats, je n'ai pas trouvé le truc.

Léa – Pourquoi faudrait-il que tu trouves ? Bruno ne t'explique pas comment procéder ?

Nicolas – Non. Il me laisse essayer d'abord.

Justine – Et tu abîmes des meubles ?

Nicolas – Pas fou, le garçon. Il me donne des vieilles planches pour que je m'entraîne.

Ingrid – Ça te plaît toujours autant ?

Nicolas a réfléchi un petit moment avant de répondre. C'était nouveau chez lui cette façon de prendre le temps d'élaborer une réponse qui colle au plus juste à sa pensée.

Nicolas – Oui ça me plaît, mais travailler le bois exige beaucoup de patience et certaines tâches sont ingrates.

Hérold – Surtout que, pour l'instant, tu n'as pas eu le plaisir de réaliser un objet de A à Z.

Nicolas – Ouais, et je soupçonne Bruno de ne rien faire pour rendre les choses un peu fun. Comme s'il voulait me confronter à la difficulté, me signifier : « Ne te fais pas de fausses idées, c'est un métier difficile. »

Jim – Ce n'est pas plus mal. Si tu résistes, tu sauras que ton choix est le bon.

Ingrid – Oui, exactement comme moi avec Ilaiiiii.

Ingrid ou comment tout ramener à soi. J'ai le titre de son premier livre ! Elle expliquera au monde comment se positionner en nombril du monde, c'est la fortune assurée ! Nicolas n'a pas saisi tout de suite l'analogie.

Nicolas – Quel rapport avec Ilaiiiii et toi ?

Ingrid, ravie de voir les regards braqués sur elle, a pris une longue inspiration avant de développer sa théorie. Qu'est-ce qu'elle m'agace...

Ingrid – Tu vois, quand j'ai rencontré Ilaiiiiii, j'ai tout de suite su que c'était l'homme de ma vie. Je n'ai pas hésité une seule seconde même si personne n'y croyait.

Justine – À part les mainates !

Ingrid – Exact, Justine. Laurel et Hardy m'ont constamment soutenue.

Euh, l'allusion aux mainates était ironique, pas un soutien. La peste a continué :

Ingrid – Lorsque j'ai voulu me faire tatouer les initiales d'Ilaiiiiii, vous m'avez prise pour une folle. Eh bien, d'une certaine manière, votre résistance m'a obligée à affirmer mon choix.

Nicolas – Et donc ?

Ingrid – Eh bien toi, c'est la même chose. Grâce à Bruno, tu vas vraiment savoir.

Nicolas – Quoi ? Si je veux me faire tatouer les initiales du chêne vert ou du merisier sauvage sur le bras ?

J'ai ricané bêtement à la remarque de mon cousin.

Ingrid – Tu as très bien compris ce que je voulais dire, Nicolas.

Ingrid a continué sans se soucier le moins du monde de l'ironie de mon cousin. Parler d'elle est son activité favorite, elle n'allait pas changer de sujet pour si peu.

Ingrid – Les difficultés rencontrées sont parfois les meilleures alliées d'une cause. Et c'est exactement ce qui s'est passé pour Ilaiiiiii et moi. Nous nous étions à peine vus, le monde entier ne croyait pas à notre histoire mais moi, je savais.

Le monde entier ? Seulement ? Non, elle est trop modeste, son histoire préoccupe tous les êtres vivants de notre système solaire. Même les Martiens ont envoyé des messages : « Nous ne croyons pas à l'histoire d'amour entre Ilaiiiiiii et Ingrid* ».

* Là, je traduis parce que je suis complètement bilingue français/martien.

La présidente de Vénus en personne a tenu à faire une déclaration : « Sur notre planète, nous croyons aux coups de foudre les plus fous. Faut-il rappeler les couples que nous avons sponsorisés ? Tristan et Iseult, la princesse de Clèves et

Sur l'arbre

« L'arbre cache la forêt. » *Proverbe français*

« Une petite hache coupe un gros arbre. » *Proverbe guadeloupéen*

« Près d'un grand arbre on échappe au givre. » *Proverbe chinois*

« Les branches des arbres trop chargés rompent. » *Proverbe français*

« Le plus grand arbre est né d'une graine menue. » *Lao-Tseu*

« Quelqu'un s'assoit à l'ombre aujourd'hui parce que quelqu'un d'autre a planté un arbre il y a longtemps. » *Warren Buffet*

« Seul l'arbre qui a subi les assauts du vent est vraiment vigoureux, car c'est dans cette lutte que ses racines, mises à l'épreuve, se fortifient. » *Sénèque*

M.de Nemours, Angelina Jolie et Brad Pitt. Mais cette histoire-
là est incroyable. Ce serait un miracle si ces deux êtres étaient
tombés amoureux l'un de l'autre, en si peu de temps. »

Ingrid – Je savais qu'llaiiiiiii était ma destinée !

Beurk... Elle est écœurante avec son amour guimauve.
Entre le bébé veau et ça, elle a réussi à me couper définitivement l'appétit. Et je ne tiens pas ce discours parce que
je rencontre des difficultés sur le plan amoureux. Je n'ai
jamais aimé les histoires trop sentimentales.

Léa, qui était assise à côté de moi, m'a chuchoté :

Léa – Toi, tu n'aimes pas les histoires trop sentimentales ? Faut-il que je te rappelle certaines scènes bubble
gum de ta vie amoureuse comme par exemple : « J'attends
Thibault cachée derrière ses volets », « Je mange des Pim's
orange sous les toits avec Thomas », « Je bois une coupe
de champagne avec Thibault sur un voilier quand le soleil
se couche » ?

Justine – Inutile. Je n'aime pas rabâcher les histoires
passées.

Léa – Une plus récente, alors ? « Je me cache dans le café
en face de la fac et j'attends que Thomas descende du bus
pour sortir et tomber par hasard sur lui. »

Justine – Je ne l'ai fait qu'une fois !

Léa ne m'a rien répondu mais a souri, l'air de me dire : « Je
n'ajouterai rien parce que la démonstration est terminée. »
J'ai continué :

Justine – Tu sais, j'ai beaucoup changé à propos de l'amour. Je me suis endurcie.

Cette fois-ci, ma meilleure amie s'est contentée de fredonner :

Léa – *Sugar baby love... Love you baby love*[1]...

Ingrid, qui croyait qu'on parlait d'elle, a immédiatement réagi.

Ingrid – Je vous entends, les filles, même si vous chuchotez. Je me moque totalement que vous pensiez que je me raconte des histoires.

Léa – Loin de nous cette idée, Ingrid !

À sa décharge, la peste n'est pas entièrement responsable de sa crédulité. Tout pousse les filles à se raconter des histoires : les romans, les films, les magazines... Je sais maintenant que l'amour avec un grand A déguisé en prince charmant n'est qu'un mensonge comme le père Noël. Une légende qu'on te raconte avec force détails pour te tromper, un être inventé de toutes pièces dont tu espères la venue le cœur battant. Tu acceptes de te coucher au milieu de la fête, parce qu'on t'a dit que seules les filles sages auraient droit au cadeau. Seulement quand, au matin, tu descends sur la pointe des pieds, on t'annonce qu'il est déjà passé et qu'il faudra attendre l'année prochaine pour le voir. Et toi, comme une gourde, tu le crois.

---

1. *Sugar Baby Love* (The Rubettes), paroles d'Arthur Bickerton et Anthony Waddington/WB Music Corp.

Si j'avais la possibilité de prévenir les filles du monde entier que le prince charmant est une invention marketing, croyez-moi je le ferais. D'ailleurs, si des organisateurs d'événements acceptent de prendre le relais, je suis prête à apporter mon aide. J'ai déjà des tas d'idées.

Idée 1 : Une grande manifestation dans tout le pays avec des slogans percutants anti prince charmant.

Idée 2 : Des vidéos sur YouTube pour ridiculiser le vieux cliché de l'homme parfait. Exemple : un prince charmant tout en blanc qui tombe de son cheval et pleurniche parce qu'il s'est écorché le genou ou bien un prince charmant qui raconte à une fille comment il a combattu dragons, bêtes à trois têtes et autres monstruosités, et qui soudain s'enfuit parce qu'il a aperçu une araignée.

Idée 3 : Des tee-shirts avec : « Ne l'attends pas, le prince charmant n'existe pas ! » ou « Le prince charmant, n'y crois pas ! »

Idée 4 : Une page Facebook où des filles raconteraient comment elles ont compris un jour que le prince charmant était un pur mensonge.

Idée 5 : Des manuels scolaires avec un programme spécial prévention « mythe du prince charmant ».

Idée 6 : <u>Une amende</u> pour tout adulte racontant *La Belle au bois dormant, Blanche-Neige* ou *Peau-d'Âne.*

Idée 7 : <u>La censure</u> pour tout écrivain proposant des histoires dans lesquelles un garçon beau, intelligent, talentueux, sympathique et généreux débarque dans la vie d'une fille seule, triste, inquiète et abandonnée pour réaliser tous ses rêves.

Idée 8 : <u>Des mentions</u> sur les emballages des cosmétiques : « Attention, croire au prince charmant rend malheureuse. »
Moi, en tout cas, je n'y crois plus...

Mon portable a bipé.
Je l'ai sorti avec précipitation de mon sac, au cas où ce serait Thomas. Depuis qu'il m'avait proposé de venir manger des Pim's sous les toits, j'espérais qu'il m'inviterait à nouveau. Mais il ne m'appelait pas. On ne se voyait qu'à la fac.
Pourtant, il s'était passé quelque chose de particulier ce soir-là. On ne s'était pas embrassés, on avait juste parlé mais son regard noyé dans le mien et nos mains, qui se frôlaient subrepticement au-dessus du paquet de biscuits, avaient signifié clairement notre attirance réciproque.
Malheureusement ce n'était pas Thomas, c'était ma mère. J'ai décroché.
Justine – Hello mum !
La mère – Bonsoir mon chaton, tu vas bien ?

Justine – Ouep !

La mère – Je te dérange, tu révises ?

Justine – Non, on dîne à *L'entracte*, c'est mardi.

La mère – Ah oui, c'est vrai. Tu me rappelles après ?

Justine – D'accord.

La mère – Tu ne fais pas comme vendredi quand tu m'as assuré que tu me rappelais de suite et que j'ai attendu toute la soirée.

J'ai répondu assez froidement :

Justine – C'est bon maman, je t'ai dit d'accord.

Ma mère a soupiré façon femme blessée qui supporte l'indifférence de sa fille parce que l'amour infini qu'elle lui porte est plus fort que tout. Évidemment, je me suis sentie coupable.

Justine – C'est promis mamounette. À tout à l'heure ?

La mère – Oui. À tout à l'heure ma Juju.

Dès que j'ai eu raccroché, Léa m'a demandé discrètement :

Léa – Ça va ?

Justine – Tout va bien.

Léa – C'était Sophie ?

Justine – Oui, il ne faut surtout pas que j'oublie de la rappeler après dîner.

Léa – Tu attendais un coup de fil de qui ?

Justine – Comment ça ?

Ma meilleure amie m'a souri et a fredonné :

Léa – Un jour, mon prince viendra... Un jour, il me dira... Des mots d'amou-ou-our, des mots d'amou-ou-our[1]...

Justine – N'importe quoi.

Léa – Ah oui c'est vrai, tu t'es endurcie à propos de l'amour et le prince charmant n'existe pas.

Justine – Exactement.

Léa – Tu n'as pas l'impression d'être parfois en contradiction avec toi-même ? Genre, je dis un truc mais mon comportement démontre le contraire ?

Justine – Je ne comprends pas.

Léa – Bien sûr que si, tu comprends.

Qu'est-ce que Léa m'énerve quand elle a raison ! C'est-à-dire tout le temps ou presque.

J'ai mangé ma mousse au chocolat avec les autres et je suis rentrée travailler.

Au moment où je poussais la grille de l'entrée, j'ai croisé le voisin écrivain accompagné d'une jolie brune qu'il tenait tendrement par l'épaule. Il m'a saluée.

Le voisin écrivain – Bonsoir Justine !

Justine – Bonsoir !

Puis, se tournant vers sa fiancée :

Le voisin écrivain – Emma, je te présente Justine.

---

1. Bon je sais que ce ne sont pas les vraies paroles mais Léa l'a toujours chantée comme ça.

Elle m'a regardée et elle a prononcé d'un air étonné :

Emma – Justine, comme la Justine de...?

Le voisin écrivain – Oui... C'est elle.

Emma – Elle habite le même immeuble que toi?

Le voisin écrivain – Oui.

Emma – Mais je croyais que tu avais emménagé ici au mois d'août.

Le voisin écrivain – C'est le cas.

Emma – Pourtant, tu as commencé ta série l'an dernier?

Le voisin écrivain – Oui.

Emma – Je ne comprends pas. Elle habitait déjà dans le même immeuble que toi?

Bon, je ne voudrais pas les déranger mais j'ai mes fiches de biochimie sur le feu.

Le voisin (un peu gêné) – Je t'expliquerai.

C'est ça. Qu'il lui explique plus tard comment il passe son temps à nous observer par la fenêtre pour écrire *Ma vie selon Moi*, parce que là, je n'ai pas vraiment le temps.

Emma m'a observée avec l'amabilité de la fille jalouse qui suspecte une entourloupe de son petit ami. Je me suis éclipsée avant que ses yeux revolver ne me criblent de balles.

Justine – Bonne soirée.

Le voisin écrivain – Bonne soirée Justine! Prenez soin de vous.

Et tandis que j'avançais dans l'allée, j'ai entendu Emma chuchoter :

Emma – Elle n'est pas très claire ton histoire. Tu as suivi cette fille jusqu'ici, c'est ça?

Non, c'est pire que ça. Il a payé une agence afin qu'elle trouve deux appartements l'un au-dessus de l'autre pour me garder comme personnage principal. Mais ça, franchement, je ne sais pas comment il va se débrouiller pour le lui expliquer...

La situation inconfortable dans laquelle venait de se mettre notre grand écrivain m'a fait rire. Je sais que ce n'est pas charitable mais c'était drôle.

ᛉ

Dès que Léa est rentrée, je lui ai raconté la scène. Elle a ri elle aussi.

Léa – Aïe, le pauvre. Pour une fois qu'il invitait une femme chez lui !

Justine – C'est sûr. En tout cas, elle a repéré en moins de deux secondes l'incohérence dans le calendrier.

Léa – Une femme amoureuse repère toujours très vite les incohérences parce qu'elle ne réfléchit pas avec sa tête, mais avec son cœur.

Justine – Sauf quand elle est aveuglée par l'amour.

Léa – Ce n'est pas l'amour qui aveugle les gens, mais la peur de voir la vérité en face. Le jour où ils ouvrent les yeux, tout devient clair.

Justine – Pourquoi je n'ai rien vu avec Thibault ?

Léa – Parce que tu étais occupée à autre chose. D'ailleurs à ce propos, comment va « l'autre chose » ?

Justine – Il va bien. Il travaille d'arrache-pied.

Léa – Des projets de Pim's communs ?

Justine – Non. Aucun ! Je crois que je suis condamnée à ne plus jamais en manger.

Léa – Ce n'est pas grave. Tu essaieras les Pépito ou les barquettes à la framboise. Ce n'est pas la variété qui manque.

Sur cette métaphore gourmande, Léa est partie se doucher et je me suis remise au travail.

Dans les deux jours qui ont suivi, Ingrid est devenue impossible. Plus encore qu'après les révélations de son père, je veux dire. L'arrivée imminente d'Ilaiiiii la bouleversait. Elle riait, pleurait, se fâchait pour un rien. Tout le monde l'évitait à la maison rose et on a commencé à redouter sa compagnie.

Le jeudi soir, l'avant-veille de l'arrivée de l'Américain, alors que je redescendais de mon bureau sous les toits pour me coucher, j'ai trouvé Léa, Nicolas et Jim en plein conciliabule dans la cuisine. Ils ont sursauté quand je suis entrée.

Justine – Vous préparez le casse de la Banque de France ou quoi ?

Nicolas a prononcé avec cérémonie :

Nicolas – Entre et ferme la porte.

Justine – Ouh là, c'est du lourd. Ingrid n'est pas conviée à la réunion ?

Léa – On était en train de parler d'elle justement.

Justine – Vaste sujet.

Jim m'a expliqué la situation.

Jim – Ingrid nous a annoncé un truc tout à l'heure qui ne nous convient pas du tout.

Justine – Du genre?

Jim – Du genre très ennuyeux.

Justine – Elle veut qu'on aille vivre dans mon bureau là-haut pendant un mois et demi pour être tranquille dans l'appart avec Ilaiiiii?

Jim – Ce n'est pas exactement un mois et demi.

Justine – Quoi, deux mois? L'Américain reste plus longtemps que prévu?

La mine consternée de mes trois amis m'a réellement inquiétée.

Justine – Bon, balancez l'info, je suis déjà assez stressée comme ça avec la fac.

Léa a de nouveau sorti des Michoko et des fraises Tagada. Je me suis assise pour ne pas tomber de trop haut.

Jim – Pour inciter Ilaiiiii à venir en France, Ingrid lui a fait des promesses.

Justine – Par exemple?

Jim – Par exemple des promesses qu'elle ne pouvait pas tenir.

Justine – Mais encore?

Jim – Disons des choses pour lesquelles elle aurait dû davantage réfléchir et surtout nous consulter.

Comme je ne comptais pas y passer la nuit et que je me sentais au bord de l'implosion, je me suis tournée vers mon cousin, seule personne capable de livrer cash une info difficile.

Justine – Nicolas, tu me résumes la situation en trois mots, s'il te plaît.

Nicolas – Ilaiiiii s'installe ici pour un an.

Sa réponse contenait plus de trois mots mais elle était claire et efficace. J'ai enfourné des Michoko. Léa a profité que j'aie la bouche pleine pour continuer.

Léa – Quand Ingrid a rencontré Ilaiiiii en janvier, il avait prévu de prendre une année sabbatique et de venir en France pour son projet de film. Il a des amis qui pouvaient peut-être l'héberger.

Justine – Et alors ?

Léa – Tu ne veux pas des fraises Tagada ?

Justine – Vas-y sans anesthésie Léa, je supporte la douleur.

Léa – Alors un soir, Ingrid, qui avait certainement peur de voir son grand amour lui échapper, lui a proposé de s'installer à la maison rose pour un an. Elle lui a dit qu'il pourrait dormir dans sa chambre et ne rien payer d'autre que sa nourriture.

Justine – Et ?

Léa – Et Ilaiiiiii a accepté.

Justine – Tu m'étonnes.

Léa – Après une nuit de sommeil, Ingrid s'est rendu compte de l'énormité de sa proposition. Elle l'a donc rappelé pour lui dire qu'elle s'était engagée un peu vite mais Ilaiiiii ne lui a pas laissé le temps de s'expliquer. Il lui a annoncé que tout était arrangé, que son frère Nathan profiterait de l'hospitalité de ses amis et que lui viendrait à la maison rose pour une année.

Jim – Ilaiiiiii était fou de joie et Nathan aussi. Il a pris le téléphone pour remercier Ingrid. Elle n'a pas réussi à leur dire la vérité.

J'ai demandé :

Justine – Rassurez-moi, depuis, elle a réussi à la lui dire ?

Léa – Depuis, elle fait comme si tout allait bien et lui assure qu'on est ravis de l'héberger pour un an.

Justine – Mais elle est dingue ???

Jim – Elle est surtout coincée.

Justine – C'est son affaire, pas la nôtre.

Nicolas a immédiatement réagi.

Nicolas – On n'est pas cousins pour rien tous les deux, je pense exactement la même chose que toi, Justine.

Jim – Nous sommes d'accord, elle a eu tort mais que peut-elle faire maintenant qu'Ilaiiiiii a tout réglé et qu'il arrive après-demain ?

Justine – Elle l'appelle et elle lui dit que ce n'est pas possible.

Léa – Tu imagines bien que si elle fait ça, ça risque d'être la fin de leur histoire. Il ne lui pardonnera jamais.

Nicolas – Eh bien tant pis.

Justine – Si l'amour d'Ilaiiiiii est subordonné à une invitation à squatter ici, Ingrid pourra remettre en question l'authenticité de ses sentiments.

Léa – Vous êtes durs...

Nicolas – On n'est pas durs, on est réalistes et vous, vous êtes deux pigeons. Si ça se trouve, l'hébergement chez des potes c'était un mytho pour mettre la pression à Ingrid et venir gratos en France.

Ma meilleure amie n'a rien répondu. Elle a semblé réfléchir.

Jim lui a demandé :

Jim – Tu crois que c'est possible ?

Léa – Pourquoi pas ? Il a abandonné son plan à toute vitesse quand Ingrid lui a proposé de s'installer ici. Il l'a peut-être manipulée. Si c'est le cas, Ingrid va encore avoir le cœur brisé.

Nicolas – Raison de plus pour qu'elle l'appelle maintenant et qu'elle lui dise de rester aux States. Une fois qu'il sera là, elle sera encore plus piégée.

Léa – Elle ne l'appellera pas.

Nicolas – Eh bien, nous, on va l'appeler. De toute façon, que ce type soit un salaud ou pas, il n'est pas question qu'il s'installe ici pour un an. Thibault revient en juillet et il n'y aura pas de place.

La perspective du retour de Thibault m'a fait une décharge électrique dans le cœur. Je n'arrivais plus à imaginer ma vie avec lui. Le problème, c'est que je ne l'imaginais pas non plus sans lui. Je dois l'avouer, il me manquait un peu. J'ai imaginé Thibault ici, dans la cuisine. Son regard, son sourire, ses mains autour de ma taille. Mon cœur a fait des bonds.

Léa – Et toi, Justine, c'est ce que tu veux ?

Justine – Oh oui, c'est ce que je veux...

Ma meilleure amie a froncé les sourcils.

Léa – Tu es sûre que tu as entendu ma question ?

Justine – Laquelle ?

Léa – C'est bien ce qu'il me semblait. Je te demandais si toi aussi tu étais d'accord avec cette décision ?

Justine – Laquelle ?

Léa – Avoir une discussion sérieuse avec Ingrid et lui exposer clairement nos réticences à l'égard d'Ilaiiiiii sans s'opposer de façon définitive à sa venue.

Jim – Laisser le débat ouvert pour ne pas la bloquer, quoi.

Justine – Si vous voulez.

Mon cousin, qui s'attendait à ce que je le soutienne dans la lutte contre l'invasion américaine, a tenté de me convaincre.

Nicolas – Mais non, c'est une erreur cette discussion. Il faut dire non directement à Ilaiiiiii, un point c'est tout. Ça sera plus simple pour Ingrid si c'est nous qui prenons la décision.

Léa – On ne peut pas faire ça à Ingrid. Elle est notre amie tout de même.

Nicolas – Justement, on doit l'aider, donc ne pas lui laisser la responsabilité de ce choix.

Léa – Tu as vu dans quel état elle était tout à l'heure lorsqu'elle nous a annoncé la nouvelle ? Elle a besoin qu'on l'accompagne, pas qu'on se substitue à elle.

Jim – Léa a raison.

Nicolas – Je ne suis pas d'accord, vous faites chier avec votre psychologie moisie. Il y a des moments dans la vie où il faut agir, point. Et ne me faites pas passer pour la brute de service, j'ai un cœur moi aussi, mais aimer les gens, c'est parfois savoir prendre des décisions qui ne leur plaisent pas. Ça fait mal sur le coup, mais ça dégage l'horizon.

La dernière phrase de Nicolas a résonné plus fort que les autres. On est restés silencieux. Après un long moment, qui a semblé une éternité, Léa a murmuré :

Léa – Tu as peut-être raison, Nicolas.

Jim l'a suivie.

Jim – C'est possible. Alors, il faut prévenir Ingrid qu'on va appeler Ilaiiiiii. Après, il faudra faire front commun si elle tente de nous en empêcher. Il ne faut pas qu'elle trouve de faille.

Léa – OK. Mais moi je n'ai pas le courage de le lui annoncer.

Nicolas – Je peux le faire si vous voulez.

Avant que quiconque remette en question ses aptitudes à communiquer avec tact, mon cousin a ajouté :

Nicolas – Je saurai trouver les mots qui ne blessent pas.

Léa a souri à mon cousin.

Léa – Je n'en doute pas. Il y a un cœur tendre derrière la cuirasse.

Nicolas – Alors j'y vais.

Au moment où Nicolas se levait pour aller parler à Ingrid, elle est entrée dans la cuisine. On a sursauté. Elle nous a regardés l'un après l'autre en se mordant la lèvre inférieure et en se tordant les mains. Elle avait l'air perdue. Jim lui a tendu une chaise. Elle s'est accrochée au dossier comme si elle était en train de se noyer et qu'on lui envoyait une bouée.

Elle s'est assise au ralenti. J'ai mis mon bras autour de son épaule. Nicolas aussi. Nous sommes restés un long moment sans qu'aucun mot soit prononcé et puis elle a parlé lentement avec une voix grave qu'on ne lui connaissait pas.

Ingrid – Merci d'être ce que vous êtes. Je ne suis pas sûre de mériter une telle amitié. Je me déteste. J'ai fait n'importe quoi ces derniers temps. Je n'aurais jamais dû proposer à Ilaiiiii de venir en France, je ne sais pas ce qui m'a pris. Ou plutôt, je le sais très bien. J'ai eu tellement peur de le perdre que j'ai été immature et lâche. Comme mon père.

Léa – Ne sois pas trop dure avec toi, Ingrid. Des erreurs, on en commet tous.

Ingrid – Oui, c'est vrai. Sauf que cette erreur-là, elle vous engage aussi et surtout elle révèle au grand jour mon problème. J'ai tellement peur de ne pas être aimée pour ce que je suis que je me sens obligée d'en rajouter des tonnes. Des tonnes de maquillage, de fringues, de promesses. Je suis comme les gosses qui, pour avoir des copains dans la cour de récréation, jouent à des jeux qu'ils n'aiment pas et donnent leurs affaires. Comme si être eux-mêmes ne suffisait pas.

Ingrid a enfourné trois fraises Tagada. On l'a imitée. C'est fou comme le sucre console. Il est dommage que les haricots verts ou la salade verte ne produisent pas le même effet. On serait tous adeptes du régime crudités-légumes.

Ingrid – J'ai pris une décision. Il est possible qu'Ilaiiiiiii me déteste après cela et je le comprendrai, mais je dois assumer les conséquences de mes actes. Je vais donc l'appeler pour lui annoncer que je ne peux pas le recevoir. Je lui expliquerai ce que je viens de vous expliquer. Ne croyez pas un instant que je vous dis cela pour que vous m'en dissuadiez. C'est important pour moi de le faire. Si Ilaiiiii décide de rompre, j'accepterai la sentence.

Nicolas – Tu as conscience que tu vas matériellement le mettre dans une situation difficile.

Ingrid – Oui. J'y ai réfléchi. Pour mes dix-huit ans, mes parents m'ont mis de l'argent sur un compte. Je m'en suis servie pour mon voyage au Burkina mais il m'en reste un peu. Je vais rembourser son billet d'avion à Ilaiiiii. Pour le reste, je ne pourrai que le prier de m'excuser.

Justine – Tu es courageuse, Ingrid.

Ingrid – Pas vraiment. J'ai super peur.

Nicolas – Le courage, ce n'est pas l'absence de peur, le courage c'est oser affronter ses peurs.

Est-ce que c'est ça devenir adulte ? Voir une Ingrid superficielle et égocentrée devenir une fille responsable ? Assister à la transformation d'un Nicolas bourrin en philosophe altruiste ?

Léa – Bon, ce n'est pas tout. Qu'est-ce qu'on mange ce soir ?

La remarque de Léa nous a choqués. On l'a regardée, surpris par ce manque d'empathie. Elle a éclaté de rire.

Léa – Désolée les amis, mais si Ingrid et Nicolas me piquent mes répliques, il faut que je me trouve un nouveau rôle. Donc j'essaie celui de la fille monstrueuse. J'aime bien. Ça ne demande aucun effort.

Nicolas – C'est peut-être ta vraie nature. En réalité, tu cacherais ta monstruosité derrière des tonnes d'analyse psy et de sentiments dégoulinants depuis des années.

Léa – Possible !

Jim – Si c'est le cas, il faut prévenir le voisin écrivain parce que pour l'équilibre de sa série, il lui faut un personnage stable, intello et compréhensif.

Léa – Il n'a qu'à donner le rôle à quelqu'un d'autre. Nicolas, tu te sens de l'endosser ?

Nicolas – Putain, ça serait le kif d'être l'intello de la série. Je m'achète : *La Philosophie pour les nuls* et je farcis les dialogues de références.

Justine – Pas sûr que ça suffise. Il faudra peut-être t'acheter un dico aussi.

Nicolas – Je suis prêt à travailler mon lexique. Mais qui va dire des grossièretés dans la série ? Léa, tu veux ?

Léa – Fais pas chier, Nicolas ! T'es vraiment casse-couilles...

Nicolas – Pas mal. Mais j'aurais plutôt utilisé l'expression casse-burnes. Tu peux reprendre ?

Léa s'est exécutée.

Léa – Fais pas chier, Nicolas ! T'es vraiment casse-burnes...

Nicolas – Et toi, extrêmement vulgaire, Léa. Ne peux-tu pas t'exprimer autrement qu'avec ce langage de charretier ? Sais-tu que tu perds toute crédibilité en t'exprimant de la sorte ?

On a applaudi le nouveau duo de choc. C'est incroyable comme l'humour sauve. Ingrid nous a dit très sérieusement :

Ingrid – Les amis, il faut que j'y aille. Je vais téléphoner à Ilaiiiii dans ma chambre.

Jim – Tu veux que je vienne avec toi ?

Ingrid – Non merci. Je dois le faire seule.

Justine – Alors on t'attend ici.

Ingrid – Merci.

Nicolas – On est là, Ingrid, je t'aime comme tu es, même si tu ne me files pas tes billes à la récré et que tu ne mets pas ta merde noire sur les cils.

Léa a toussoté.

Nicolas – Oui, ben désolé, je ne sais pas comment s'appelle la bouillasse qu'elle met sur ses yeux avec sa brosse.

Ingrid – Du mascara. Mais là, je n'en ai pas parce que même un waterproof n'aurait pas résisté. Allez, j'y vais. À tout de suite !

Ingrid est sortie de la cuisine, droite et digne. On l'a couvée du regard jusqu'à ce qu'elle disparaisse de notre champ de vision.

C'est à ce moment-là que j'ai pris conscience que, depuis toutes ces années, moi aussi, j'aimais notre peste et sa façon si singulière d'appréhender le monde et de vivre sa vie.

Mais c'est terrible. Le voisin écrivain ne va quand même pas écrire que j'aime Ingrid pour terminer cet épisode ?

Léa – Non, il ne faut pas exagérer non plus. Ta véritable amie, c'est moi et seulement moi.

Justine – Oui, voilà. c'est beaucoup mieux comme mot de la fin !

Un Américain
en coloc

Justine – Léa, t'es où?

Léa – Dans la cuisine, je bois un thé, tu en veux un?

Justine – Non merci. Tu n'avais pas dit qu'on partait?

Léa – Si, mais j'ai eu envie d'un thé.

Justine – Ah bon...

Léa – J'arrive dans deux minutes, garde ton manteau.

Je suis allée m'asseoir sur le canapé.

Léa me stressait depuis le réveil pour qu'on parte le plus tôt possible et maintenant elle traînait. Je n'ai pas cherché à comprendre. Réviser dans le salon ou dans la voiture ne changeait pas grand-chose. J'ai pris mon porte-vue avec mes fiches de biochimie et je l'ai ouvert au hasard pour demander à la vie quel serait le sujet du concours. Dès que j'ai deux minutes, je m'amuse à ce petit jeu de divination.

Oh non... Pas l'anatomie des membres inférieurs, je n'arrive pas à imprimer ce cours. Je ne sais pas pourquoi, j'en oublie toujours la moitié.

J'étais en train de me réciter les cinq premiers items quand j'ai entendu ma meilleure amie rire dans la cuisine.

Si c'est son Earl Grey qui provoque cet effet, j'en veux bien une théière remplie à ras bord.

Puis la voix de mon cousin m'est parvenue.

Nicolas – Je ne suis pas celui que vous croyez, mademoiselle, veuillez enlever vos mains de mon torse musclé.

Léa – Musclé... Musclé... Il faut le dire vite.

Léa a de nouveau ri.

Ah d'accord, c'est Nicolas qui la met dans cet état euphorique, ce n'est pas son thé. Elle ne pouvait pas annoncer : « Je reste deux minutes avec mon mec » au lieu de me faire croire à une déshydratation soudaine ?

Nicolas – Tu trouves que je ne suis pas musclé ?

Léa – Si, on dirait le fils de Vin Diesel et de Zac Efron.

Nicolas – C'est ça, fous-toi de moi.

Léa – Je te jure que non. Enfin, juste un peu.

Nicolas – Tu vas bientôt regretter ce petit ton moqueur.

Léa – Ah oui ? Explique-moi pourquoi, Mister the Body ?

Oh là là, ce qu'ils sont pénibles ces deux-là. Ils ne pourraient pas fermer la porte, je ne serais pas obligée de supporter leur badinage. Je révise, moi !

Nicolas – J'ai décidé de m'entraîner deux fois par semaine avec les traceurs.

Léa – Vraiment ?

Nicolas – Oui ! Le lundi soir et le dimanche après-midi.

Léa – Formidable. Et pour moi, tu as prévu quoi comme créneau horaire ?

Nicolas – Comment ça ?

Léa – Si tu travailles à *L'entracte* tous les jours jusqu'à 13 h 30, qu'ensuite tu bosses chez Bruno jusqu'à 19 h 30, voire plus tard certains soirs et que tu t'entraînes le dimanche, il me reste quoi à moi ?

Nicolas – Toutes mes nuits, chérie. Tu ne regretteras pas d'avoir choisi ce qu'il y a de mieux.

Mon cousin a prononcé cette dernière réplique d'une voix grave en roulant les « r » façon play-boy italien au volant de sa décapotable. Ma meilleure amie a de nouveau ri comme une ado perturbée. Ils sont quand même très lourds tous les deux.

Je suis retournée réviser dans ma chambre. Léa savait où me trouver si elle se décidait à partir.

Comme je m'allongeais sur mon lit, mon portable a sonné. EncoreMum s'est affiché. Elle devait être dans les starting-blocks depuis l'aube. J'ai décroché, je n'ai pas eu le temps de prononcer le moindre allô, elle a démarré comme une Ferrari aux 24 Heures du Mans.

La mère – Vous êtes où ? Vous arrivez bientôt ?

Justine – Bonjour maman !

Ma mère n'a pas tenu compte de mes salutations matinales, elle a continué à poser ses questions en rafale.

La mère – Il vous reste combien de kilomètres ? Ils ont prévu un peu de pluie, donc tu dis à Léa de rouler doucement, d'accord ? Branche le haut-parleur, comme ça je lui dis moi-même… Claire a déjà dû l'appeler pour la mettre en garde, j'imagine ?

Justine – Maman, je…

La mère – Bien sûr, j'ai confiance en Léa mais elle n'a son permis que depuis quinze jours et franchement, avec Claire et Eugénie, nous aurions préféré que vous preniez le train.

Justine – Il faut bien qu'elle…

La mère – Ou venir vous chercher.

Justine – Mais…

La mère – Tu sais, le taux d'accidents chez les jeunes conducteurs est…

J'ai crié pour la stopper dans son délire :

Justine – Maman ! On n'est pas encore parties !

J'ai eu une seconde de répit durant laquelle ma mère a dû intégrer l'info et réactualiser comme un GPS le chemin qui reste à parcourir.

La mère – Comment ça, vous n'êtes pas encore parties ? Tu veux dire que vous êtes encore à la maison rose ?

Quel merveilleux esprit de déduction ! Ma mère m'épatera toujours.

Justine – Ben oui !

La mère – Pourquoi ?

Justine – Parce qu'on n'était pas prêtes.

Sans se soucier une seconde de mon oreille droite collée sur le téléphone, elle a hurlé :

La mère – Olivier ! Justine et Léa ne sont pas encore parties.

J'ai entendu la voix de mon père :

Le père – Elles ne vont pas arriver tout de suite alors.

Quel couple merveilleux ! Ils étaient vraiment faits l'un pour l'autre.

Le père – Demande-leur si elles peuvent faire un crochet par Auchan pour me rapporter des haricots rouges et du chocolat amer en poudre, j'en ai besoin pour ma nouvelle recette de chili demain.

Oh non, j'avais oublié ça. Mon père n'a toujours pas perdu l'habitude d'intoxiquer sa famille avec ses menus dominicaux originaux et immondes. Immondes car follement originaux : haricots rouges/chocolat amer par exemple.

Posant sa main sur le combiné pour que je n'entende pas, ma mère a chuchoté d'une voix étouffée :

La mère – Tu crois que c'est malin de leur faire faire une course ?

Le père – C'est juste un petit détour de cinq minutes.

La mère – Cinq minutes avec des carrefours, des priorités à droite, des stops, des feux.

Le père – Oui, quelque chose de très normal quand tu roules en voiture !

J'ai tenté de les arrêter.

Justine – Je...

La mère – Très drôle, Olivier. Quand seras-tu enfin un père responsable ?

Justine – Je voudrais...

Le père – En quoi ne suis-je pas un père responsable ?

Justine – S'il vous plaît, je...

La mère – Ta fille est en voiture avec sa meilleure amie qui a eu son permis il y a moins de quinze jours.

Justine – Léa et moi, on...

Le père – Oui, et donc ?

Ma mère a pris sa voix suraiguë de femme outrée.

La mère – Tu me poses la question ??? Tu ne vois pas en quoi le fait que ta fille se retrouve dans une voiture avec une Léa qui a son permis depuis moins de quinze jours est un problème ?

J'ai posé mon portable sur la table de nuit et j'ai mis sur haut-parleur. Il était parfaitement inutile que je tente la moindre intervention, mes parents ne m'écoutaient pas. Je les ai laissés se disputer en paix et j'ai repris ma fiche d'anatomie des membres supérieurs. J'ai révisé avec leurs répliques en fond sonore.

Le père – Non, excuse-moi mais je ne vois pas en quoi cela pose problème. Si Léa a obtenu son permis, c'est que l'examinateur a estimé qu'elle savait conduire. De plus, c'est une jeune fille sensée qui, j'en suis certain, sera très prudente. Si tu ajoutes à cela qu'il fait jour, qu'il ne pleut pas, que la circulation est fluide et qu'elles prennent l'autoroute, je ne vois pas de raison particulière de s'inquiéter. Maintenant, si tu as envie de t'inquiéter pour rien, libre à toi. Moi, je vais boire un café au calme, je n'ai pas envie de me laisser polluer par tes angoisses.

Après cette dernière phrase qui était une véritable déclaration de guerre, mon père est parti.

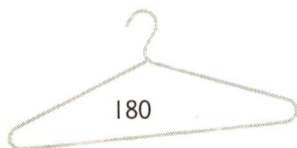

Certainement avec pertes et fracas parce que j'ai entendu la porte d'entrée claquer.

Ma mère a crié, folle de rage :

La mère – Courage, fuyons ! Un problème et hop, monsieur prend la poudre d'escampette.

Je n'ai pas osé faire remarquer à ma mère qu'il n'y avait pas de problème. Qu'il n'y avait que ses angoisses personnelles.

Échantillons de quelques-unes de ses angoisses personnelles depuis ma naissance, classées par ordre chronologique (vu l'imagination de ma mère, cette liste est réactualisée en temps réel par des ordinateurs de la NASA, seules machines assez performantes pour se mettre à jour avec une rapidité suffisante) :

Angoisse maternelle : Bébé kidnappé à la clinique la nuit suivant l'accouchement par une femme délirante sans enfants.

Effet produit : Ma mère nous a gardés, Théo et moi, dans sa chambre dès notre naissance et a bloqué la porte d'entrée avec une chaise empêchant le personnel soignant d'entrer. Scandale à l'étage ! Intervention de l'infirmière-chef puis du médecin de garde...

Angoisse maternelle : Accident de car durant les sorties scolaires avec son florilège d'enfants blessés, de retard des secours et de parents prévenus trop tard.

Effet produit : Après avoir tenté de nous empêcher de participer à ces sorties (mon père est heureusement intervenu), ma mère a systématiquement demandé une journée de RTT les jours de balade et a suivi le car durant tout le trajet. Elle est même sortie un jour de sa voiture et a incendié le conducteur pour je ne sais quelle raison, sous l'œil moqueur de mes copains de classe de CE2. Certains l'ont même surnommée « Ventouse » eu égard à sa façon de coller le car en toutes circonstances.

Angoisse maternelle : Inconnus dangereux qui débarquent à une fête d'anniversaire d'ados, vendent de la drogue, violentent deux ou trois filles, saccagent la maison et disparaissent après avoir subtilisé le matériel hi-fi.

Effet produit : Interdiction de faire une soirée
Sans la présence de ma mère en vigile à l'entrée,
Sans la présence de ma mère en flic de la prohibition devant la table de jus de fruits,
Sans la présence de ma mère en détecteur de fumée devant chaque invité,
Sans la présence de ma mère en garante de l'ordre moral devant chaque couple qui danse un slow,
Sans la présence de ma mère pour mesurer les décibels de la chaîne afin de préserver le sommeil des voisins.

Bref, une soirée de rêve pour mes quatorze ans. Merci maman...

Bon, j'arrête là, j'imagine que vous avez compris. Peut-être vivez-vous le même enfer.

La mère – Tu as entendu ce que vient de me dire ton père, Justine ? Moi, une mère qui s'inquiète inutilement ? C'est n'importe quoi.

Comme je ne répondais pas, pour des raisons évidentes de diplomatie, voire de lâcheté – je vous signale que je vais passer le week-end de Pâques à la maison bleue –, ma mère a reposé la question :

La mère – Tu trouves que je suis une mère qui s'inquiète pour rien et transmet son inquiétude aux autres ?

Justine – Pas du tout.

Voilà, avec ce « pas du tout » prononcé sans l'ombre d'une hésitation, je viens de passer du côté de la force obscure. On a frappé à la porte de ma chambre. Léa est entrée.

Léa – Justine, qu'est-ce que tu fais avachie sur le lit, on a dit qu'on partait, non ?

Je sens que ce week-end ne va pas être une partie de plaisir.

Ma mère, entendant la voix de ma meilleure amie, a immédiatement oublié l'affront paternel et a sauté sur l'occasion pour parler prudence au volant.

La mère – Ah Léa, ma petite chérie, tu vas me faire une promesse. Quand vous serez sur la route…

Léa, qui ne s'attendait pas à ce que ma mère lui parle depuis ma table de nuit, a d'abord sursauté puis elle l'a interrompue.

Léa – Ne t'inquiète pas Sophie, j'ai déjà été briefée par Claire, il y a une heure, par Eugénie il y a trente minutes et Nicolas n'a pas hésité à me prodiguer ses conseils de conduite à l'instant.

Quiz test
de la SÉCURITÉROUTIÈRE

1. Pour les nouveaux conducteurs la vitesse maximale autorisée sur route est de :
   - ❏ 80 km/h
   - ❏ 90 km/h
   - ❏ 110 km/h.

2. Si les limitations de vitesse étaient respectées, le nombre de personnes sauvées par an serait :
   - ❏ égal à 500
   - ❏ compris entre 500 et 600
   - ❏ supérieur à 700.

3. Une infraction au code de la route cause :
   - ❏ 2 accidents mortels sur 10
   - ❏ 5 accidents mortels sur 10
   - ❏ 9 accidents mortels sur 10.

4. La vitesse excessive cause :
   - ❏ 1 accident mortel sur 2
   - ❏ 1 accident mortel sur 4
   - ❏ 1 accident mortel sur 5.

5. Un choc à 50 km/h, sans porter sa ceinture de sécurité, est comparable à une chute d'une hauteur de :
   - ❏ 2 étages
   - ❏ 4 étages
   - ❏ 5 étages.

6. Un véhicule qui roule à une vitesse de 50 km/h a une distance de freinage de :
   - ❏ 7 mètres
   - ❏ 10 mètres
   - ❏ 14 mètres.

7. La vitesse augmente la fatigue du conducteur :
   - ❏ Vrai
   - ❏ Faux.

8. Téléphoner en conduisant multiplie le risque d'accident :
   - ❏ Par 2.
   - ❏ Par 3.
   - ❏ Par 4.

9. Écrire un SMS tout en conduisant multiplie le risque d'accident :
   - ❏ Par 5.
   - ❏ Par 10.
   - ❏ Par 23.

Pour ma Justine

Maman

Réponses : 1) 80 km/h, 2) supérieur à 700, 3) 9 accidents mortels sur 10, 4) 1 accident mortel sur 5, 5) 4 étages, 6) 14 mètres, 7) Vrai, 8) Par 3, 9) Par 23.

La mère – Bien… Bien…

Le langage aurait-il un quelconque pouvoir de persuasion sur l'inquiétude maternelle ?

La mère – Bien… Bien…

Ouh là, elle bugue… Ce n'est pas bon signe.

La mère – Toutefois, ma petite Léa, je tiens à ajouter que…

Ma mère a repris là où elle l'avait laissé son discours sur les statistiques des accidents des jeunes au volant. Léa-la-très-sage ne l'a pas contredite et a régulièrement ponctué la logorrhée maternelle de « oui oui ». Ce qui ne l'a pas empêchée de me faire signe de remettre mon manteau.

La mère – Alors je compte sur toi, Léa. Tu promets que tu seras prudente.

Léa – Je te le jure Sophie. Appelle Justine sur ton portable si tu es inquiète et que tu veux savoir où on en est.

Alors là non !!! Elle cherche à me pourrir le voyage ? Autoriser ma mère à appeler si elle est inquiète revient à l'avoir en ligne depuis le kilomètre zéro jusqu'à la porte de la maison bleue.

Comme j'adressais des signes désespérés à Léa pour qu'elle revienne sur son offre d'assistance téléphonique 24/24, elle m'a chuchoté :

Léa – Laisse-moi faire. Mets ton manteau, on s'en va.

Puis reprenant sa voix normale, elle a prononcé avec douceur :

Léa – Sophie, pour que tu ne t'inquiètes pas inutilement, on t'appelle quand on part de la maison rose, d'accord ?

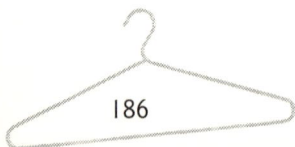

La mère – Pourquoi est-ce que vous ne partez pas maintenant ?

Léa – Nicolas doit vérifier la pression des pneus à la station-service et remettre du produit pour les essuie-glaces.

C'est quoi cette histoire ? Je croyais qu'il s'en était chargé hier soir.

La mère – Ah bon ? Ça va vous retarder alors ?

Léa – À moins que tu préfères qu'on décolle maintenant et qu'on vérifie les pneus un autre jour ?

La mère – Non, non. Vous le faites avant de partir.

Léa – D'accord, mais comme Nicolas n'a pas fini son petit-déjeuner, il n'ira pas tout de suite. Tu le connais, si on le presse, il va nous envoyer balader.

La mère – D'accord, on n'est pas pressées, vous arrivez quand vous pouvez.

Ah bon, première nouvelle ! Tout à l'heure, elle crisait parce qu'on était encore à la maison rose et désormais elle est prête à attendre.

La mère – Donc c'est promis, vous m'appelez quand Nico s'est occupé de la voiture et que vous partez ?

Léa – Promis juré ! À tout à l'heure, Sophie.

La mère – À tout à l'heure, les filles.

J'ai raccroché moi-même pour être certaine que ma mère n'était plus en ligne et j'ai demandé à Léa :

Justine – Tu peux m'expliquer ?

Léa – Oui, mais dans la voiture. Prends tes affaires, on s'en va.

Justine – Maintenant ?

Léa – Ben oui, c'est ce qui était prévu non ?

Justine – Et la vérification de la pression des pneus ?

Léa – Faite, hier soir.

Justine – Alors pourquoi as-tu raconté ça à ma mère ?

Léa – Pour gagner du temps. On part, et à mi-chemin on l'appelle pour lui dire qu'on quitte la maison rose. Comme ça, on sera tranquilles la moitié du trajet.

Justine – Tu es une manipulatrice.

Léa – Oui, mais c'est une question de survie. Je te signale que Claire et Eugénie sont aussi sur le coup. Nous ne sommes pas de taille à lutter contre trois femmes inquiètes pour leur progéniture. Il fallait donc ruser.

Justine – Je corrige ce que je viens de dire. Tu n'es pas juste une manipulatrice, tu es une horrible manipulatrice diabolique.

Léa – Merci, j'apprécie le compliment. On y go ?

Justine – Yes honey !

Nous allions sortir de la chambre quand Ingrid est entrée comme une furie.

Ingrid – Est-ce que vous avez vu mon manteau noir ?

Justine – Lequel ? Tu en as au moins trois.

Ingrid – Celui avec le petit col en cuir.

Justine – Non, pas vu.

Ingrid – Et toi Léa ?

Léa – Non plus.

Ingrid – C'est la cata ! Il n'est pas question que j'aille à Paris sans ce manteau.

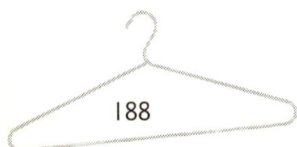

Bon, il est temps qu'on décolle, là, parce que je sens que je vais être désagréable avec Ingrid.

Et n'allez pas croire que je suis jalouse du fait qu'elle parte en week-end avec son lover à Paris, alors que je vais réviser mon concours chez mes parents durant trois jours.

Si je vous dis qu'Ingrid est insupportable depuis deux semaines, vous pouvez me croire. C'est une constatation purement objective. Elle se joue un film dans lequel elle a le premier et le seul rôle. Ah non, pardon, il y a un figurant : Ilaiiiiii. Et quand j'utilise le terme de figurant, c'est une erreur. Un figurant est un être humain. Ilaiiiiii est plutôt à ranger dans la catégorie accessoires.

Ah mais vous n'êtes pas au courant, vous, que l'Américain est désormais parmi nous. Si je me souviens bien, vous vous êtes arrêtés à la scène : « Comment annoncer à Ilaiiiiii qu'il ne peut pas s'installer à la maison rose. »

Il s'est passé des tas de choses depuis. Allez, je prends cinq minutes pour vous raconter !

Vous vous souvenez de cette soirée mémorable durant laquelle nous avions appris qu'Ingrid, dans un moment de faiblesse et sans nous en parler, avait proposé à Ilaiiiiii de loger gratuitement à la maison rose durant un an ?

Bien... Donc vous vous rappelez cette discussion orageuse qui avait d'abord débouché sur un collectif « Boutons

Ilaiiiiiii hors des murs de notre colocation* » puis sur un mea-culpa** d'Ingrid.

* Durant la guerre de Cent Ans, le roi de France a prononcé cette phrase mémorable : « Boutons l'Anglais hors de France », ce qui revient à dire « Chassons l'ennemi ». C'était dans la leçon d'histoire que Gédéon récitait la dernière fois, ça m'a beaucoup plu, c'est pour ça que je réutilise cette petite référence culturelle aujourd'hui. Ça le fait, non ?

** Mea-culpa, expression latine qui signifie « par ma faute ». Allez hop, une citation latine pour accompagner la référence historique, on ne pourra pas dire que les jeunes d'aujourd'hui sont incultes !

ठ

Ingrid était donc partie dans sa chambre téléphoner à Ilaiiiiiii pour lui annoncer qu'il fallait qu'il trouve un autre « bed and breakfast » que le nôtre. Nous étions restés dans la cuisine en attendant qu'elle revienne nous raconter. La discussion était allée bon train.

Jim – Je n'aimerais pas être à sa place.

Léa – Moi non plus.

Justine – Je me demande comment il va réagir.

Nicolas – Forcément mal ! Moi, une meuf me ferait un coup pareil, je l'allumerais méchamment.

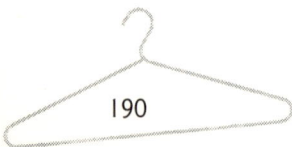

Léa – Même si tu étais amoureux ?

Nicolas – Surtout si j'étais amoureux. Je crois que je serais capable de te balancer des horreurs.

Léa – Pourquoi à moi ?

Nicolas – Parce que je ne suis amoureux que de toi.

Ma meilleure amie avait souri.

Depuis le voyage à Key West et la décision de Nicolas d'arrêter son école d'informatique, ces deux-là s'entendaient à merveille. Mon cousin avait cessé ses soirées bédo-jeux-vidéo-vodka avec sa bande de copains geek et il se consacrait à *L'entracte* et à son travail à la menuiserie. Cette nouvelle vie semblait l'avoir pacifié. Il osait dire ses sentiments sans se réfugier derrière sa brusquerie habituelle. Il était tendre, moins bourrin.

Nicolas – Oui enfin, amoureux... Ne te fais pas trop de films non plus, ma petite Léa, une grande blonde est si vite tombée dans mon lit.

Oui enfin, juste un peu plus tendre et un peu moins bourrin.

Je n'avais pas pu m'empêcher de commenter :

Justine – Remarque, avec une grande blonde, un coin de plage à la nuit tombée suffit.

Nicolas m'avait regardée, gêné par l'allusion aux frasques américaines de Thibault.

Nicolas – Désolé Justine, je viens de balancer une énorme connerie.

Justine – Mieux vaut la dire que la faire, comme ton pote Thibault.

Nicolas – Tu ne lui as toujours pas pardonné, hein ?

Justine – Non, ça ne passe pas.

Nicolas – Dommage, parce que vous vous aimez.

Justine – Je n'en suis plus certaine.

Nicolas – Ne me dis pas que tu lui préfères le futur chirurgien crétin ? Comment je peux pas me le voir, lui.

Jim – Tu n'es pas le seul.

Jim avait prononcé cette dernière phrase en serrant les dents. Son agacement n'avait échappé à personne et surtout pas à Léa.

Léa – Il t'énerve à ce point ?

Jim a semblé gêné comme si cette colère lui avait échappé.

Jim – Oui, enfin... Pas plus que ça.

Son regard fuyant et son débit rapide avaient signifié exactement le contraire.

Léa – Tu préfères quand Justine n'a d'yeux que pour Thibault ?

Jim – Non... Euh oui... Enfin, Justine aime qui elle veut.

Ma meilleure amie avait souri, laissant Jim s'empêtrer dans ses explications douteuses.

Jim – C'est... c'est... mon problème. Je veux dire : ce n'est PAS mon problème.

Nicolas – À voir comme tu as du mal à t'exprimer, on ne le croirait pas !

Jim – Je... je le... j'arrive très bien à m'exprimer.

J'avais tenté de venir en aide à Jim en lançant un autre sujet de conversation. Son malaise grandissant avait fini par provoquer le mien.

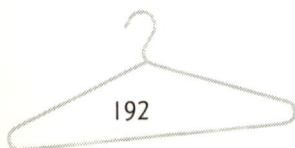

Justine – Et sinon pour Ingrid, vous croyez que ça va se passer comment ?

Mon cousin avait éclaté de rire et s'était tourné vers Léa.

Nicolas – Je rêve ou Jim est jaloux quand on parle des mecs de Justine ?

Léa – Je ne sais pas.

Justine – N'importe quoi !

Nicolas – Et que Justine réagit un peu vite pour être honnête quand on titille Jim ? Putain, vous n'allez pas recommencer votre cirque tous les deux ? Vous n'êtes plus en quatrième.

Léa – Ni en terminale.

Nicolas – Pourquoi en terminale ? Ah oui, j'avais oublié le jour de l'an et leur « Embrassez qui vous voudrez ».

J'avais viré rouge borne d'incendie tandis que Jim s'était gratté la joue façon urticaire géante. Heureusement, le retour d'Ingrid, totalement effondrée dans la cuisine, avait fait diversion.

Et quand je parle d'une Ingrid « effondrée » après son appel à Ilaiiiii pour lui annoncer qu'il ne pouvait pas venir chez nous, c'est un euphémisme. Je ne suis pas certaine qu'il existe dans la langue française un mot pour décrire l'état dans lequel elle se trouvait à ce moment-là.

Recherche de mots permettant de mieux décrire l'état d'Ingrid :

abattue

anéantie

atterrée
catastrophée
consternée
découragée
groggy
minée
prostrée
ruinée

En les mettant bout à bout, on obtiendra peut-être l'intensité désirée.

Je reprends donc :

Heureusement, le retour d'Ingrid totalement effondréeabattueanéantieatterréecatastrophéeconsternéedécouragéegroggyminéeprostréeruinée dans la cuisine avait fait diversion. Elle s'était assise, la tête entre les mains, incapable de prononcer le moindre mot. Nous étions restés silencieux, nous sentant coupables de l'avoir laissée seule s'exposer à la colère d'Ilaiiiiiii. Nicolas avait fini par suggérer :

Nicolas – J'imagine que ça a été dur.

Ingrid n'avait pas tenté une réponse théâtrale comme elle en a l'habitude quand les regards sont braqués sur elle. Elle avait juste émis un son façon souris coincée dans un piège.

Jim – C'est normal qu'il ait mal réagi. Tu viens de lui annoncer une super mauvaise nouvelle. Il était censé s'installer samedi ici et il se retrouve sans point de chute.

Léa – Et il n'y a pas que l'aspect matériel. Il doit aussi avoir du chagrin qu'il traduit par de la colère.

Ingrid – Je sais. Il ne me le pardonnera jamais.

Nicolas – On finit toujours par pardonner quand on aime les gens.

Ingrid – Tu crois ?

Nicolas – Je crois, oui. L'amour l'emporte sur l'ego, non ?

Ingrid avait mis un temps avant de rétorquer :

Ingrid – J'imagine que tu ne parles pas seulement d'Ilaiiiiii et que tu me dis ça pour m'inciter à plus d'indulgence vis-à-vis de mon père ?

Nicolas – Possible.

Si mon cousin se permettait ce sous-entendu (pas si sous-entendu que ça !), c'est que le père d'Ingrid devait souffrir terriblement du silence de sa fille depuis l'annonce de l'existence de Lolita. Il avait appelé à plusieurs reprises à la maison rose pour discuter avec elle, mais chaque fois il s'était heurté à son refus catégorique de lui adresser la parole. Nous avions tenté d'intercéder en sa faveur, sans succès. Ingrid avait clairement exprimé sa volonté de le mettre à distance. Mais aujourd'hui, prise elle-même au piège du « mensonge par amour », elle pouvait peut-être comprendre le choix de son père.

Nicolas avait enfoncé le clou.

Nicolas – Eh oui, la vie n'est pas si simple. On croit parfois protéger l'autre en masquant la vérité et on fait plus de mal que de bien.

Nous avions dîné avec cette maxime nicolaesque en fond d'écran de nos inconscients. Les conversations avaient porté sur tout à fait autre chose mais bizarrement, malgré la volonté de chacun d'éviter le sujet qui fâche, on y était revenus sans s'en rendre compte.

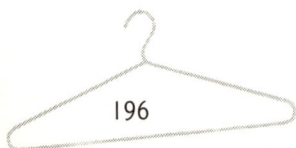

Alors qu'on attaquait nos mousses au chocolat, le téléphone d'Ingrid avait sonné. Elle était devenue livide en regardant le prénom qui s'affichait sur son écran. Nous n'avions pas eu besoin qu'elle nous le communique. Elle avait décroché comme un dépressif se jette du haut d'un pont noir, un dimanche soir pluvieux.

Nous étions restés silencieux, tentant de comprendre l'échange du couple, avec ses seules répliques.

Répliques prononcées d'une voix cassée et entrecoupées par des sanglots et des reniflements.

Ingrid – Je sais... Je (sanglots) suis... (reniflement) désolée... I know (sanglots) I know... I know (reniflement)... I am so sorry... (reniflement) Je sais... C'est ma faute (sanglots). J'ai eu peur de te le dire...

Bon, j'abrège la première partie « Mea-culpa ».

Je vous dispense de la deuxième partie en franglais « Pourras-tu forgive me (sanglots) un jour ? I'll give (reniflement) tout ce que j'ai pour réparer (reniflement) my mistakes. »

Et je saute directement à la troisième partie : « Oh Ilaiiiiii (sanglots) tu viens quand même en France (sanglots), alors que tu ne sais plus où loger à cause de moi (reniflement). Où vas-tu vivre, my love ? »

Réaction immédiate et unanime des habitants de la maison rose qui, par pure amitié, ont fini par accepter à l'unanimité (oui, même moi !) que l'Américain vive à la maison rose – Dis-lui qu'il peut venir jusqu'au retour de Thibault.

Ingrid – C'est vrai ??? Vous seriez d'accord ??? Je ne peux pas accepter... C'est injuste vis-à-vis de vous... Arrêtez d'insister... Oh mais vous êtes merveilleux !!! Merci mes amis... Tu entends, Ilaiiiiii, tu peux venir à la maison rose jusqu'en juillet. Tu es d'accord ? Oui ??? Quel bonheur...

Vous noterez qu'à partir du moment où le Ilaiiiii homeless a annoncé sa venue et que nous lui avons accordé l'asile, les reniflements et les sanglots d'Ingrid ont disparu d'un coup d'un seul. Sans état transitoire. Je ne tire aucune conclusion, de peur que des esprits chagrins me soupçonnent de méchanceté.

Chacun est libre d'interpréter cela comme il veut.

Expression française : Verser des larmes de crocodile
Signification : Pleurer pour obtenir quelque chose.
Origine : Cette expression qui date du XVIe siècle fait référence à une légende de l'Antiquité. On racontait alors que les crocodiles attrapaient leurs proies en les attirant par de (faux) gémissements. Aujourd'hui, lorsque quelqu'un pleure pour obtenir quelque chose, on appelle cela des larmes de crocodile.

Je ne sais pas qui a ajouté cette définition ici. N'y voyez aucun lien avec ce qui précède. L'imprimeur aura certainement fait une erreur.

Bref, après cette conversation, Ingrid avait retrouvé illico sa joie de vivre et l'arrivée d'Ilaiiii l'avait occupée les deux jours suivants. Quand je dis « l'avait occupée », je devrais plutôt dire « nous avait occupés ». Il avait fallu préparer la chambre des jeunes mariés, libérer une partie des placards du salon et de la chambre, remplir le frigo, imaginer avec Ingrid la façon dont Ilaiiiii allait trouver sa place parmi nous. Si bien que LE samedi, quand il avait débarqué, nous étions au garde-à-vous comme s'il était un chef d'État en visite officielle.

Heureusement, deux semaines après son immersion à la maison rose, nous nous étions détendus. Il faut avouer qu'Ilaiiiiiii nous y avait bien aidés. Il était serviable et sympa. Il avait pris en charge les courses et les repas du soir. Avec lui, tout était simple. Il n'y avait jamais de problèmes, que des solutions.

Avec Léa, on se disait parfois qu'Ingrid avait une chance folle. Comprenez par là une chance qu'elle ne méritait pas vraiment. Pourquoi, dans la vie, les garçons adorables s'amourachent-ils toujours de filles égocentrées alors que les filles sympas héritent souvent d'égoïstes sans cœur ?

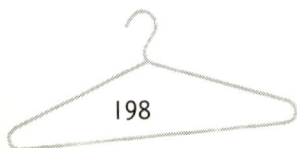

Il est étonnant que Justine profère cela. Si on admet que Jim et Thibault sont des types généreux, gentils et amoureux, à quelle catégorie de filles appartient donc l'héroïne ???

Pour en revenir à Ilaiiiiiii, non seulement il nous déchargeait le plus possible des courses et des repas et nous invitait à réviser nos exams mais de plus il donnait un coup de main à Hérold à *L'entracte*. À voir les relations qu'il avait nouées avec chacun, on ne pouvait pas croire qu'il était ici depuis seulement quinze jours. Ilaiiiii n'était pas seulement apprécié dans notre cercle ou par nos amis proches, grâce à sa pratique du Parkour il s'était fait plein de copains en un temps record.

La première fois qu'il nous avait parlé de ce sport au centre de ses préoccupations, seul Jim savait de quoi il s'agissait. Quand il avait évoqué des scènes de *Die Hard 4* ou parlé de *Sleeping Dogs* ou *Uncharted*, Nicolas avait hurlé un « Mais oui, bien sûr !!! ».

En revanche, « Parkour », « Traceurs », « Free running », « Yamakasi », ces mots n'évoquaient rien pour nous. Et tandis que les garçons écoutaient avidement Ilaiiiiii leur expliquer la différence entre un saut de chat inversé et un saut de press, on s'était précipitées sur Wikipédia pour se renseigner.

Je vous donne les infos. Si jamais vous tombiez in love d'un traceur, elles vous permettraient de passer pour la fille ultra informée qui s'y est peut-être déjà adonnée.

Le **Parkour** (abrégé PK) ou **art du déplacement** (abrégé ADD) est une activité physique qui vise un déplacement libre et efficace dans tous types d'environnements, en particulier hors des voies de passage préétablies. Ainsi les éléments du milieu urbain ou rural se transforment en obstacles franchis grâce à la course, au saut, à l'escalade, au déplacement en équilibre, à la quadrupédie, etc.

Le Parkour se pratique principalement en extérieur, dans le milieu urbain public ou dans les parcs et forêts. Ces endroits présentent en effet de nombreux obstacles tels que murs, barrières, arbres, cours d'eau, etc. La plupart du temps l'entraînement se fait au niveau du sol, et parfois, pour des personnes très entraînées, en hauteur, par exemple entre des immeubles d'habitations. Mais cela reste une exception, contrairement à l'image qu'en a le grand public[1].

Bon, ce ne sont là que quelques éléments succincts. Mais si vous vous intéressez vraiment au PK, vous comprendrez vite qu'il ne s'agit pas seulement d'une activité physique, mais d'un état d'esprit ! Il existe une mentalité « traceur », une véritable éthique. Le respect de son propre corps tout d'abord : la devise des traceurs étant « Être et durer », les adeptes ne sont pas des frimeurs prêts à tout pour épater la galerie, ils prennent soin d'eux et des autres. Et puis, ils

1. Contenu soumis à la licence CC-BY-SA 3.0 (http://creativecommons.org/licenses/by-sa/3.0/deed.fr) Source : Article *Parkour* de Wikipédia en français (http://fr.wikipedia.org/wiki/Parkour).

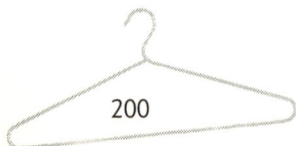

respectent l'environnement. Les traceurs aiment leur ville ou leur campagne, ils se l'approprient sans l'abîmer.

Bref, vous l'aurez compris, la passion d'Ilaiiiii pour le Parkour avait fini par nous gagner. Et si Léa et moi n'avions pas l'intention de participer à des séances d'entraînement, nous écoutions attentivement, à chaque repas, les aventures de notre gentil bad boy au pays des Yamakasi.

Il connaissait parfaitement tous ceux de New York et avait l'intention d'en rencontrer un maximum en France et aux Pays-Bas. C'était même la raison de sa venue dans notre pays (à part Ingrid, bien sûr). Il souhaitait réaliser un documentaire sur le sujet. Ce n'était encore qu'à l'état de projet mais il s'occupait activement de sa réalisation. Nous avions tous envie de l'aider.

ত

C'est pourquoi ce vendredi 26 avril, veille du week-end de Pâques, il était primordial qu'il assiste à une réunion de traceurs français prévue ce samedi dans la capitale, Léa avait œuvré pour que sa grand-mère prête à Ingrid et Ilaiiiii son appartement parisien. Voilà pourquoi les deux tourtereaux s'offraient un week-end royal – Palais-Royal devrais-je dire.

Ingrid – Bon alors, les filles, quelqu'un a vu mon petit manteau noir avec le col en cuir?

Justine – Non.

Ingrid – Et toi Léa ?

Léa – Non plus.

Ingrid – Vous ne voulez pas m'aider ? Je pars en week-end dans cinq minutes, je vous rappelle.

Connaissez-vous les six sauts de base du PARKOUR ?

Wikipédia offre beaucoup d'informations à ce sujet.

LE SAUT DE BRAS : pour se réceptionner, on utilise les bras, tout seuls ou en complément des jambes.

LE SAUT DE CHAT : on franchit l'obstacle en plongeant et en poussant sur ses bras afin de faire passer ses jambes entre ses bras.

LE SAUT DE CHAT INVERSÉ : on franchit l'obstacle (comme une barrière) en balançant tout d'abord ses deux pieds par-dessus.

LE SAUT DE PRÉCISION : on saute pieds joints, sans élan, et on se réceptionne sur une petite surface (un muret par exemple).

LE SAUT DE DÉTENTE : ce saut est effectué en prenant son élan pour franchir une distance impossible en saut de précision.

LE SAUT DE FOND : c'est un saut en contrebas, effectué d'une hauteur conséquente, qui se termine généralement par une roulade au sol.

Parce que nous, on passe les prochains jours dans le placard de l'entrée, peut-être ?

Léa a dû sentir que j'étais énervée. Elle a fourni une piste de recherche à Ingrid, afin de l'éloigner de ma colère qui menaçait d'éclater.

Léa – Tu as regardé sur le portemanteau de l'entrée sous les doudounes des garçons ?

La peste est partie illico sans remercier ma meilleure amie.

Léa – Inutile de débriefer sur le caractère antipathique de la demoiselle, on n'a pas de temps à perdre. On décolle de suite. Tu prends ton sac, chérie, je t'emmène en week-end.

Justine – Super ! Papa, maman, mon lit de petite fille, mes cours de biochimie et mes grands-parents qui passeront m'embrasser parce que je leur manque. So sexy !

Léa – Ne sois pas si négative. Pense au délicieux déjeuner dominical de ton père, aux conseils judicieux de ta mère pour le concours et aux remarques d'enfant précoce de Théo...

Justine – Je te déteste.

Léa – Mais oui... Moi aussi, je t'aime !

Deux minutes plus tard, comme on s'apprêtait enfin à partir avec sacs et manteaux sur le dos, Léa a crié :

Léa – Eh, les gens dans la maison, on s'en va ! Si vous voulez nous dire au revoir, c'est maintenant !

Nicolas a rappliqué ventre à terre, suivi de Jim en jogging, d'Ilaiiiiiii qui regardait un film sur sa tablette et d'Ingrid exaspérée cherchant toujours son manteau.

Léa – À mardi les amis.

Nicolas et Jim (en même temps) – Soyez prudentes sur la route, les filles.

Léa (en riant) – Bien sûr les parents, ne vous inquiétez pas !

Nicolas – C'est malin.

Justine – Allez, on file !

Comme j'ouvrais la porte en grand, une petite brune au look grunge est apparue et nous a regardés d'un air frondeur. Mais qui était cette fille avec son bonnet enfoncé jusqu'aux yeux, son blouson en cuir déchiré, sa jupe courte et ses collants noirs résille filés ? Son visage ne m'était pas inconnu. Elle me rappelait quelqu'un... Alors que nous restions stupéfaits, l'inconnue nous a demandé de façon agressive :

L'inconnue – Je m'appelle Lolita, je cherche ma sœur. Enfin ma sœur, façon de parler. C'est laquelle de vous trois, Ingrid ?

Coup de tonnerre à la maison rose

Notes du voisin écrivain dans son vieux carnet ocre

L'arrivée de Lolita est une aubaine pour la suite de la série. Cela va permettre de développer le personnage d'Ingrid (pour qu'elle devienne, à son tour, le personnage principal d'une nouvelle série ? Pourquoi pas ?).

En tout cas, Justine doit cesser de la présenter comme une peste égocentrée, préoccupée par ses vêtements et son petit ami. Les lecteurs ont compris, je l'espère, qu'elle était aussi autre chose. N'oublions pas qu'elle a souvent aidé à la résolution des conflits dans cette série, qu'elle s'intéresse de très près à une association qui permet à des femmes africaines de vendre le fruit de leur travail, qu'elle est partie cet été à Ouagadougou avec Jean-Baptiste dans le cadre d'une mission pour l'alphabétisation des femmes (il faudra un jour qu'elle raconte aux autres ce qu'elle y a fait), qu'elle se préoccupe de la planète... Bref, qu'elle n'est pas seulement une petite fille gâtée, que coexiste aussi en elle une Ingrid altruiste.

Les personnages de roman sont comme les gens dans la vie : ILS SONT AMBIVALENTS !!! À ne jamais oublier.

L'apparition de Lolita, avec tout ce que ça va apporter de complexité au niveau relationnel, va permettre de révéler Ingrid. Comment va-t-elle gérer cette situation ? Va-t-elle se replier sur son petit ego et rejeter sa sœur ? Ou accepter ce cadeau de la vie, même s'il lui faut renoncer à son statut de fille unique de ses parents chéris ?

Pour permettre aux lecteurs de mieux visualiser la scène dès le début de l'épisode, nécessité d'un gros plan sur les habitants de la maison rose au moment où Lolita annonce qui elle est :

1- Ingrid, totalement sidérée, regarde sa sœur sans parvenir à prononcer un seul mot.

2- Léa mordille son index droit. Contrairement à son habitude, elle n'a pas anticipé la situation.

3- Justine a les yeux écarquillés et la bouche ouverte, comme les actrices lorsqu'elles veulent montrer leur étonnement dans les séries américaines, sauf qu'elle est vraiment étonnée !

4- Jim frotte une barbe imaginaire et regarde Ingrid avec une réelle compassion.

5- Nicolas a l'air ennuyé et marmonne : « Putain, breaking news d'enfer. »

6- Ilaiiiiiii est le seul à ne pas mesurer la gravité de la situation. A-t-il d'ailleurs saisi l'enjeu de cette scène ? A-t-il compris que cette rencontre est la première pour ces deux sœurs ? Peut-être pourrait-il être celui qui va initier le dialogue avec une phrase du type : « Ingrid, tu ne m'avais pas dit que tu avais une sœur ? » Question qui déclencherait aussitôt la fureur d'Ingrid ? Ou son effondrement ? Ou un mensonge supplémentaire ? À voir... En tout cas, cela me semble un bon début d'épisode.

Ah, pour faciliter la lecture, le prénom d'Ilaiiiiiii sera désormais orthographié normalement. Le lecteur a compris que la prononciation forcée permettait de se moquer gentiment d'Ingrid. Maintenant qu'il est physiquement présent dans la série, je ne vais pas continuer à l'écrire avec des « i » en surnombre. Ilaiiiiii sera donc écrit normalement : Elie. Au lecteur d'entendre Ilai.

Elie – You never told me you had a young sister, honey ! Bonjour Lolita, I'm Elie. Tu ressembles ta sœur.

Ingrid – À ta sœur... On ne dit pas tu ressembles ta sœur. Mais de toute façon, ce n'est pas ma sœur, je ne la connais pas.

Alors qu'Elie s'apprêtait à questionner sa belle, Jim a exercé une légère pression sur son bras pour l'en empêcher. Il est des moments où le silence est préférable.

Les deux « sœurs » se sont observées comme deux fauves prêts à l'attaque : immobiles, le poil hérissé, le regard fixe, les babines légèrement retroussées. Au moindre mouvement, elles se sautaient à la gorge.

Léa a proposé :

Léa – Et si tu entrais, Lolita ?

Elle n'aurait pas dû. En même temps, on n'allait pas rester là des heures. Ingrid a répondu à sa place :

Ingrid – Non. Elle allait repartir. C'est une erreur.

Lolita – C'est moi que tu traites d'erreur ?

C'est fou comme on a parfois tendance à interpréter les paroles des autres en fonction de nos propres peurs. Un peu comme si elles n'étaient que des portemanteaux auxquels on accrochait nos pensées les plus terribles. Il est évident qu'Ingrid ne voulait pas que Lolita pénètre dans son univers et qu'elle lui signifiait clairement que c'était une erreur d'être venue, pas que sa personne était une erreur.

À moins qu'inconsciemment elle n'ait voulu lui dire : « Ta naissance est une erreur. Ta mère est tombée enceinte par accident. Mon père a une vraie famille dont tu ne fais pas partie. »

En tout cas, prononcé intentionnellement ou pas, Lolita avait reçu le mot « erreur » en plein cœur.

Jim est aussitôt intervenu.

Jim – Mais non, elle ne t'a pas traitée d'erreur.

Lolita – Si. Elle ne connaît pas mon histoire et elle se permet de me juger.

Ingrid – Je n'ai pas envie de connaître ton histoire. Tu ne m'intéresses pas. Tu as quel âge, quatorze ans ?

Lolita – Quatorze et demi.

Nicolas

Ingrid, le prénom Lolita est inspiré du prénom espagnol classique Dolorès, « douleur ». Il veut dire « petite Lola ». Ce prénom est synonyme de réserve voire de discrétion. Souriante, optimiste, Lolita est en général populaire. Dotée d'un tempérament créatif, elle est consciencieuse et volontaire dans tous ses projets. En amour c'est une romantique.

Aujourd'hui, 13h40 · 4 personnes aiment ça · Commenter

> **Léa** Tu dois connaître la styliste qui porte le même prénom, Lolita Lempicka.
>
> Aujourd'hui, 14h06 · 2 personnes aiment ça

> **Ingrid** Je pensais que tu allais me parler du roman *Lolita*, héroïne et roman scandaleux de Vladimir Nabokov.
>
> Aujourd'hui, 15h18 · 2 personnes aiment ça

Ingrid – Parfait ! Ça fait quatorze ans et demi que tu existes et que je ne te connais pas. Je voudrais juste que ça continue. Au revoir.

Sur ce, Ingrid a tourné les talons et a regagné sa chambre, nous laissant avec une Lolita aussi engageante qu'une grenade dégoupillée et un Elie qui tentait de comprendre les dernières répliques.

Ingrid ou après moi le déluge...

Alors que nous étions paralysés par cette dernière réplique glaciale, Lolita a donné un coup de pied dans la porte et a pénétré dans l'appartement avec la délicatesse d'Attila ravageant l'Empire romain. Le temps que nous réagissions, elle était dans la chambre d'Ingrid dont elle avait trouvé, avec le sûr instinct des fauves, le chemin.

Des cris se sont échappés rapidement de la cage – euh, de la chambre. Nous nous sommes précipités.

Ingrid – Qui t'a permis d'entrer ? Tu n'as pas compris ce que je t'ai dit ? Je ne veux pas entendre parler de toi.

Lolita – Pour qui tu te prends avec tes grands airs ? Tu te crois supérieure à moi ?

Ingrid – Je ne me crois rien. Je veux juste que tu disparaisses de ma vie, ce n'est pas compliqué.

Lolita – Ne t'inquiète pas, je vais disparaître. Je n'ai aucune envie de fréquenter une fille dans ton genre.

Ingrid – Ça tombe bien, moi non plus.

Lolita – Tu as l'air tellement superficielle avec ton look de fille faussement sexy qui assortit la couleur de son écharpe à celle de son vernis.

Ingrid – Ça vaut mieux que le rimmel qui coule, les collants déchirés et les vieilles bottes militaires crasseuses.

Lolita – Ah oui, en plus mademoiselle est du genre à juger et à mépriser celles qui ne lui ressemblent pas.

Ingrid – Tu fais quoi, toi ? Je te rappelle que tu viens de me traiter de fille faussement sexy et superficielle.

Lolita – Il n'y a que la vérité qui blesse.

Cet échange aurait duré jusqu'à la nuit si Nicolas n'était pas intervenu. Il a déclaré d'une voix grave :

Nicolas – Oh hé, on se calme.

Les deux sœurs se sont arrêtées net, surprises de ne pas être seules au monde, puis elles sont reparties aussi sec.

Ah ben si, ça risque de durer jusqu'à la nuit.

Ingrid – Très bien. Maintenant que tu as constaté que j'étais infréquentable, tu peux rentrer chez toi.

Lolita – Ouais, je me casse. Je ne resterai pas une minute de plus dans cette baraque.

Ingrid – Très bien. Bon vent !

Lolita – « Bon vent » ! « Bon vent » ! Oh, la vieille expression pourrie...

Dans la famille peste, je demande la petite sœur.

Ingrid – C'est juste une expression française utilisée par les gens qui vont à l'école. Mais à te voir agir et à t'entendre, on voit que tu n'as pas dû écouter souvent les adultes !

Dans la famille peste, je demande la grande sœur.

Lolita – Tout le monde n'a pas la chance d'avoir été élevé par son papa chéri. Certains salauds retournent chez leur femme bien au chaud après avoir fait un enfant à une autre.

Ingrid – C'est mon père que tu traites de salaud ?

Lolita – Le mien aussi, par la même occasion. Le nôtre, quoi... Mais c'est vraiment tout ce qu'on a en commun. Allez, salut ! C'est la première et dernière fois que je t'adressais la parole.

Sur cette dernière réplique, Lolita est sortie de l'appartement avec la même rage qu'elle y était entrée. Ingrid, quant à elle, s'est assise sur son lit, dos à la porte. Une façon claire de nous signifier qu'elle ne voulait pas discuter de ce qui venait de se passer. Nous sommes allés dans le salon débriefer hors sa présence.

Nicolas – Putain, j'ai cru qu'elles allaient nous faire un remake de Caïn et Abel.

Elie, un peu perdu, a demandé :

Elie – Quelqu'un peut expliquer ? Who is Lolita ?

Nicolas a résumé le plus sobrement possible la situation. Elie, cool comme à son habitude, a commenté :

Elie – Ah OK, j'étais peur, it's no so grave. Je pensais, it was... Comment tu dis déjà Nicolas ? La grosse merde...

Malgré la situation, on a éclaté de rire.

Léa – Sois gentil, Elie, évite d'apprendre le français en citant Nicolas.

Elie – Why ??? C'est le street langage, j'aime !

Léa – Oui, c'est une façon de voir les choses ! Bon sinon, qu'est-ce que vous pensez de la petite sœur d'Ingrid ?

Nicolas – Content que ce ne soit pas la mienne.

Justine – Moi aussi ! Finalement, je ne m'en sors pas trop mal avec un frère comme Théo. Je réalise que ça aurait pu être pire !

Léa, qui adore Théo, a aussitôt réagi.

Léa – Tu ne t'en sors pas trop mal ? Tu as un frère merveilleux. Tout le monde rêverait d'être la grande sœur d'un petit garçon pareil.

Justine – J'avoue qu'il est chou.

Elie – Il est vieux de quel âge ?

Justine – Il va avoir huit ans.

Elie – Oh, cute !

Nicolas – Ouais, il est super cute. Pas comme Lolita !

Jim, qui manifeste toujours beaucoup de bienveillance envers les préados paumés, surtout quand ils sont mal aimés par leur père (inutile de vous expliquer pourquoi), l'a défendue.

Jim – Moi, je l'ai trouvée touchante. D'accord, elle a été agressive mais ça ne doit pas être facile de débarquer dans une maison inconnue et de vous présenter à une sœur qui ne vous connaît pas avec cinq étrangers autour.

Léa – C'est vrai.

Nicolas – Je te rappelle qu'elle ne nous a pas calculés et qu'elle a shooté dans la porte pour forcer le passage.

Jim – Ingrid venait de la jeter. Tu voulais quoi ? Qu'elle nous dise : « Bonjour, je suis sincèrement désolée de vous avoir dérangés. J'espérais, après des années d'anonymat, être acceptée par ma sœur, avoir enfin une famille au lieu d'être une fille illégitime. Mais puisque c'est impossible, je retourne dans ma cachette secrète et je ne dérangerai plus personne. »

Léa a regardé Jim un long moment puis elle lui a souri.

Léa – Tu as raison, Jim. Lolita nous a énervés parce qu'elle a touché à notre petit univers bien rangé mais il ne faut pas oublier qu'elle a droit à sa place.

Jim – Ingrid aussi. En plus, elle doit remettre en question tout ce qu'elle a vécu. Comment croire en la parole d'un père qui a caché un secret pareil ?

Justine – Pour sa défense, il n'a connaissance de l'existence de Lolita que depuis quelques mois. La femme avec laquelle il a eu une liaison il y a quinze ans ne lui avait pas dit qu'elle était enceinte.

Elie – What does « enceinte » mean ?

Léa – Pregnant.

Nicolas – C'est vrai qu'il ne pouvait pas le deviner si elle n'en a pas parlé. C'est d'ailleurs assez dégueulasse quand tu y penses. Elle lui a fait un enfant dans le dos et c'est lui le salaud.

Elie – What does « un enfant dans le dos » mean ?

Nicolas – Je ne sais pas traduire.

Léa – When a woman decides to get pregnant without warning her partner.

Elie – Oh...

Nicolas – Comment tu sais ça, toi ?

Léa – Je l'ai entendu dans un épisode de *Girls*.

Nicolas – Je me doutais que c'était pas dans une pièce de Shakespeare !

Léa – Détrompe-toi, il se passe des trucs de ce genre dans ses tragédies et il a parfois un langage aussi fleuri que le tien !

Nicolas – Ah ben je vais lire alors.

Léa – Rien ne me ferait plus plaisir !

Nicolas – Calme-toi. Je plaisantais.

Léa – Ce qui me ferait plaisir aussi, mon cher Nicolas, c'est que tu n'inverses pas les rôles. Que tu dises que la mère de Lola a fait un choix en n'informant pas le père qu'elle était enceinte, c'est une chose ; que tu te permettes de la juger avec une expression aussi méprisante que « elle lui a fait un enfant dans le dos », c'en est une autre. Je te rappelle que cette femme a élevé sa fille seule et que c'est courageux.

Les gens ne parlent-ils que d'eux-mêmes quand ils parlent des autres ? Jim défendait à l'instant une préado avec un père manquant, Léa plaidait maintenant la cause d'une femme seule avec son enfant.

Nicolas – Courageux ? Ce n'est pas l'adjectif que j'aurais choisi. Quand tu couches avec un homme, tu prends tes précautions si tu ne veux pas tomber enceinte, non ?

Léa – L'argument est réversible, mon cher Nicolas. Si tu couches avec une femme et que tu ne veux pas qu'elle tombe enceinte, tu prends tes précautions. Surtout si tu es marié !

Jim – Conclusion, les enfants sont les dommages collatéraux des arrangements entre adultes.

Justine – C'est pas faux.

Mon téléphone a sonné. EncoreMum s'est affiché. J'ai décroché sans réfléchir. Ma mère a démarré au quart de tour.

La mère – Alors, Nicolas est revenu ?

Justine – D'où ?

La mère – Tu te moques de moi, Justine ?

J'ai mis deux secondes avant de me souvenir du mensonge de Léa : « Nous partirons lorsque Nicolas aura vérifié la pression des pneus. » Ce n'est pas tout d'inventer un mensonge qui tient la route (si j'ose dire dans ce cas précis), il faut aussi avoir une bonne mémoire.

Justine – Il n'y est pas encore allé. Tu connais Nicolas, impossible de le bouger le matin.

La mère – Il aurait pu faire un effort. Il sait que vous devez prendre la route quand même !

Justine – Ce n'est pas faute de le lui avoir répété.

Nicolas – Pourquoi j'aurais dû me bouger de bon matin ?

J'ai fait signe à mon cousin de se taire.

La mère – Passe-le-moi.

Hors de question que ma mère parle à Nicolas qui n'était au courant de rien. Comme quoi les petits mensonges en famille conduisent inévitablement à la cata !

Justine – Tu vas le retarder, il est prêt à partir.

Nicolas – C'est quoi encore cette embrouille ? Où est-ce que je dois aller ?

Tandis que Léa prenait à part notre alibi pour le faire taire, j'ai réussi à convaincre ma mère qu'il était plus sage de ne pas intervenir. Elle a fini par raccrocher.

Elie, qui avait écouté avec attention l'explication de Léa à Nico, m'a demandé :

Elie – Why is everybody lying around here ? It is easier to tell the truth...

La question d'Elie était pertinente. Entre Ingrid qui lui avait menti sur sa venue en France, son père qui se découvrait un nouvel enfant, Léa qui avait inventé une dernière vérification des pneus et moi qui assurais à ma mère que Nicolas partait à l'instant, il y avait de quoi être inquiet.

Je n'ai pas su quoi lui répondre. En réalité, je n'en ai pas eu le temps. Ingrid, qui était restée enfermée dans sa chambre depuis la sortie théâtrale de Lolita, est arrivée en courant dans le salon.

Ingrid – Vous connaissez la dernière ?

Nicolas – À part Lolita, non. Ton père a aussi des jumeaux ?

Je n'ai pas pu m'empêcher de sourire. Mon cousin est vraiment drôle parfois.

Léa – Qu'est-ce qui se passe ?

Ingrid – Lolita a appelé sa mère en larmes en sortant d'ici. Elle lui a dit que j'avais été odieuse, que je l'avais jetée dehors. Quelle menteuse !

Euh... En matière de mensonges, personne ici n'a de leçon à donner à little sister.

Léa – Qui t'a dit ça ?

C'est vrai ça. Qui le lui a répété ?

Ingrid – Mon père... Il vient de m'appeler. Il a reçu un coup de téléphone catastrophé de la mère de Lolita qui lui a raconté la scène inventée par la peste. Je passe donc maintenant pour la méchante sœur de Cendrillon, prête à tout pour écraser la jolie princesse fragile. Quelle sale môme !

C'est fou comme la vie est un jeu de rôles dans lequel on endosse les déguisements des différents personnages. En temps normal, Ingrid joue Cendrillon et Léa et moi sommes les méchantes sœurs!

Nicolas – Ton père t'a engueulée?

Ingrid – Non, mais il m'a fait comprendre que la situation le peinait. Il ne faut pas toucher à sa petite Lolita chérie. Elle est si fragile la pauvre, elle a vécu sans père. Il veut certainement rattraper le temps perdu. Je le déteste!

Ingrid n'avait pas terminé de prononcer cette dernière phrase qu'elle a fondu en larmes. Elie, qui n'avait pas dû comprendre un dixième des paroles de sa belle mais qui était touché par son chagrin, s'est approché et l'a prise dans ses bras. Elle s'y est blottie, secouée par de gros sanglots.

Elie – Stop crying baby... Things will get better.

Ingrid – Non. Jamais.

Elie – Of course they will. I swear.

Léa et moi avons regardé Elie avec des étoiles dans les yeux.

Quel rêve, un garçon qui vous promet que les choses vont s'arranger en vous serrant contre lui. Moi, je veux bien que mon père m'annonce une famille extraconjugale nombreuse dans ces conditions.

Le téléphone de la maison rose a sonné. Ma meilleure amie m'a annoncé :

Léa – C'est ta mère qui vérifie que Nicolas est parti!

Nicolas

Le cœur qui s'affole, les mains moites… Vous reconnaissez ces symptômes ? L'amooooour. Je viens de trouver des infos incroyables sur Internet. Des études scientifiques récentes affirment, preuves à l'appui, que cette réaction engendrée par la présence de l'être aimé est le résultat de la sécrétion de quatre molécules spécifiques : la phényléthylamine, la dopamine, la norépinéphrine et l'adrénaline. Ces molécules, comparables à des drogues, peuvent causer des changements de comportement.

Ma Léa, je ne te dirai plus « Tu me plais à mort » mais « J'ai une monstrueuse sécrétion de phényléthylamine, de dopamine et de ses copines… »

Aujourd'hui, 11h20 · 2 personnes aiment ça · Commenter

Léa Toujours aussi romantique !
Aujourd'hui, 12h03 · 1 personne aime ça

Nicolas Et voilà, jamais contente.
Aujourd'hui, 12h07 · J'aime

Ingrid Avoue que c'est pas glam !
Aujourd'hui, 14h18 · J'aime

Jim En tout cas, c'est fun :)
Aujourd'hui, 16h52 · J'aime

Justine – Alors je ne réponds pas. Jim, tu peux répondre, s'il te plaît?

Jim – OK, quelle est la version officielle?

Justine – Nicolas est parti vérifier la pression des pneus. On l'attend pour prendre la route.

Nicolas – N'importe quoi, je l'ai vérifiée hier.

Léa – Je sais.

Jim – Je ne comprends pas pourquoi vous avez inventé un mytho pareil, mais vu l'ambiance à la maison rose depuis ce matin, je ne m'étonne plus de rien.

Et il est allé répondre docilement tandis qu'Elie continuait à consoler Ingrid en lui répétant qu'il fallait avoir confiance en la vie.

Quelle chance.

J'aurais tellement aimé que Thibault me console avec autant de bienveillance quand j'ai appris pour Scarlett et lui. J'aurais tellement aimé qu'il me dise : « Stop crying baby... Things will get better. I swear. »

Léa – Pour cela, il aurait fallu que tu l'écoutes, au lieu de te boucher les oreilles et de lui balancer des horreurs. Encore aujourd'hui d'ailleurs, si tu acceptais de l'écouter, tu entendrais sûrement de jolies choses.

J'ai volontairement ignoré les paroles de Léa. Cette fille est horripilante à avoir toujours raison. Je me suis focalisée sur Jim mentant à ma mère.

Jim – Oui... Oui... Il ne faut pas vous affoler, elle va finir par arriver.

Mais oui, je vais arriver !

Ce n'est pas parce qu'on monte dans une voiture qu'on va avoir un accident. J'espère que plus tard je ne serai pas aussi pénible avec mes enfants.

Jim – Mais si, elle accepte de vous parler. Il ne faut pas mal interpréter.

C'est dingue ça ! Je ne décroche pas une fois et elle en fait tout un drame. C'est quasi pathologique, non ?

Jim – Que vous a-t-elle dit exactement quand elle a téléphoné tout à l'heure ?

Jim ne devrait pas faire tant d'efforts pour calmer ma mère. J'allais prendre le combiné pour lui demander d'arrêter de nous harceler quand Jim a dit :

Jim – Il y a des chances pour que Lolita cherche à vous inquiéter, qu'elle veuille juste attirer votre attention.

Lolita ? Pourquoi Lolita ? Mais à qui il parle, là ?

Jim – Non, je peux vous assurer que c'est faux. Certes, Ingrid n'a pas été très accueillante avec sa sœur mais elle ne l'a pas jetée dehors en l'attrapant par les cheveux. Vous connaissez votre fille, quand même.

Les regards se sont braqués sur Jim. On a saisi alors qu'il parlait au père d'Ingrid.

Ingrid aussi. Elle s'est exclamée :

Ingrid – Elle a dit que je l'avais jetée dehors en l'attrapant par les cheveux ? Mais j'y crois pas.

Et se dégageant avec rudesse des bras protecteurs d'Elie, elle s'est jetée sur le téléphone.

Ingrid – Et c'est sa version des faits que tu crois? Tu ne la connais pas et tu lui donnes raison? Comme quoi il vaut mieux attendre quatorze ans et demi avant de te rencontrer.

Léa nous a fait signe de sortir du salon pour laisser Ingrid « discuter » avec son père. Nous nous sommes repliés dans la cuisine. Mais même avec la porte fermée, nous entendions des répliques cinglantes assénées pour faire mal.

Nicolas – Elle y va un peu fort, là. Léa, tu ne veux pas aller la calmer?

Jim – Non, laisse-la exprimer sa colère, sinon ça fera de terribles dégâts à l'intérieur. Je sais de quoi je parle. D'une certaine manière Ingrid a de la chance que son père accepte d'entendre tout cela.

Nicolas – Lui dire qu'elle le déteste, qu'elle ne veut plus jamais le voir, c'est abuser!

Elie – What does « À cause de toi, je n'aurai plus confiance en personne » mean?

Personne n'a traduit. Jim s'est contenté de répondre :

Jim – Ingrid is very cross with her father.

Elie – Ça, je compris… But not the expression : « confiance en personne ».

Léa – She says foolish things because she's sad. Don't try to understand.

Elie a souri. J'ai demandé discrètement à Léa :

Justine – Tu lui as vraiment traduit?

Léa – Non.

Justine – Pourquoi il sourit ?

Léa – Parce qu'il a compris qu'il ne devait pas comprendre.

On a continué à écouter Ingrid faire des reproches à son père puis elle s'est calmée progressivement.

Nicolas – On tente une incursion dans le salon ou vous croyez qu'on va se prendre une balle perdue ?

Léa – Peut-être que ça serait bien que Jim y aille en éclaireur.

Elie – Why Jim rather than me ?

Jim – Parce que je sais ce que signifie : « être déçu par son père. »

Cette confession aurait pu me faire pleurer si Nicolas n'avait pas immédiatement commenté :

Nicolas – C'est faux Jim, ton père ne t'a jamais déçu. Tu as toujours su qu'il était épouvantable.

On a éclaté de rire sauf Elie qui, ne connaissant pas le sens du mot « épouvantable », n'a pu goûter l'humour délicat de mon cousin. Léa le lui a traduit en anglais, pour qu'il puisse participer.

Jim était dans le salon depuis un moment quand le téléphone a sonné de nouveau.

Nicolas – Ah, le père d'Ingrid rappelle pour avoir sa deuxième couche. Il a du courage ! Moi, à sa place, j'aurais attendu qu'elle se calme.

Léa – Il doit s'inquiéter.

J'ai collé mon oreille à la porte pour avoir des nouvelles fraîches. Je n'ai pas été déçue.

Lolita avait rappelé sa mère et lui avait signifié son désarroi. Elle avait laissé entendre qu'elle en avait assez de la vie et avait raccroché après cette déclaration. Depuis, elle était sur messagerie.

J'ai relayé l'info aux habitants de la cuisine.

Nicolas – Putain, mais c'est un festival depuis ce matin! Dire que vous deviez partir et qu'on devait passer un week-end tranquille entre garçons.

Léa – On ferait mieux de prendre ça au sérieux. Une ado fragile, loin de chez elle, qui tient de tels propos, c'est grave.

Nicolas – Lolita, une ado fragile? T'as vu comment elle a défoncé la porte?

Léa – J'ai surtout vu son allure destroy et ses mains qui tremblaient.

Elie – She's right! Nous avons à aller chercher elle.

Mais il est formidable cet Elie, toujours prêt à voler au secours des filles. S'il n'était pas pris, je crois que je lui raconterais avec force détails comment j'ai été abandonnée par les hommes de ma vie.

Nicolas – Tu crois qu'elle est vraiment malheureuse et que ses menaces ne sont pas du cinéma?

Elie – She's lost. Nous avons à aider elle.

Léa – Oui. Tu devrais en parler à Ingrid. Elle t'écoutera peut-être.

Elie n'a pas eu besoin de convaincre sa belle.

Elle avait déjà enfilé son manteau (pas celui avec le petit col en cuir qu'elle n'avait toujours pas retrouvé) et s'apprêtait à sortir de la maison à la recherche de sa sœur perdue.

Elie – Wait for me, babe.

Nicolas – Bon ben, wait for nous aussi. On sera plus efficaces à plusieurs. Léa, passe-moi les clefs de la caisse, on va chercher Lolita du côté de la gare.

Jim – Je prends ma voiture et je vais sur les quais.

La proposition de Jim nous a fait froid dans le dos. Imaginer Lolita seule au bord du fleuve revenait à valider la thèse du désespoir.

Justine – Je viens avec toi.

Léa – Moi aussi !

Jim – OK. Nicolas, le premier qui la trouve appelle les autres.

Nicolas – Ouep !

Deux minutes plus tard, on sillonnait les quais.

Justine – On n'a même pas une photo de Lolita pour la montrer aux passants…

Jim – Tu regardes trop de séries télé ! On va la retrouver sans l'aide de personne.

Justine – Tu crois ?

Jim – Oui !

Justine – You swear ?

Jim – Mais oui, c'est sûr.

Et si Jim était mon Elie français ?

Mon portable a sonné. Nicolas et sa bande avaient-ils déjà trouvé Lolita ? J'ai décroché plus vite que mon ombre.

Justine – Allô ?

La voix de ma mère a retenti dans la voiture.

La mère – Vous êtes parties ?

Léa a souri.

La vie a parfois plus d'imagination que les romanciers, parce qu'exactement au même moment la sonnerie du portable de ma meilleure amie a retenti.

Elle a cru que c'était Nicolas, mais non.

Léa – Non, maman, on n'est pas encore parties.

J'ai souri à mon tour. Aucune raison d'être la seule à avoir une mère anxieuse.

Justine – Non maman, je ne me moque pas de toi. Et non, on n'est pas encore parties.

Certaines des répliques qui suivent vous sembleront inutiles mais, dans la mesure où les questions de nos mères ne diffèrent pas, les réponses ne diffèrent pas non plus !

Léa – Il y a eu un problème à la maison rose au moment où on partait et il a fallu qu'on reste.

Justine – Il y a eu un problème à la maison rose au moment où on partait et il a fallu qu'on reste.

Léa – Non, rien de grave. Ne t'inquiète pas !

Justine – Non, rien de grave. Ne t'inquiète pas !

Léa – Je te raconterai !

Justine – Je te raconterai !

Léa – Bien sûr qu'on vient.

Justine – Bien sûr qu'on vient.

Léa – Mais oui, j'ai envie de vous voir.

Justine – Mais oui, j'ai envie de vous voir.

Cela aurait pu durer un long moment si Léa n'avait reçu un double appel de Nicolas.

Léa – Maman, je dois te laisser, je te rappelle dès qu'on part.

Pressée d'avoir des nouvelles de Lolita, j'ai oublié de prononcer ma réplique-doublon : « Maman, je dois te laisser, je te rappelle dès qu'on part » et j'ai raccroché sans sommation.

Shit, elle allait m'en vouloir à mort.

Il valait mieux que je mette mon téléphone sur silencieux jusqu'à mon arrivée à la maison bleue.

Léa – Allô Nico ? Alors ?

Ma meilleure amie a appuyé sur la touche haut-parleur.

Nicolas – Ça y est, on l'a trouvée ! Elle est assise par terre à la gare et refuse de nous parler. Elle a hurlé à Ingrid de foutre le camp.

Léa – Et alors ?

Nicolas – Ingrid l'a traitée de chieuse.

Léa – Sympa les relations sororales.

Nicolas – Les quoi ?

Léa – Les relations entre sœurs.

Nicolas – Ouais. En tous les cas, côté caprice, elles ont le même capital génétique.

Léa – Qu'est-ce que vous faites alors ?

Nicolas – On attend qu'Ingrid risque une deuxième tentative.

Léa – On vous rejoint !

Nicolas – OK ! Vu le caractère de la demoiselle, on ne sera jamais assez nombreux pour la faire monter dans la caisse.

ठ

Quand on est arrivés, Lolita était toujours assise au même endroit et refusait toute négociation. On est restés en planque près des guichets pour ne pas lui donner l'impression d'être traquée.

Justine – Quelqu'un a une idée pour qu'elle change d'avis le plus vite possible ? Je viens de perdre près de deux heures de révisions.

Nicolas – À part faire intervenir le GIGN et la cellule anti-terroriste, je ne vois pas.

Léa – Et si on envoyait Jim ?

Nicolas – Pourquoi pas toi, Léa ? Avec ton baratin psy, tu devrais la décider fissa.

Léa a souri.

Léa – Mon Nicolas chéri, tu voulais certainement me dire : « Avec ta psychologie fine et intuitive, tu devrais permettre à Lolita de prendre conscience de la situation rapidement » ?

Nicolas – Oui, tu peux le traduire comme ça, c'est vrai que c'est plus classe.

Léa – Merci pour ce regard bienveillant sur ma personne !!! Il me semble toutefois que la présence de Jim serait plus appropriée que la mienne.

Nicolas – Ah bon, pourquoi?

Léa – Parce que Jim est un garçon sensible, délicat et que...

Nicolas – Parce que je suis quoi, moi?

Aïe! Comment un secret de famille, qui a déjà bouleversé des tas de gens, va provoquer en plus une scène de ménage.

Léa – Toi, tu es un garçon sensible mais... pas très délicat.

Nicolas – Ah bon, je ne suis pas délicat?

Il est dommage que dans une série comme *Ma vie selon Moi* vous n'ayez pas droit à l'image, vous auriez pu voir l'expression de Léa. Soudain partagée entre son désir d'être gentille avec Nicolas et son besoin d'être franche, elle est restée comme en suspension, ne sachant pas quoi répondre ou plus exactement ayant deux réponses contradictoires à donner.

Sa gêne n'a pas échappé à mon cousin.

Nicolas – Oh, c'est mignon. Tu ne veux pas me faire de peine! T'inquiète, je sais que je suis un gros bourrin et c'est pour ça que tu m'aimes!

Léa – Pas vraiment, non.

Nicolas – Si!!! Tu es raffinée pour deux, ma Léa! Tu n'as pas besoin d'un double, tu as besoin d'un Autre.

Waouh... Alors là, mon cousin vient d'énoncer une théorie révolutionnaire sur l'amour. Ce n'est ni un miroir ni une moitié perdue qu'il faut chercher, mais un autre qui te permettra de devenir ce que tu es déjà au fond de toi.

Nous n'avons pas eu le temps de méditer cette leçon de sagesse.

Jim – Attention, Lolita se lève...

Les regards se sont tournés vers les deux sœurs. Elie a murmuré :

Elie – Wonderful... You're the best, Ingrid.

Oui bon, ça va ! Elle n'a pas réussi à négocier la paix dans le monde, non plus.

Jim – Dommage qu'on ne sache pas lire sur les lèvres parce que Lolita est enfin sortie de son mutisme.

Léa – À voir son menton trembler, elle a du mal à prononcer les mots.

Justine – Pourquoi elle s'arrête de marcher ?

Nicolas – Ingrid a l'air agacée.

Justine – C'est rien de le dire.

Nicolas – Il ne faut pas qu'elle lui balance ses quatre vérités maintenant parce que sinon Mini-Peste va encore filer.

Léa – Trop tard !

Justine – Oh non. Lolita s'énerve à son tour.

Jim – Et c'est reparti pour un sitting.

Elie, sûr de sa belle, a continué à la coacher par télépathie.

Elie – Cool, Ingrid. Of course, you can do it !

On doit entendre à distance les gens qui vous aiment parce qu'après avoir respiré longuement, Ingrid s'est assise près de sa sœur. Elles sont restées côte à côte à se parler sans se regarder. Comme si l'intimité des voix était suffisante. Et puis au bout d'un long moment, Lolita s'est mise à pleurer.

Ingrid l'a regardée. Elle a esquissé un geste, y a renoncé, puis emportée par l'émotion l'a serrée contre elle. Les deux sœurs ont pleuré dans les bras l'une de l'autre.

Elie – Yes ! Love is stronger than everything.

L'avenir dirait si ces deux filles élevées séparément durant plus de quatorze ans parviendraient un jour à s'aimer vraiment, mais en attendant le tableau de leurs retrouvailles était incroyablement touchant. Avec Léa, nous avons partagé le paquet de Kleenex qui était dans ma poche. Nous n'étions pas les seules à pleurer.

Nicolas (en reniflant) – Elles font chier avec leurs larmes.

Certes, la forme laissait à désirer mais mon cousin traduisait avec ses mots à lui combien nous étions bouleversés.

Léa – Tu sais, Nicolas, tu n'es pas délicat mais qu'est-ce que tu es tendre. C'est pour ça que je t'aime.

Je ne sais pas ce que vous en pensez, mais je crois qu'on va garder ça comme mot de la fin !

Trop beau pour être vrai!!!

Nicolas – Tu veux que je te prête mon sac à dos?

Elie – No thanks, j'ai celui à moi.

Nicolas – Mais tu vas réussir à tout mettre dedans?

Elie – Yep!

Elie, qui me voyait traverser le salon en toute hâte (les habitants de la maison rose ont l'habitude, depuis un certain temps, de me voir piquer un sprint entre ma chambre sous les toits et la cuisine pour remplir ma bouteille Thermos de thé), m'a interpellée :

Elie – Wait, wait, wait for me, Justine. Je dis au revoir à toi before leaving.

Justine – Ça y est, t'es prêt? Ça va, t'as pas trop la trouille?

Elie – Yes! No! Je... ja... je vais assurer à mort.

J'ai souri. J'adore quand Elie utilise des expressions typiquement françaises avec son fort accent américain.

Justine – J'en suis certaine. T'es le roi du Parkour!

Elie – Not the king... Not yet.

Si Elie s'apprêtait à quitter la maison rose pour une semaine, en ce samedi du mois de mai, c'est qu'il avait réussi à obtenir une entrevue avec David Belle, le créateur du Parkour.

Soit, ce n'était qu'une rencontre informelle durant un stage d'entraînement mais notre Américain espérait davantage.

Son rêve était de l'interviewer pour son documentaire et nous ne doutions pas qu'il y parviendrait. Nous étions impressionnés par la capacité d'Elie à contourner les difficultés sans crainte. Une qualité qu'il avait certainement acquise en pratiquant le Parkour. À moins qu'il ne soit devenu un excellent traceur parce qu'il acceptait déjà dans la vie de s'adapter au terrain au lieu d'essayer de le soumettre.

Justine – Et Ingrid, elle est où ?

Elie – Elle fait la figure.

Parfois le français d'Elie vous oblige à chercher le sens autour des mots.

Justine – Elle se maquille ?

Elie – No, elle est pas contente.

Justine – Mais quel rapport avec la figure ?

Il faut me pardonner, à dix jours du concours je ne suis bonne à rien. J'ai l'impression que mes neurones se consacrent à l'apprentissage de mes cours et que le reste flotte dans un brouillard opaque.

Justine – Ah, elle fait la tête, pas la figure.

Elie – Yes, c'est ça ! Elle est pas contente parce que je pars sans elle.

Justine – Mais c'est elle qui ne peut pas venir à cause de ses révisions.

Elie – Je sais. Je crois elle est triste parce qu'elle est peur de la séparation. Je dois juste rassurer elle.

Mais qu'il est gentil cet Elie, pourquoi n'a-t-il pas un frère jumeau ?

Nicolas – T'es trop un canard avec elle.

Elie – A duck ? I'm a duck ?

Léa, qui venait d'arriver dans le salon, a traduit :

Léa – Ne t'inquiète pas ! Tu n'es pas un vrai canard avec un bec et des pattes palmées. C'est une expression que les garçons utilisent quand un copain amoureux est trop « gentil » avec sa petite amie.

Elie – Mais je suis toujours gentil quand j'aime une fille. Why not ? I'm not a macho man.

Petit dico : *anglais-français* ☆

Traduction : Dernières nouvelles - Cible - Un rendez-vous - Tomber amoureux(se) - Au téléphone

☆ à l'usage des lectrices des épisodes de ce tome

À elles de compléter !

I miss you : Tu me manques.

It opens her mind : Cela lui ouvre l'esprit.

Breaking news : ....

Target : ....

A date : ....

To fall in love : ....

On the phone : ....

Léa m'a regardée et, à ce moment précis, j'ai su que nous pensions exactement la même chose :

MAIS POURQUOI TOUS LES GARÇONS DU MONDE NE SONT PAS COMME LUI ? IL N'Y AURAIT PLUS DE PROBLÈME ENTRE LES HOMMES ET LES FEMMES S'ILS AVAIENT TOUS SA PHILOSOPHIE.

ਠ

Jim, qui comme chaque samedi matin rentrait du Palladium avec des croissants et du pain frais, a crié depuis l'entrée :

Jim – Livraison de pain chaud et de viennoiseries ! Qui vient prendre un petit-déjeuner entre amis ?

J'ai soupiré.

Justine – Un thé et des tartines beurre-confiture de fraises, j'adorerais... mais je n'ai pas fini d'apprendre mon cours d'anatomie du membre supérieur. Il faut que je remonte immédiatement avant de me laisser tenter.

Jim – Reste, Justine, la vie est courte.

Justine – Et le temps qui me reste pour réviser encore plus. Je te pique un croissant et je remonte.

Léa, qui arrivait dans le salon à vive allure au moment où j'en partais, m'a stoppée net.

Léa – Justine, réfléchis avant de répondre à ma question, c'est très important. As-tu hésité entre l'apprentissage de deux cours depuis ce matin ?

Justine – Non, pourquoi ?

Ma meilleure amie a baissé la voix, un peu gênée que les autres entendent.

Léa – Je viens de te tirer les cartes et j'y ai lu qu'un choix quasi insignifiant allait changer le cours de ta vie. Réfléchis, tu n'aurais pas hésité entre deux fiches?

Justine – Non, j'ai suivi mon programme : anatomie du membre supérieur puis anatomie des parois du tronc.

Léa – Tu as eu Thomas au téléphone?

Justine – Oui. Comme d'hab, on s'est interrogés sur quatre cours complets.

Léa – Il n'y a eu aucune hésitation sur le contenu d'une matière? Un truc que vous n'auriez pas appris parce que c'est tombé l'an dernier?

Justine – Non, je ne vois pas.

Nicolas, qui adore se moquer des intuitions de sa sorcière préférée, a proféré d'un air convaincu :

Nicolas – Ah mais si !!! Elle a hésité entre deux choses très importantes...

Justine et Léa (ensemble) – Lesquelles?

Mon cousin a laissé planer un petit suspens puis il a chuchoté façon chaman inspiré :

Nicolas – Justine a hésité entre manger des tartines beurrées avec nous OU remonter travailler dans sa chambre. Je pense que l'abandon de la confiture de fraises au profit du cours de l'anatomie de l'épaule va changer son existence.

Léa – C'est malin.

Justine – T'es trop nul.

Nicolas – Non, juste lucide, les filles.

Justine – Il n'empêche que tu n'hésites pas à demander à Léa des conseils quand tu dois faire un choix.

Nicolas – Bien sûr que je lui demande conseil ! Léa est une fille posée qui pèse toujours le pour et le contre avant de se prononcer.

Jim est venu à ma rescousse.

Jim – Elle pèse le pour et le contre avec un livre de philo dans une main ET des tarots dans l'autre. Tu ne peux pas nier le côté surnaturel de certaines intuitions. C'est une sorcière et une fille intelligente ! Un mélange merveilleux.

Nicolas – Calme-toi, Jim. T'es en train de chauffer ma meuf ou quoi ?

On a éclaté de rire. Même Elie. Je lui ai demandé :

Justine – Tu as compris « chauffer ma meuf » ?

Elie – Yes, sexual tension.

On a applaudi notre Américain pour son français très pragmatique.

Jim – Bon, on va déjeuner ?

Léa – Avec plaisir. Tu restes cinq minutes avec nous, Justine ?

Je n'avais pas le temps mais j'ai pensé qu'en discutant avec Léa je retrouverais l'objet de l'hésitation qui devait changer le cours de ma vie. Et puis, pour être honnête, l'odeur des croissants m'avait sérieusement envoûtée.

On a sonné à la porte.

Nicolas – Vous attendez quelqu'un ?

Léa – Oui, je garde Lili et Gédéon ce week-end. Leurs parents fêtent leur anniversaire de mariage.

Justine – Ils vont où ?

Léa – Je ne sais pas. Simon a gardé le secret.

Justine – J'aimerais tellement que mon amoureux m'emmène en week-end sans que je connaisse la destination. En même temps, il faudrait déjà que j'aie un amoureux !

Léa – Ça viendra. Plus tôt que tu ne le crois !

Justine – Tu as lu ça dans les cartes ?

Léa – Pas besoin des cartes. Tu sais bien que la vie est la meilleure scénariste du monde !

Justine – Avec des idées tordues parfois.

Léa a pris la voix du grand méchant loup quand il essaie de faire croire à la fillette qu'il est la grand-mère :

Léa – C'est pour mieux te faire vivre, mon enfant !

Justine – Tu parles d'une vie ! La fac, le bus, ma chambre, mon lit et puis le lendemain, la fac, le bus, la chambre, mon lit. Ça va être difficile pour le voisin écrivain d'écrire un tome un peu fun sur mon semestre.

Léa – Si tu étais persuadée que l'univers te prépare de belles surprises, tu irais beaucoup mieux ma Juju. Allez, je vais ouvrir aux petits, commencez à manger, je vous rejoins.

ॐ

Cinq minutes plus tard nous étions assis dans la cuisine à dévorer des viennoiseries. Même Ingrid qui avait arrêté de « faire la figure ».

Enfin, juste quelques minutes.

Elie – Je manquerai beaucoup les croissants when I go back to the States.

Nicolas – C'est les croissants qui vont te manquer.

Elie – Ah oui, pardon.

Ingrid – Et moi, je ne vais pas te manquer ?

Elie a réalisé qu'il venait de commettre une indélicatesse. Il a tenté de rattraper le coup.

Elie – Toi, tu manqueras pas à moi because tu seras à New York with me...

Peine perdue. Le rappel qu'Elie repartirait un jour prochain dans son pays, plus son départ imminent pour Paris, ont déprimé illico la demoiselle.

Lili, qui depuis trois semaines nourrit une véritable admiration pour Elie parce qu'il lui a appris à faire le saut du chat, lui a dit avec des étoiles dans les yeux :

Lili – Si tu veux, je t'enverrai des croissants dans un colis. J'en achèterai plein avec mes économies et j'irai à la poste.

Elie – Waouh... Thanks, pretty Lili.

Gédéon – Ils seront pourris tes croissants, le temps d'arriver là-bas.

Lili – Je les mettrai dans un papier spécial.

C'est fou comme l'amour réalise des miracles ! La NASA n'a pas réussi à trouver un « papier spécial » pour préserver les aliments des astronautes, mais Lili, oui !

Gédéon – Un papier spécial, n'importe quoi.

Il n'y a pas que l'admiration qui réalise des miracles, la jalousie aussi a priori ! Personne n'avait jamais entendu Gédéon défendre une idée avec autant de conviction. Il faut croire que le fait qu'Elie n'ait pas proposé au garçonnet d'apprendre la figure du saut du chat l'avait vexé.

Gédéon – Les aliments comestibles frais se décomposent à l'air. Un point, c'est tout. Il n'y a pas de papier spécial.

Lili a haussé les épaules, l'air de dire : « Cause toujours, je le ferai quand même. » Elie-le-bienveillant a essayé de sauver la situation.

Elie – You know what, Lili ? Tu demanderas ta mère un billet d'avion de sa compagnie pour New York et tu apportes à moi les croissants, OK ?

Lili – Et je pourrai venir te regarder quand tu t'entraîneras avec tes copains du Parkour ?

Elie – Yes ! Of course.

C'en était trop pour Gédéon.

Gédéon – Non Lili, tu n'iras pas. Papa et maman ne te laisseront jamais prendre l'avion toute seule.

Ingrid – Gédéon a raison.

Elie, étonné de la réaction de sa belle, l'a regardée en fronçant les sourcils et il lui a chuchoté :

Elie – Laisse elle rêver and open her mind, c'est une enfant!

Si on considère qu'Elie est capable de mentir à Lili pour la rassurer, on est en droit de se demander si son : « Mais toi, tu seras avec moi à New York... » adressé à Ingrid tout à l'heure ne relève pas de la même stratégie...

Lili – Je m'en moque. Si je veux partir, je partirai.

Léa – Bon, on se calme! Elie n'est pas encore parti et nous sommes tous ensemble dans la cuisine à déguster un bon petit-déjeuner. Savez-vous ce que me dit Eugénie, quand je m'inquiète pour l'avenir?

Dans la mesure où Léa nous répète cette phrase depuis de nombreuses années dès que l'un d'entre nous est incapable de profiter de l'instant présent, j'ai su répondre.

Justine – « Le pain d'hier est rassis, le pain de demain n'est pas encore cuit, alors mangeons celui d'aujourd'hui! »

Léa – Exact. Dans le cas présent, c'est à prendre au premier degré. Alors bon appétit à tous.

Tandis que nous dévorions « les croissants et les pains au chocolat d'aujourd'hui », j'ai entendu Lili murmurer à son frère :

Lili – Si papa et maman ne veulent pas que je prenne l'avion toute seule pour rejoindre Elie, je ferai une fugue.

Gédéon (en chuchotant) – Ils appelleront la police.

Lili (dans le rôle de Juliette ou je ne sais quel personnage de fille amoureuse, dans une pièce de Shakespeare) – Je me déguiserai et personne ne me reconnaîtra.

Gédéon (cherchant à ramener sa sœur à la raison) – À la douane, ils s'apercevront que la photo du passeport ne correspond pas à la réalité. En plus, ils verront bien que tu es une enfant et ils te demanderont où est ta maman.

Lili (déraisonnable) – Je mettrai des talons et ils croiront que je suis une dame.

J'ai eu envie de rire en imaginant ce petit bout de fille persuadée qu'elle trompe quiconque sur son âge en étant perchée sur des talons.

Gédéon (cherchant toujours à convaincre sa sœur) – Il n'y a pas de chaussures à talons en taille 31. T'es petite, un point c'est tout. Et si tu fais une fugue, je le dirai.

Avec cet argument massue, Gédéon a marqué un point. Comme quoi la logique ajoutée à la menace a une certaine efficacité. Je croyais cette discussion privée entre enfants terminée, mais c'était sans compter sur l'opiniâtreté de Lili.

Elle a réfléchi un moment, puis elle a prononcé avec l'air d'une véritable conspiratrice :

Lili – Eh ben toi aussi, t'es petit. Et si tu le dis pour moi, je raconterai à tout le monde que tu as volé l'écharpe de Lolita.

C'est quoi cette histoire ? Pourquoi Gédéon aurait-il volé l'écharpe de Lolita ? Il en a une.

Lili – Je dirai aussi que tu dors avec cette écharpe et que tu lui parles.

Oh non ! Je n'y crois pas. Gédéon est amoureux de Lolita. Cette maison porte bien sa couleur, elle est rose comme l'amour.

Il faut absolument que je raconte ça discrètement à Léa. Elle n'a pas dû entendre. Elle est en train de discuter avec les garçons à propos de la rencontre d'Elie avec le fondateur du Parkour.

Léa – L'important, c'est d'entrer en contact avec lui. Tu n'es pas obligé de parler de ton documentaire de suite.

Nicolas – Je ne suis pas d'accord. Il faut attaquer direct.

Léa – Au risque de l'agacer et de perdre les chances de réaliser une belle interview par la suite ? Moi je pense qu'il vaut mieux prendre ton temps, Elie.

Jim – Léa a raison.

Elie – La sorcière is always right.

Évidemment, Elie a prononcé cette dernière réplique en adressant un clin d'œil complice à ma meilleure amie. Nicolas et Ingrid ont haussé les épaules en même temps.

J'ai profité d'un blanc dans la conversation pour raconter discrètement à Léa le dernier gossip à propos de Gédéon. Elle a souri mais n'a pas semblé étonnée.

Justine (en chuchotant) – Tu le savais ?

Léa (idem) – Je ne savais pas qu'il lui avait piqué son écharpe mais j'avais compris qu'il était sous le charme de la jolie Lolita.

Justine – Ah bon, comment ?

Léa – À ton avis, comment ?

Justine – Tarots ? Boule de cristal ? Imposition des mains ?

Léa – Yeux.

Justine – Yeux ?

Léa (chuchotant à nouveau) – J'ai juste observé ce qui s'est passé quand Lolita est venue déjeuner dimanche dernier.

J'ai demandé :

Justine – J'étais là, moi ?

Léa a éclaté de rire.

Léa – Ma pauvre Justine, ta mémoire est tellement saturée par tes cours que tu ne te souviens plus de ta vie ?

Justine – Ne ris pas, c'est horrible ! En même temps, je n'ai pas besoin de me souvenir de quoi que ce soit, je n'ai pas de vie !

Léa – N'importe quoi. Je te rappelle que tu respires, tu te lèves le matin, tu manges, tu ris, tu parles, tu vas, tu viens, tu aimes, tu détestes, tu espères. Tu réalises toute la vie qui est en toi pour assurer ces fonctions ?

Justine – Je ne crois pas avoir entendu : « Tu es amoureuse » dans ta liste.

Léa – Parce que ce n'est pas le cas en ce moment, et alors ? Est-ce que ta vie se limite à un sentiment amoureux que tu porterais à un garçon ? N'y a-t-il pas d'autres objets d'amour ?

Justine – Par exemple ?

Léa – Aimer la couleur du ciel, la saveur du chocolat noir, l'amertume d'un Earl Grey, l'odeur entêtante du jasmin, la chaleur bienfaisante du soleil, le chant surprenant d'un oiseau, la caresse du vent... Aimer le rire de Théo, la douceur de ta mère, la maladresse touchante de ton père, la présence rassurante de tes amis... Il n'y a pas que le baiser langoureux d'un beau brun dans la vie. Je continue ?

Justine – Non, ça ira comme ça.

Léa – Alors ne dis plus jamais que tu n'as pas de vie. Tu auras toute l'éternité pour t'en plaindre.

Ma meilleure amie a prononcé cette dernière phrase avec une pointe de colère dans le regard. Que les autres n'aient pas conscience de la chance d'être vivants agace toujours Léa. La mort de son père quand elle était enfant l'a rendue sage très tôt. C'est le cadeau du malheur et elle a su l'accepter.

Nicolas – Qui est le beau brun que Justine veut embrasser ?

Évidemment, dans la liste des bienfaits de la vie, Nicolas n'avait entendu que le baiser langoureux. Comme quoi il y a quand même des choses plus importantes que d'autres.

Justine – Je ne veux embrasser personne, c'est compris ? Et passe-moi la confiture de fraises, s'il te plaît.

Nicolas – C'est bon, j'essayais juste de m'intéresser à ta life.

Ingrid qui, jusque-là, « faisait la figure », a semblé réanimée à l'idée d'avoir des breaking news. Elle m'a demandé en souriant :

Ingrid – Tu as rencontré quelqu'un ?

Justine – NON !!!

Elle a dodeliné de la tête.

Ingrid – Comme d'habitude, tu préfères partager tes petits secrets avec Léa.

Justine – Il n'y a pas de secret, je te dis.

Puis baissant la voix, j'ai ajouté :

Justine – Enfin, je n'ai pas de secret. En revanche, il y a ici une personne qui en a un.

Ingrid (tout bas) – Qui est-ce ?

Justine (encore plus bas) – Tu jures que tu ne le répètes pas.

Ingrid (de plus en plus bas) – Promis.

Justine (à la limite de l'audible) – Gédéon est amoureux de Lolita. Il lui a piqué son écharpe la semaine dernière et il dort avec depuis.

À l'annonce des amours de Gédéon, Ingrid a émis un son difficilement qualifiable, entre le couinement d'une souris soprano colorature et le grincement d'une vieille porte de château que l'on ouvre. Puis elle a regardé le garçonnet comme s'il avait commis un acte hautement répréhensible. Il ne s'y est pas trompé.

Gédéon – Qu'est-ce que j'ai fait ?

J'ai tenté de rattraper la situation.

Justine – Mais rien. T'inquiète...

J'ai tendu le pot de Nutella à Gédéon afin qu'il se fasse une tartine. Il a souri. Il y a des valeurs sûres dans la vie.

Jim – Ça va être bizarre d'aller à l'entraînement sans toi cette semaine, Elie.

Elie – Ça va le faire.

Léa a applaudi notre Américain de choc pour son apprentissage du street language. Il a salué, la main sur le cœur, comme un chanteur à la fin de son concert. Lili a laissé échapper un « bravo » qu'elle a aussitôt regretté, compte tenu du regard noir de son frère.

On a sonné à la porte.

Nicolas – C'est qui encore ? Moi, je ne partage pas les deux derniers croissants.

Elie – It's Jules, for me.

Elie est allé ouvrir.

Jim – On le connaît, Jules ? Il était à l'entraînement avec nous ?

Nicolas – Ça me dit rien. C'est peut-être le type qui est arrivé en retard avec Quentin mercredi.

ত

Si les garçons parlaient d'entraînement, c'est parce que depuis deux semaines ils s'échauffaient avec Elie pour s'initier au Parkour. Une des règles primordiales de ce sport est le respect du corps et, dans les clubs dignes de ce nom, personne ne commence les franchissements d'obstacles sans avoir travaillé au préalable sa souplesse.

Donc, malgré leur emploi du temps surchargé, *L'entracte* et la menuiserie pour Nicolas, la fac plus son job au Palladium pour Jim, les garçons s'entraînaient deux heures le mercredi soir et le dimanche matin.

Avec Léa et Ingrid, nous avions promis d'aller les voir, mais nous n'avions pas encore trouvé le temps. Je n'étais pas la seule à réviser mes examens et même si j'avais parfois l'impression que les études de médecine étaient un enfer, j'avais conscience que les études de lettres, de droit ou de marketing n'étaient pas toujours drôles non plus. Surtout à moins d'un mois de la date fatidique.

– Hello la compagnie !

La voix féminine et chantante qui venait de nous saluer n'était pas celle du fameux Jules mais celle de Lolita. Ingrid a accueilli sa sœur avec une certaine froideur.

Ingrid – Ah ben, c'est toi Lolita ?

Depuis que Lolita avait débarqué à la maison rose, chamboulant tout le monde sur son passage, la relation entre les deux sœurs était assez particulière. Bien sûr, ce jour-là elles avaient fini par se prendre dans les bras après s'être agressées verbalement mais on ne peut pas dire qu'Ingrid se réjouissait d'avoir Lolita dans sa vie.

Lolita, en revanche, semblait ravie d'avoir une grande sœur. Surtout une grande sœur qui vivait en coloc avec des tas de copains.

Lolita – Ouep, je déjeune ici, et après ma daronne me ramène au bagne.

À ces mots, Gédéon a éclaté de rire.

On l'a regardé, étonnés. Il a viré au rouge « sens interdit ».

Grand moment de solitude pour lui. Une seconde plus tard, chronomètre en main, Léa a éclaté de rire à son tour.

Comme on la fixait, elle nous a dit en pouffant :

Léa – Excusez-moi, vous ne pouvez pas comprendre. On a un private joke avec Gédéon à propos des daronnes. Hein, Gédéon ?

Après avoir hésité, le garçonnet a opiné du chef. J'ai compris que l'intervention de Léa n'était qu'un moyen de masquer la vérité : l'hilarité de Gédéon était une réaction nerveuse causée par l'apparition de la belle Lolita !

Ce n'est pas parce que c'est Léa et que je l'aime, mais elle est trop forte.

Ma meilleure amie a tout de suite embrayé :

Léa – Alors comme ça Lolita, tu déjeunes avec nous ?

Lolita – Oui. Si vous voulez de moi.

Léa – Bien sûr qu'on veut de toi. Allez, viens t'asseoir.

J'avais envie de rester afin d'écouter Lolita raconter ses aventures de la semaine mais il fallait que je retourne travailler.

Dommage parce que cette fille a une façon très particulière de regarder le monde. Rien à voir avec Ingrid. Lolita est une espèce de félin qui oscille en permanence entre une agressivité de tigresse et une tendresse de chaton.

On sent qu'elle est partagée entre le désir de chuchoter aux gens : « S'il te plaît, aime-moi » et dans le même temps de leur hurler : « T'approche pas ou je te bute. » Ça fait d'elle une personne attachante ET insupportable. Nicolas a trouvé l'adjectif adéquat pour la qualifier, il dit d'elle : « Elle est attachiante. »

J'ai rempli ma bouteille Thermos de thé et j'ai prévenu Léa de ne pas m'appeler pour déjeuner. Il fallait que je travaille non-stop jusqu'au soir pour rattraper le temps perdu à dévorer les croissants.

Léa – Il faudra quand même que tu descendes manger, non ?

Justine – Mais oui, maman chérie, en coup de vent quand j'aurai faim.

254

Ma meilleure amie a haussé les épaules.

Léa – C'est malin, comme remarque.

J'ai embrassé Léa pour me faire pardonner, souhaité une bonne semaine parisienne à Elie et j'ai filé. Alors que je passais devant la porte d'entrée, on a de nouveau sonné.

J'ai ouvert, bien décidée à ne pas faire de civilités et là...

ET LÀ...

Normalement, dans les séries télé, c'est à ce moment précis que vous subissez deux minutes de pub pour une voiture familiale avec hayon arrière ou un papier toilette triple épaisseur odeur lilas.

Je ne voudrais pas vous infliger cela, toutefois j'aimerais vous rappeler un certain nombre d'éléments concernant mon existence afin que vous appréhendiez à sa juste valeur la scène qui va suivre.

Petit bilan de ma vie à ce moment précis de l'histoire.

Je m'appelle Justine Perrin. J'ai dix-huit ans. Je vis en coloc, loin de ma famille et de la ville dans laquelle j'ai toujours vécu. Le garçon que j'aimais est parti aux États-Unis pour une année et j'ai appris de façon assez humiliante qu'il m'avait trompée avec une belle Américaine. Il n'y a plus rien entre nous. J'ai eu une courte relation avec Thomas, mon binôme à la fac, qui s'est soldée par une rupture assez minable. Depuis je travaille avec lui et nous sommes devenus « bons copains »

Je passe mon concours de médecine dans moins de dix jours. Mon classement au premier semestre ayant été lamentable, j'ai peu de chances de réussir mon année.

Bref, ma vie est un fiasco.

Je reprends donc au moment où on sonne à la porte.

Alors que je passais devant la porte d'entrée, on a de nouveau sonné. J'ai ouvert, bien décidée à ne pas faire de civilités, et là...

ET LÀ... Un grand brun aux yeux vert amande m'a souri.

Le grand brun aux yeux verts – Bonjour, je viens chercher Elie. Je m'appelle Jules.

Moi, je ne sais plus du tout comment je m'appelle. Je sais juste que j'ai les cheveux gras, le mascara qui coule parce que je ne me suis pas démaquillée hier soir, que je porte un jogging bleu informe et des Converse rouges trouées. Bref, le genre de fille que tu classes immédiatement dans la catégorie « THON ».

Le grand brun aux yeux verts – Je peux entrer ?

Oui, bien sûr qu'il peut entrer.

Le grand brun aux yeux verts – Si tu préfères, je patiente dehors.

Non, il vaut mieux qu'il rentre, je pourrai le regarder de plus près.

THÉOPHILE GAUTIER

« À de beaux yeux verts », *La comédie de la mort*

Vous avez un regard singulier et charmant ;
Comme la lune au fond du lac qui la reflète,
Votre prunelle, où brille une humide paillette,
Au coin de vos doux yeux roule languissamment ;

Ils semblent avoir pris ses feux au diamant ;
Ils sont de plus belle eau qu'une perle parfaite,
Et vos grands cils émus, de leur aile inquiète,
Ne voilent qu'à demi leur vif rayonnement.

Mille petits amours, à leur miroir de flamme,
Se viennent regarder et s'y trouvent plus beaux,
Et les désirs y vont rallumer leurs flambeaux.

Ils sont si transparents, qu'ils laissent voir votre âme,
Comme une fleur céleste au calice idéal
Que l'on apercevrait à travers un cristal.

théophile gautier

Le grand brun aux yeux verts – Je dérange, peut-être?

Il a des yeux d'un vert... On dirait deux émeraudes avec des étoiles filantes dedans. C'est fascinant. C'est rare de voir un garçon avec des yeux pareils. Yeux verts, cheveux noir ébène et peau mate, c'est vraiment le trio gagnant.

Le grand brun aux yeux vert émeraude avec des étoiles filantes dedans, les cheveux noir ébène et la peau mate – Excuse-moi d'insister mais je fais quoi? Je rentre? J'attends dehors?

C'est incroyable, il a quoi? Vingt ans... Et il a déjà quelques cheveux blancs. C'est d'un sexy.

Le grand brun aux yeux vert émeraude avec des étoiles filantes dedans, les cheveux noir ébène avec quelques fils argent et la peau mate – Je crois que je vais attendre dans la cour. Est-ce que tu peux prévenir Elie que Jules est arrivé, s'il te plaît?

J'adore sa voix grave, légèrement voilée. À la fois virile et terriblement douce. LE mélange parfait.

Le grand brun aux yeux vert émeraude avec des étoiles filantes dedans, les cheveux noir ébène avec quelques fils argent, la peau mate et la voix grave, légèrement voilée – Tu comprends ce que je te dis? Tu parles français?

Je ne sais plus quelle langue je parle.

– Hi Jules!

J'ai sursauté. Elie, derrière moi, venait de saluer son ami.

– Hi Elie! Ready to go?

Elie – Yeh, but come in !!! Il y a encore des croissants très bons et du café.

Jules a amorcé un pas en avant pour entrer, mais je suis restée plantée devant lui à la façon d'un vigile de parfumerie quand il soupçonne une cliente d'avoir volé un vernis à ongles. Il m'a dit en articulant comme si j'étais malentendante :

– JE VOU-DRAIS EN-TRER-DANS-LA-MAI-SON. I'm Elie's friend. Do you understand ?

Puis s'adressant à Elie, il a ajouté :

– Tu peux traduire à ton amie que je suis venu te chercher et que je voudrais entrer, elle n'a pas l'air de comprendre.

Elie (en riant) – But she speaks french, she's french. C'est Justine, elle habite ici.

Le grand brun aux yeux vert émeraude, bon on va l'appeler Jules, ça ira plus vite. Jules – Tu comprends donc très bien ce que je dis depuis le début ?

Justine – Oui.

Jules a semblé très agacé par ma réponse. Normal. Le vert émeraude de ses yeux a viré noir corbeau. Il m'a dit avec une ironie certaine :

Jules – Alors puisque tu comprends si bien le français, peux-tu avoir l'amabilité de te pousser ? Je voudrais entrer.

Je me suis exécutée.

Comme il passait derrière moi, je l'ai entendu grommeler :

Jules – Je n'aime pas qu'on se foute de moi.

Je suis restée plantée comme un légume en pleine terre sans tenter de lui expliquer la raison de mon silence. D'ailleurs, qu'aurais-je pu lui expliquer ? Que ses yeux de jade m'avaient hypnotisée ? Que j'étais tombée sous le charme de sa voix de crooner ? Que je n'avais qu'une envie, me jeter dans ses bras ?

Mais qu'est-ce que je raconte, moi ? Je dois absolument retourner réviser.

Je suis remontée dans ma chambre sous les toits plus vite que mon ombre. Arrivée là-haut, je me suis assise à mon bureau et j'ai tenté de reprendre mon souffle. Je crois que je n'avais pas respiré depuis... depuis... depuis l'apparition de Jules.

J'ai repris ma fiche sur l'anatomie du membre supérieur pour la lire.

Enfin, j'ai essayé...

La fosse axillaire est limitée en dedans par les faces latérales des cinq premières côtes. En dehors et en arrière se place la **scapula**.

J'ouvre la porte à Jules. Je suis soufflée par ses yeux verts.

Elle participe à la paroi postérieure de la fosse axillaire. Par sa face interne, l'**humérus** participe à la face latérale de la fosse axillaire. La **clavicule** participe à la face supérieure.

Il me parle. Je suis incapable de lui répondre.

La fosse axillaire a un aspect pyramidal à base inférieure et à sommet (apex) supérieur, entre la clavicule et la première côte.

Il insiste. Je reste muette.

La face postérieure est capitonnée par le **muscle subscapulaire** qui se dirige en dehors et se termine sur le tubercule mineur de l'humérus.

Il continue. Je persiste à rester silencieuse.
Elie arrive. Je suis droite comme un I.

Latéralement, sur la pointe du processus coracoïde, il y a le tendon commun du chef court du biceps brachial en dehors et du coraco-brachial en dedans. Le muscle coraco-brachial participe à la constitution de la paroi latérale.

Jules pense que je me moque de lui. Je ne m'en défends pas.
Jules entre, agacé. Je me précipite dans ma chambre.

La paroi antérieure est essentiellement formée par les muscles pectoraux. Dans le même plan que le petit pectoral, il y a le muscle subclavier. Il existe un fascia clavi-pectoro-axillaire, aponévrose qui participe à la constitution de la face antérieure de la fosse axillaire.

Jules est dans la maison rose et moi je dois aller dans ma chambre.
Jules. Moi. Maison rose.
Jules. Moi. Maison rose.
Jules. Moi. Maison rose.
Jules. Moi. Maison rose.

Il fallait que je me calme, mon concours avait lieu dans moins de dix jours.

Soit, ma vie affective était un désert depuis les vacances de février et je manquais d'affection mais ce n'était pas une raison pour tomber amoureuse du premier garçon qui sonnait à la porte.

Mon état de sidération quand je l'avais vu n'avait rien à voir avec un coup de foudre. C'était juste un moment de flottement sans aucune conséquence sur mon avenir. On ne rencontre pas l'homme de sa vie un jour de révisions, quand on est en jogging informe et en Converse trouées. Surtout quand on a les cheveux sales !

Allez Justine, reprends-toi. J'inspire. Je gonfle mes poumons. J'expire et je me remets au travail.

J'avais presque réussi à me reconcentrer quand mon portable a bipé, m'indiquant que j'avais reçu un SMS de Léa :

Quand je te disais qu'un choix insignifiant allait changer le cours de ta vie aujourd'hui. Manger des croissants ou pas, et donc... Rencontrer le beau Jules ou pas ! Le voilà ton grand amour. Même pas besoin de sortir de chez toi, veinarde ! À la tienne, ma Justine !!!

Opération Yeux de jade

Justine – Allô Léa ? Alors, il a appelé ?

Léa – Non, pas encore. Sois patiente, je te promets de te prévenir quand on sera à l'étape 6 du plan.

Justine – C'est bizarre qu'il n'appelle pas, non ?

Léa – Ils se sont peut-être arrêtés pour boire un café.

Justine – Si près de la maison ?

Léa – Une envie pressante de faire pipi.

Justine – C'est un truc de filles, ça !

Léa – Ah bon, les garçons ne pissent pas ?

Justine – « Pisser » ??? Nicolas, sors de ce corps !

Léa – Non, c'est bien moi ! Allez, au travail, je suis en train de réviser et tu me fais perdre du temps. À tout à l'heure ma Juju !

Je n'ai pas eu le temps de répondre, ma meilleure amie a raccroché aussitôt.

Si je m'impatientais ce matin, c'est parce que j'attendais à *L'entracte*, mes fiches d'anatomie radiologique à la main et les yeux rivés sur le téléphone. À la seconde où Léa m'appellerait, je devrais ranger mes affaires et marcher lentement jusqu'à la maison rose. La « rencontre fortuite » aurait l'air ainsi parfaitement naturelle.

C'est Léa qui avait eu cette idée de génie ! Super, non ?

Ah mais je réalise que vous ne savez pas de quelle « rencontre » je parle ! Allez, je vous explique…

Vous vous souvenez la semaine dernière de l'arrivée du « grand brun aux yeux vert émeraude avec des étoiles filantes dedans, les cheveux noir ébène avec quelques fils d'argent, la peau mate et la voix grave, légèrement voilée » ? Inutile donc de vous rappeler mon comportement de psychopathe muette quand il m'avait parlé ?

Tant mieux, parce que le souvenir de cette scène me rend malade.

Dans les jours qui avaient suivi, même si mes révisions m'avaient occupée tout entière, les yeux de jade avec étoiles filantes incorporées étaient réapparus à intervalles réguliers. Et avec eux, la honte de m'être conduite comme une sauvage.

J'avais beau me répéter que je ne devais pas y penser avant d'avoir passé mon concours, rien n'y faisait. Il fallait se rendre à l'évidence, Jules m'obsédait. Après un débriefing Tagada-Michoko avec Léa, j'avais fini par avouer en pleurant que j'avais des problèmes de concentration et que je craignais de rater mon concours. Léa m'avait écoutée, les sourcils froncés, elle avait réfléchi un long moment puis elle avait déclaré d'un air docte :

Léa – Ce n'est pas seulement Jules qui t'obsède, c'est aussi ta peur des histoires d'amour qui finissent mal.

Justine – Pourquoi, il y en a qui finissent bien ?

Léa – Ne sois pas cynique.

Justine – Je ne suis pas cynique, je suis réaliste. En ce qui me concerne, toutes mes histoires d'amour ont foiré. 100 % d'échecs.

Léa – Tant mieux !

Justine – Comment ça tant mieux ?

Léa – Si toutes tes histoires d'amour avaient connu une fin heureuse, tu serais à la tête d'un harem à l'heure qu'il est. Alors sois heureuse de les avoir soldées pour être libre d'en vivre une nouvelle !

Justine – C'est une façon de voir.

Léa – C'est la seule ! Tout ce qui nous arrive est une chance. Il s'agit juste de trouver pourquoi c'en est une.

Justine – Donc, pour être heureuse, il me suffit de comprendre pourquoi c'est une chance que Thibault m'ait trompée avec une blonde aux gros seins, que Thomas, qui croyait m'aimer, préfère la médecine, que j'aie obtenu des résultats désastreux au premier semestre et enfin que j'aie été ridicule lors de ma rencontre avec Jules.

Léa – Exact.

Justine – Tu sais quoi Léa ?

Léa – Non ?

Justine – Je crains que tu ne sois devenue une sorcière un peu... moisie.

Léa avait éclaté de rire.

Léa – Moisie ? Mais qu'est-ce que c'est que cet adjectif ?

J'avais éclaté de rire à mon tour. Depuis quelques jours, j'avais l'impression qu'il n'y avait plus de filtre entre mon inconscient et mes paroles. Elles me surprenaient comme si une autre que moi les avait prononcées.

Justine – Je suis désolée, je ne voulais pas dire moisie, mais...

Ma meilleure amie m'avait interrompue :

Léa – N'ajoute rien, Justine. Ça risque d'être pire !

Léa avait bien fait d'interrompre ma recherche lexicale parce que le seul adjectif qui m'était venu à l'esprit pour remplacer le précédent était « pourrie ».

Léa – Écoute-moi bien. Voici le plan que je te propose : nous sommes mercredi, ton concours commence lundi. Tu ne peux pas te permettre de le passer dans cet état. Tu es en train de perdre confiance en toi. C'est ce qu'il y a de pire comme état d'esprit pour un concours. Donc, tu dois revoir Jules avant de passer tes épreuves et réparer cette première rencontre ratée.

Justine – Ah bon ? Tu crois ?

Léa – Oui ! Il ne s'agit pas d'organiser une « date » avec musique d'ambiance et champagne. Il faut juste que tu le croises et que tu arrives à lui expliquer ton état de samedi dernier.

Justine – Et comment vais-je le croiser alors qu'il est à Paris et que je ne sais pas ce qu'il fait de sa vie ?

Léa avait pris son air malicieux de sorcière « pas moisie » qui a déjà tout élaboré.

Léa – On sait qu'il rentre samedi matin et qu'il doit déposer Elie à la maison rose. Ce sera LE moment.

Justine – Oui mais il n'a aucune raison de l'accompagner jusqu'à la porte pour que je lui ouvre à nouveau !

Léa – C'est vrai.

Ingrid était entrée dans la cuisine au moment où nous attaquions les dernières fraises Tagada du paquet (nous avions liquidé les Michoko depuis longtemps).

Ingrid – Quel est le problème ?

Je n'avais aucune envie de partager mes ratages sentimentaux avec notre peste préférée. J'avais bien tenté une diversion mais on ne trompe pas une fille qui sent le buzz amoureux. Elle avait donc insisté :

Ingrid – Je reformule ma question : qui est la target cette fois-ci ? Ce n'est ni Thibault ni Thomas, je présume ?

Difficile de ne pas répondre sans provoquer une crise du type : « J'en ai marre, je suis vraiment la troisième roue du carrosse ! »

Justine – Non. C'est le copain d'Elie.

Ingrid – Lequel ?

Justine – Jules.

Ingrid avait souri d'un air entendu.

Ingrid – Ah, le beau Jules...

Léa – Tu as des infos ?

Ingrid – À quel sujet ?

Ingrid ou comment jouer avec nos nerfs. Léa avait semblé aussi agacée que moi par cette non-réponse.

Léa – À ton avis ?

Ingrid – Il fait des études d'archi. Je crois qu'il est en deuxième année.

Formidable, mais en dehors du livret scolaire, il a une copine ou pas ?

Léa – Et puis ?

Ingrid – Il prépare un travail pour son école. Sur l'appropriation du milieu urbain par les jeunes grâce au Parkour.

Justine – Formidable... Et ?

Ingrid – Il y a trois ans, il est resté immobilisé plusieurs mois à cause d'un accident de scooter. Il s'est juré que s'il remarchait, il profiterait de ses jambes à fond. Voilà comment il a commencé à s'initier au free-run.

J'avais regardé Léa, excédée. Soit, Jules avait une histoire touchante et romanesque à souhait mais j'avais besoin d'une réponse et d'une seule :

ÉTAIT-IL LIBRE OU PAS ?

Ma meilleure amie avait dû sentir que si Ingrid continuait la biographie de Jules j'allais sortir de mes gonds. Elle avait demandé aussitôt :

Léa – Et sa copine ne dit rien quand il part une semaine avec un ami au lieu de l'emmener quelque part ?

Ingrid – Je ne sais pas.

Justine – Tu ne sais pas quoi ? Si elle râle ou s'il a une copine ?

Léa et Ingrid avaient sursauté lorsque j'avais posé cette dernière question. Soit, mon débit saccadé et ma voix suraigüë avaient de quoi surprendre mais l'heure était grave. La peste avait avoué :

Ingrid – Je ne sais pas s'il est single ou duet !

J'avais sorti du placard un paquet tout neuf de Michoko. Ma meilleure amie l'avait intercepté au moment où j'allais l'ouvrir. Elle avait dit en me montrant les petits papiers d'emballage marron et dorés qui jonchaient la table :

Léa – Je pense que tu es déjà hors zone. À moins que tu ne veuilles boire la tisane digestive d'Eugénie ?

J'avais eu un haut-le-cœur en pensant au goût de cette affreuse mixture.

Justine – Non merci.

Puis, se tournant vers Ingrid, elle lui avait demandé :

Léa – Serais-tu d'accord pour nous aider ?

Ingrid – À quoi ?

Léa – À ce que Justine rencontre « par hasard » le beau Jules lorsqu'il rentrera de Paris.

Ingrid – C'est d'accord. Quel est le plan ?

Léa – Il n'est pas encore au point. Il faut le peaufiner.

Ingrid – Alors au travail !!!

ক

Un quart d'heure plus tard, c'était fait.

Je pense que si on confiait les conflits mondiaux à trois filles amoureuses en leur promettant une soirée en tête-à-tête avec le garçon de leur rêve en cas de réussite, la paix régnerait sur terre. Au lieu de ça, on préfère laisser le monde aux mains de garçons qui ont la nostalgie des batailles dans la cour de récré. Quel dommage !

Une fois le plan élaboré en neuf étapes j'étais remontée dans ma chambre préparer mon concours, un peu moins angoissée.

Et là, nous étions samedi, à quelques minutes seulement de LA rencontre avec Jules.

J'étais parvenue à l'étape 4 du plan que nous nous étions fixé et depuis j'attendais l'étape 6, le cœur battant.

Pour ne pas avoir à vous expliquer au fur et à mesure le process, je vous le donne dans son intégralité, ça sera plus simple pour la suite.

LE PLAN

1- Ingrid téléphone à Elie, l'air de rien, le matin tôt pour savoir quand ils vont prendre la route (il est important qu'Elie ne soit pas dans la confidence. C'est un garçon fiable mais il pourrait, au nom de la solidarité masculine, raconter à Jules ce qui se trame). Elle lui demande de la rappeler lorsqu'ils partent de Paris.

2- Au moment où Elie l'appelle, Justine se prépare (lavage des cheveux, crème qui sent bon, un peu de rose sur les joues et de mascara, jean, pull en V près du corps et baskets sans trous).

3- Une heure trente plus tard, Ingrid rappelle et demande à Elie où ils sont. À partir de cette indication, calcul du temps restant.

4- Trente minutes avant l'heure d'arrivée estimée, Justine s'installe à *L'entracte* pour réviser (motif : elle a besoin de sortir de son univers confiné).

5- Dix minutes avant l'heure d'arrivée estimée, Ingrid rappelle Elie en prétextant qu'elle doit sortir et lui demande s'il veut qu'elle l'attende pour lui faire un bisou et si oui, combien de temps (lui proposer de l'attendre d'une voix coquine, histoire de le motiver).

6- Lorsqu'Elie et Jules sont sur le point d'arriver (moins de cinq minutes), Léa appelle Justine qui doit, à ce moment précis, ranger ses fiches et ses Stabilo calmement et regagner la maison d'un pas lent.

7- Repérer (en mettant ses lunettes réparées) la voiture de Jules (une vieille 106 blanche).

Marcher lentement en ayant l'air absorbée et s'approcher au plus près de la voiture.

Lever les yeux, sourire et dire bonjour avec naturel.

8- Une fois le contact établi avec Jules, s'excuser à propos de samedi dernier. NE RIEN PROPOSER. CE N'EST PAS LE MOMENT.

9- Saluer et partir en se retournant (UNE SEULE FOIS) histoire de suggérer (dixit Ingrid) qu'on est intéressée. Rentrer à la maison rose directement.

Mais qu'est-ce qu'ils font?

Ce n'est pas normal de mettre autant de temps pour parcourir les derniers kilomètres.

– Tu veux un Coca?

J'ai sursauté façon kangourou sous Red Bull. Nicolas m'a regardée bizarrement.

Nicolas – Ouh là, ça ne va pas bien, toi! Je sais que ton concours est important, mais je te rappelle que ta vie n'est pas en jeu. Respire. Tu vas finir par tomber malade.

Inutile de vous préciser que Nicolas n'était pas informé de l'opération Yeux de jade.

Ah oui, je ne vous ai pas dit! Ingrid a tenu à ce que nous donnions un nom de code à notre plan. « Grand brun aux yeux vert émeraude avec des étoiles filantes dedans, les cheveux noir ébène avec quelques fils argent, la peau mate et la voix grave, légèrement voilée » ayant été jugé trop long, Yeux de jade avait été retenu.

Nicolas s'est assis à côté de moi.

Nicolas – Tu as l'air angoissée Justine, tu m'inquiètes.

Justine – Mais non, je suis juste un peu sur les nerfs. Ça ira mieux la semaine prochaine quand j'aurai passé mon concours.

Nicolas – Tu es sûre? Tu ne veux pas qu'on parle un peu?

J'étais touchée par la sollicitude de mon cousin mais, à ce moment précis, je voulais juste qu'il retourne en cuisine. Mon portable allait sonner d'une seconde à l'autre et il faudrait que je parte sur-le-champ. Vraiment pas le temps pour une psychothérapie.

Justine – Non merci.

Nicolas, qui avait remarqué que je ne lâchais pas mon portable des yeux, a lancé :

Nicolas – Arrête de regarder l'heure. C'est infernal cette obsession du temps perdu dès que tu ne révises pas.

Comme je ne voulais pas l'alerter, j'ai regardé ailleurs durant un quart de seconde.

Mais à l'idée de rater l'appel de Léa, je n'ai pas pu m'empêcher de fixer à nouveau l'écran.

Mon cousin a réagi aussitôt.

Nicolas – Tu sais quoi ? Je te confisque ton portable, ça t'évitera de t'angoisser.

Et joignant le geste à la parole, il a embarqué mon téléphone. J'ai hurlé :

Justine – NOOOOOOOOOON !!!

Quand je dis hurler, je suis très en dessous de la vérité. Mon « nooooooooon » a ressemblé à celui des comédiennes dans les films d'horreur au moment où elles prennent conscience que la tronçonneuse du serial killer va s'abattre sur elles.

Nicolas a été projeté en arrière et les clients de *L'entracte* ont été terrorisés. Maurice, assis à la table voisine, en a lâché sa tasse de café.

Hérold, qui était à la cuisine, en est sorti totalement affolé. Sans boiter. Comme quoi l'homme a des ressources insoupçonnées en cas de danger.

Hérold – Qu'est-ce qui se passe ?

Je n'ai pas pris le temps de lui répondre que tout allait bien, trop occupée à récupérer mon portable.

Hérold – Nicolas ? Il y a un problème ?

Mon cousin, l'air inquiet, m'a tendu mon téléphone. J'ai tenté de prendre un air dégagé.

Justine – Merci Nico.

Et me tournant vers Hérold, j'ai prononcé avec un sourire de psychopathe :

Justine – Tout va bien ! Go back to the kitchen.

Le grand silence qui avait suivi mon hurlement s'est peu à peu dissipé et la vie de *L'entracte* a repris son cours. Seul mon cousin est resté bloqué sur la scène.

Il a attendu un petit moment avant de déclarer :

Nicolas – Si tous les médecins qu'on consulte sont dans le même état psychologique que toi, ce n'est pas rassurant. Si un jour je suis malade, je resterai chez moi.

Qu'aurait pensé Nicolas si je lui avais avoué que ce n'étaient pas mes études qui me mettaient dans cet état mais les yeux verts de Jules ?

Se serait-il dit : « Si toutes les filles qui fall in love sont dans cet état, la prochaine fois que j'ai une copine je reste chez moi » ?

Je l'ai embrassé tendrement sur la joue.

Justine – Désolée si j'ai un peu sur-réagi.

Nicolas – Sur-réagi ? Je pense que tu as complètement pété les plombs, ma vieille.

Justine – Fallait pas me piquer mon portable.

Nicolas – Tu avais peur que je le revende à la sauvette ou que je l'échange contre une barrette de shit ? C'est pas comme si j'étais ton cousin !

J'ai souri.

Justine – Tu me fais rire !

Nicolas – Ah oui ? Ah ben, pas toi ! Tu devrais arrêter le Coca et te mettre à la verveine.

Justine – Je te promets que, dans moins d'une semaine, je redeviens normale.

Nicolas – Pas de promesse intenable. Tu ne peux pas redevenir normale, dans la mesure où tu as toujours eu un petit pète au compteur.

Justine – C'est ma fête aujourd'hui !

Nicolas – Il faut bien que quelqu'un te dise la vérité. Ce n'est pas ta copine la super sorcière qui va s'en charger.

Justine – Tu critiques Léa ?

Nicolas – Jamais. Trop dangereux !

Justine – J'aime mieux ça !

Au prénom de Léa, mon cousin s'est mordu l'index replié comme lorsqu'il est ennuyé puis il m'a demandé :

Nicolas – Je peux te poser une question ?

J'ai vérifié mon portable avant de lui répondre :

Justine – Bien sûr.

Nicolas – Est-ce que Léa t'a déjà parlé d'un certain Jonas ?

Je me suis sentie rougir jusqu'à la racine des cheveux. Oui, elle m'en avait parlé une fois, dans l'avion pour Miami, vous vous souvenez ?

On était en train d'établir la liste des jolis moments que l'amour nous procure entre deux crises de larmes et le troisième joli moment d'amour de Léa avait été : « Je me souviens de la première fois que j'ai entendu la voix grave de Jonas. » Je lui avais immédiatement demandé qui était ce garçon et Léa avait été affreusement gênée par ma question. Il m'avait fallu quelques secondes pour comprendre que c'était un copain de fac et qu'a priori il faisait vibrer le cœur de ma meilleure amie. Je vous rappelle qu'à l'époque la relation Nicolas-Léa n'était pas au beau fixe.

Mais depuis le retour de Key West et la nouvelle vie de mon cousin, tout allait bien entre eux. Je ne comprenais donc pas pourquoi le prénom de ce garçon réapparaissait maintenant façon scandale politique.

Justine – Jonas, tu dis ?

Nicolas – Oui.

Avez-vous déjà entendu parler du dilemme cornélien ?

Non ? Le dilemme cornélien, c'est lorsque vous avez un choix à faire et qu'il est impossible parce que vous êtes perdant quelle que soit l'option choisie. Dans le cas présent : je mens à Nico pour sauver ma meilleure amie ou je trahis Léa pour rester fidèle à mon cousin.

Vous voyez le désastre ?

J'ai tenté la technique de « Je réponds à ta question par une autre question. » Essayez, si un jour vous êtes coincée c'est très efficace.

Justine – Pourquoi ? Quel est le problème ?

Nicolas – Je ne sais pas. Alors tu le connais ou pas ?

Rectification : répondre à une question par une autre question permet juste de gagner un peu de temps.

Justine – Pas perso, non.

Là aussi, petite technique intéressante pour éviter de dire la vérité. La réponse partielle. Elle ne vous engage pas totalement et vous évite le mensonge.

Pour ma Léa, la petite blague entre deux étudiants de fac de lettres !

Étudiant 1 : Entre Corneille et Racine, c'est un choix cornélien

Étudiant 2 : Tu vas choisir Corneille ?

Étudiant 1 : Non.

Étudiant 2 : Alors tu vas choisir Racine.

Étudiant 1 : Ni l'un ni l'autre, je vais choisir Shakespeare !

ECRIS-MOI

Quand on hésite vraiment entre deux êtres ou deux choses, en choisir un troisième est peut-être la solution...

En l'occurrence, il est vrai que je ne connais pas personnellement le sieur Jonas.

Nicolas – Je ne te demande pas si tu l'as pécho, je te demande si Léa t'a parlé de lui.

Justine – Pas de façon précise.

Nicolas – C'est-à-dire ?

Justine – Mais j'en sais rien, Nico. Léa me raconte parfois ce qui se passe à la fac et j'ai déjà entendu le prénom de Jonas comme celui de Jérémy, d'Oliver, ou de... ou... d'Hippolyte.

Ah non ! Hippolyte c'est un personnage de beau gosse dans une pièce de théâtre au programme de Léa. Il aime une fille qu'il n'a pas le droit d'aimer. N'allez y voir aucun lien avec la réalité.

Nicolas – Hippolyte ? Elle a un copain qui s'appelle comme ça ? Il devrait porter plainte contre ses parents. On dirait un nom de cheval.

Si j'avais su que les prénoms des personnages de vieilles pièces faisaient diversion, je les aurais tous appris par cœur. D'ailleurs, le fameux Hippolyte a un serviteur qui, lui aussi, a un patronyme bizarre. Comment s'appelle-t-il déjà ?

Térébenthine ? Terracotta ? Terre-Neuve ?

Justine – Théramène !

Nicolas – Quoi, Théramène ?

Justine – Non, rien. J'essayais de me souvenir du prénom du pote d'Hippolyte.

Nicolas – Il s'appelle Théramène? Pas étonnant qu'avec des prénoms pareils, ils aient atterri en fac de lettres. Donc Jonas, tu n'en as pas entendu plus parler que ça?

Justine – Non, pourquoi?

Là, c'est moi qui ai eu envie d'en savoir plus.

Justine – Si tu me poses la question, c'est qu'il y a un problème. Sinon, tu en aurais parlé à la principale intéressée.

Tandis que Nicolas se mordait la lèvre inférieure, j'ai jeté un rapide coup d'œil à mon portable.

Rien.

Jules et Elie n'étaient toujours pas dans le secteur.

Justine – Alors Nico, que se passe-t-il avec ce Jonas?

Nicolas – Tu es capable de garder un secret?

J'ai eu envie de lui répondre : « Un secret n'a d'intérêt que s'il est partagé à plusieurs » mais je me suis abstenue.

Justine – Oui!

Nicolas – Hier, j'avais besoin de chercher un truc sur le Net, l'ordi de Léa était à portée de main et je suis tombé sur un mail écrit par un certain Jonas.

Comme je regardais mon cousin d'un air suspicieux, il s'est aussitôt justifié.

Nicolas – Je te jure que je ne fouillais pas!

Justine – Je ne suis pas sûre de te croire mais bon... Et qu'y avait-il dans ce mail?

Nicolas – Jonas la remerciait pour « un moment délicieux passé ensemble ».

J'ai failli m'étrangler. Mais qu'est-ce que c'est que cette histoire de moment délicieux en tête-à-tête ? Léa ne m'en a jamais parlé. Quelle cachottière. Et moi qui lui raconte tout de ma vie !

En même temps, je n'ai pas besoin de l'informer dans la mesure où elle sait avant moi ce qui va m'arriver.

J'ai pris un air dégagé.

Justine – Il ne serait pas le premier à se faire un film parce qu'une fille a déjeuné à côté de lui au resto U.

Nicolas – Tu crois que c'est ça ?

Honnêtement ? Non.

Léa ne déjeune jamais au resto U, elle trouve que la nourriture est immonde. Donc j'ai un gros doute sur ce « moment délicieux ».

Il va falloir qu'elle me fournisse des explications.

À cet instant mon portable a sonné.

LÉA.

Son appel tombait à pic, il fallait qu'on parle !

Mais qu'est-ce que je raconte, moi ? Ce coup de téléphone est le signal pour passer à l'étape 6 de l'opération Yeux de jade.

J'ai cinq minutes chrono pour arriver et croiser Jules comme si de rien n'était.

J'ai remballé mes fiches à la vitesse de la lumière, enfilé ma veste et je me suis levée, prête à partir.

Nicolas – Mais qu'est-ce que tu fous ?

Justine – Je dois y aller.

Nicolas – Comme ça? Tu te casses au beau milieu de la conversation?

Justine – Je suis désolée. J'ai un truc à régler d'urgence.

Nicolas – Ah bon? T'es vraiment strange, toi, en ce moment.

J'ai décollé à la verticale façon hélicoptère transportant un blessé grave, sous le regard médusé de mon cousin.

Arrivée dans la rue, j'ai ralenti le pas. À cette allure-là, j'allais arriver avant moi-même! J'ai respiré profondément et j'ai compté mes pas pour m'obliger à ralentir.

Un.

Deux.

Trois.

Quatrecinqsixsepthuit. On se calme...

Neuf.

Dix.

Onze.

Douzetreizequatorzequinzeseizedix-sept.

Mon portable a sonné. J'ai voulu décrocher mais, dans ma précipitation, je l'avais rangé n'importe où. Le temps que je le retrouve coincé dans mon porte-vue, Léa avait raccroché. Je l'ai rappelée.

Elle était sur messagerie. Certainement en train de me laisser un message. J'ai rappelé en boucle tout en continuant à avancer. Elle a fini par décrocher.

Léa – Tu as écouté ta boîte vocale?

Justine – Non, pourquoi?

Léa – On a raté notre coup.

Justine – Comment ça ?

Léa – Jules est reparti.

Justine – Déjà ? C'est impossible !

Léa – Elie n'a pas rappelé Ingrid quand il était à cinq minutes de la maison.

Justine – Pourquoi ?

Léa – Il a voulu lui faire une surprise ! Pensant qu'elle allait vraiment sortir, il s'est précipité et a largué Jules en vol.

Justine – Oh non !!! Alors, c'est fichu.

Léa – Rien n'est jamais fichu ! On va trouver un autre moyen pour que tu le rencontres.

Justine – D'ici lundi ?

Léa n'a pas répondu immédiatement à ma question. Mauvais signe.

Justine – Alors ? Tu crois que je vais pouvoir régler ce problème de rencontre ratée d'ici mon concours ?

Léa – Non.

Justine – Pourquoi non ?

Ma meilleure amie a soupiré profondément comme pour aller chercher très loin la force de m'annoncer une mauvaise nouvelle.

Léa – A priori, Jules était pressé lui aussi. Il devait repartir pour le week-end. Il était attendu. Je suis désolée, Justine... C'est ma faute, je n'aurais pas dû t'embarquer dans cette histoire à deux jours de ton concours. J'étais persuadée que ça t'aiderait.

Je n'ai pas pu rassurer Léa et lui dire qu'elle n'était en rien coupable. La tension accumulée à cause du concours et de ma « re-rencontre » avec Jules a lâché d'un coup. J'ai explosé en sanglots.

Léa – Justine ? Tu pleures ?

J'ai reniflé façon CP à qui on a piqué ses Pépito à la sortie de la piscine.

Léa – Mais ce n'est pas grave ma Justine ! On va le retrouver ton beau Jules, il n'est pas perdu ! Justine ? Arrête de pleurer et parle-moi !

J'aurais bien voulu répondre à Léa mais c'était impossible. J'avais la sensation qu'un éléphant avait posé ses deux pattes avant sur ma poitrine et que j'étouffais. Je me suis assise sur le bord du trottoir entre deux voitures, les pieds dans le caniveau.

Mon cerveau paniqué m'a envoyé des dizaines d'images éparses, en rafale.

Je suis sur le voilier à Key West avec Thibault, une coupe de champagne à la main, il me chuchote qu'il m'aime. Je sens que cet instant magique est fragile et j'ai peur...

Je suis en primaire. J'ai très mal au ventre. La tête me tourne. J'ai la nausée.

Je lève la main pour le dire à la maîtresse mais trop tard, je vomis sur mon cahier de récitation.

J'ai peur...

Je rends ma copie d'anatomie et je réalise au moment même où je la tends au prof que je me suis complètement trompée et j'ai peur...

Je suis dans la chambre de Thomas, je ne sais pas où il est. Il a disparu. Je trouve une photo de moi sous son oreiller et j'ai peur...

Je suis amoureuse de Thibault, c'est au tout début de notre histoire et je crois qu'il entretient une relation avec Léa. Je suis folle de jalousie. Je les insulte tous les deux. Puis je réalise que j'ai déliré. Et j'ai peur...

J'en étais à : « Je suis dans le salon et j'attends mon père avec maman et Théo. C'est mon douzième anniversaire. Papa est allé faire le plein. Il a dit qu'il en avait pour cinq minutes et voilà une heure qu'il est parti. Maman l'appelle en boucle sur son portable, il ne répond pas. Elle est de plus en plus pâle mais elle sourit parce que c'est mon anniversaire. Son sourire est pire qu'un cri et j'ai peur... », lorsque j'ai senti une main sur mon épaule. J'ai sursauté. Léa, qui était venue à ma rencontre, s'est assise près de moi.

Léa – Tu es bien cachée, dis donc, j'ai failli ne pas te voir.

Comme ma mère, j'ai essayé de sourire au milieu de la tempête qui se déchaînait sous mon crâne. Léa m'a caressé le bras.

Léa – Ça va aller, Justine.

Les AMAZONES

Connaissez-vous les Amazones, ce peuple
de guerrières issu de la mythologie grecque,
qui a fait fantasmer beaucoup d'écrivains ?
La légende est en marche…

<u>Lieu :</u> selon la majorité des sources, elles auraient vécu
en Cappadoce, soit au centre de l'actuelle Turquie.

<u>Fonction :</u> elles combattent et gouvernent.

<u>Filiation :</u> seule la filiation par la mère est reconnue
par les Amazones.

<u>Signe particulier :</u> elles se coupent un sein pour tirer
à l'arc plus aisément.

<u>Rapports avec les hommes :</u> elles les astreignent
aux tâches domestiques.

<u>Rapports avec leurs propres enfants :</u> elles mutilent
leurs rejetons mâles pour les asservir et les rendre
inaptes au combat.

<u>Look :</u> elles portent des vêtements en peau de bête
sauvage (uniquement).

<u>Armes :</u> leur arme fétiche est l'arc de bronze,
elles se protègent avec un bouclier en forme
de demi-lune.

J'ai articulé un : « Léa, je n'arrive pas à respirer » qui compte tenu de mon souffle court s'est réduit à un borborygme façon héroïne tragique faisant ses derniers adieux. Léa ne s'en est pas inquiétée.

Du moins en apparence.

Léa – C'est parce que tu paniques. Lève-toi, on va marcher un peu, ça te fera du bien.

ठ

Effectivement, faire quelques pas sous le soleil avec ma meilleure amie m'a permis de me remettre de cette horrible crise d'angoisse.

Léa – Ça va mieux ?

Justine – Oui. Même si ma vie est une vraie VDM !

Léa – Je reconnais que t'es un peu de la lose aujourd'hui. On a ri toutes les deux.

Léa – Je suis désolée, Justine. Si tu savais comme je me sens coupable... J'ai dû me tromper en interprétant mon tirage. Pourtant je t'assure, je n'avais jamais vu un aussi beau jeu que le tien.

Justine – Ça confirme ce qu'on vient de dire. Je suis tellement de la lose que j'arrive même à planter un ciel astral sans nuage. Peut-être faut-il que je renonce à l'amour ?

Léa – Et tu ferais quoi de ta vie ?

J'ai réfléchi. Difficile d'imaginer une existence entière sans amour.

Justine – Je me consacrerai à mon métier. Remarque, je ne suis pas près d'en avoir un, je vais foirer ma médecine. Comme je deviendrai complètement dépressive, par la suite je raterai tout ce que je tente. Je finirai SDF.

Léa – Donc, si je récapitule : tu vas renoncer à l'amour, à la médecine, à une vie sociale. Heureusement qu'il te reste l'amitié !

Justine – Qui a envie d'être l'amie d'une loseuse ?

Léa – Moi ! Je t'aimerai quoi que tu fasses de ta vie ! Tu auras toujours un lit chez moi avec Michoko et Tagada à volonté.

Justine – Alors je deviendrai obèse et diabétique.

Léa – Pas de problème, je t'achèterai un lit king size et des litres d'insuline.

Justine – Tu es vraiment la BFF la plus merveilleuse du monde.

Léa – Toi aussi ma Justine !

Sur cette déclaration d'amitié, on a décidé de s'offrir des macarons à la framboise et au chocolat. En période troublée, il y a des valeurs sûres. Si l'amitié en est une, le macaron bien crémeux en est une autre.

Léa – On se les mange en solo et au soleil avant de rentrer fissa réviser.

Justine – Tu as raison.

Alors que nous dégustions nos gâteaux, assises sur un banc dans le parc, j'ai demandé à Léa :

Justine – Tu ne m'as jamais reparlé de Jonas...

La bouchée de macaron que Léa venait d'enfourner a eu du mal à passer. Elle m'a quand même répondu de façon assez maîtrisée :

Léa – Parce qu'il n'y avait rien à dire.

Justine – Ah oui ?

Léa – Absolument.

Justine – Mais tu le revois ?

Léa – Dans la mesure où nous sommes dans la même fac, je le vois souvent.

Justine – Et ?

Léa – Et quoi ?

Le « Et quoi ? » de Léa était bien trop rapide pour être honnête. Que me cachait-elle ?

Justine – Léa chérie ?

Léa – Oui...

Justine – Suis-je vraiment ta BFF ?

Léa – Sans aucun doute !

Justine – Une BFF est-elle la personne à qui on peut tout dire ?

Léa – Oui !

Justine – M'as-tu tout dit de ta relation avec Jonas ?

Léa a réfléchi puis elle m'a chuchoté en souriant :

Léa – Une BFF est une personne à qui on PEUT tout dire, pas une personne à qui on DOIT tout dire. Tu perçois le distinguo ?

Justine – Parfaitement. Dois-je en déduire que tu me caches quelque chose d'inavouable ?

Léa – Inavouable ? Non. Que j'ai envie de garder pour moi, oui.

Justine – Cela remet-il en question ta relation avec Nico ?

Léa – Ma relation avec Nicolas n'a pas besoin de Jonas pour être remise en question.

Justine – C'est-à-dire ?

Ma meilleure amie a ouvert la bouche pour répondre et puis elle s'est ravisée.

Léa – Je préférerais qu'on en parle plus tard.

Justine – Quand ?

Léa – Quand ce sera le moment !

Justine – OK. Mais tu sais que Nicolas est très amoureux de toi ?

Léa – Oui. Ça ne l'empêche pas de faire des choix d'avenir qui ne tiennent pas compte du mien.

Justine – De quoi tu parles ?

Encore une fois, Léa a semblé prête à se confier mais elle s'est ravisée.

Léa – Justine, tu me fais confiance ?

Justine – Oui.

Léa – Alors ne pose plus de questions sur ma relation avec Jonas ou avec Nicolas. On en discutera plus tard.

Justine – Si tu veux.

Léa – En revanche, j'aimerais bien savoir pourquoi tu t'intéresses à Jonas.

Et voilà le dilemme cornélien de nouveau à l'œuvre !

On ne devrait jamais laisser sa meilleure amie sortir avec un membre de sa famille. C'est la certitude de se retrouver pris au piège à un moment ou à un autre.

Justine – Disons que tu ne devrais pas laisser traîner tes échanges de mails avec Jonas.

Léa – Tu en as lu un ?

Justine – Pas moi.

Léa a eu l'extrême délicatesse de ne pas me questionner davantage sur mes sources. Elle a dodeliné de la tête, l'air ennuyée, puis elle m'a souri.

Léa – Allez, on rentre réviser. À toi, il ne reste que deux jours et à moi dix !

Justine – On partage le dernier macaron au chocolat avant ?

Léa – Yes !

J'ai séparé en deux parts égales la pâtisserie et on a trinqué comme si c'était deux coupes de champagne.

Léa – À notre amitié indéfectible !

Justine – Je ne sais pas ce que signifie « indéfectible » mais si ça veut dire qu'on sera toujours là l'une pour l'autre, alors je trinque « à notre amitié indéfectible ! ».

Après m'être essuyé la bouche (pour effacer les preuves de notre escapade gourmande) et les yeux (pour supprimer les strates de mascara qui avaient coulé lors de ma crise de pleurs), nous avons pris le chemin du retour. Il faisait un temps splendide et il fallait vraiment être ultra raisonnable pour hypothéquer une si jolie journée !

Alors que nous arrivions devant la maison rose, une vieille 106 blanche s'est arrêtée face à notre grille. Je n'avais pas mes lunettes et je suis incapable de faire la différence entre une Renault et une Peugeot mais j'ai tout de suite identifié le véhicule. Le conducteur a mis ses warnings et est descendu à la hâte.

J'ai croisé son regard et, comme la première fois, j'ai été saisie par ses yeux vert émeraude avec des étoiles filantes dedans, ses cheveux noir ébène avec quelques fils d'argent, sa peau mate et sa voix grave, légèrement voilée.

Oui bon, d'accord, à ce moment-là il ne m'avait pas encore adressé la parole mais quand même, j'ai été saisie.

J'ai eu la sensation qu'une bande son avec des violons et des oiseaux qui chantent résonnait dans la rue, qu'une odeur de fleurs emplissait ma narine, que le monde autour de moi tournait ! Et puis... J'ai ressenti une très forte douleur dans le bras gauche.

J'ai d'abord cru que c'était le signe d'un infarctus du myocarde avant de réaliser que Léa me pinçait le bras. Elle m'a chuchoté, les dents serrées :

Léa – Je ne sais pas pour quelle raison il est revenu mais il est là. Fonce ! Justine, ne me regarde pas comme une gourde, vas-y.

Là ? Maintenant ? Tout de suite ? Je ne peux pas attendre une autre fois ? Je ne me sens pas complètement prête.

Léa – Go !!!

Certes, j'avais peur mais la vie me donnait une seconde chance et je devais la saisir. J'ai respiré un grand coup, je me suis avancée vers Jules, l'air faussement confiante, et je lui ai demandé :

Justine – Hello Jules, tu as oublié quelque chose ? Je peux t'aider ?

On se dit :
"Rendez-vous
dans un an ! "

Nicolas – C'est super bizarre de te voir vissée devant la télé...

Justine – Il faut que tu t'habitues parce que j'ai l'intention de la regarder non-stop durant les trois mois à venir.

Nicolas – On va finir par regretter le temps où tu révisais ton concours ! On avait une paix royale quand tu bossais dans ta chambre là-haut.

Justine – Vraiment ?

Nicolas – Mais non, je plaisante.

Justine – J'ai eu peur !

Nicolas a laissé passer un moment puis il a fini par ajouter, comme pour lui-même :

Nicolas – Enfin, il faut avouer qu'une meuf de moins dans l'appart, c'était déjà ça...

Sympa.

J'ai haussé les épaules et j'ai continué à regarder mon épisode de *How to Get Away with Murder*. Léa adore cette série et n'en loupe jamais un épisode. Je m'étais juré qu'aussitôt ma dernière épreuve passée, je me jetterais sur le canapé pour la regarder. Donc, depuis jeudi, je me délectais à voir cette célèbre avocate martyriser ses pauvres étudiants en droit.

Léa – Tu es encore là, Justine?

Mais qu'est-ce qu'ils ont tous à me faire cette remarque?

Justine – Yes!

Léa – Finalement, on dîne à...

Justine – Attends deux secondes!

J'ai mis ma série sur pause.

Rebecca, la voisine de Wes, avait un comportement de plus en plus louche et sa culpabilité ne semblait faire aucun doute. Évidemment, avec ses allures de sainte-nitouche, elle était en train de séduire ce pauvre garçon sans défense.

Je ne voudrais pas paraître désagréable mais il n'y a que dans les films que les filles manipulent comme elles veulent leur petit ami. Dans la vraie vie, c'est beaucoup plus difficile.

Justine – Oui, excuse-moi. Qu'est-ce que tu voulais me dire?

Léa – On dîne à *L'entracte* ce soir. Nicolas et Hérold s'occupent du repas.

Justine – OK!

Ma meilleure amie est repartie aussitôt travailler. Ses examens commençaient lundi et duraient toute la semaine. Idem pour Ingrid et Jim. Autant dire que l'ambiance à la maison rose était studieuse. Sauf pour moi!

J'ai remis *How to Get Away with Murder*. La sainte-nitouche qui avait une coupure d'eau dans son appart était allée se doucher chez Wes – vous allez vous doucher chez votre voisin, vous, quand il y a une coupure d'eau? – et sortait de la salle de bains avec une mini serviette censée cacher son anatomie. En réalité, la serviette soulignait surtout les endroits à regarder. Évidemment, Wes avait les yeux qui lui sortaient de la tête. Rebecca passait devant lui lentement (histoire qu'il ne loupe aucun détail) mais avec une mine renfrognée (afin qu'il comprenne qu'il ne fallait pas se méprendre sur le fait qu'elle était à moitié nue dans sa chambre).

Quelle manipulatrice...

– Attention, tu vas faire une overdose de télé !

Au tour d'Ingrid maintenant qui, passant devant moi, y allait de sa petite remarque sur ma consommation addictive de séries.

Justine – Je suis en manque depuis des mois, j'ai bien le droit, non ?

Ingrid – Léa t'a dit qu'on dînait à *L'entracte* ?

J'ai remis sur pause. Ils ont décidé de gâcher ma vie de fille-légère-qui-a-fini-ses-concours-alors-qu'elle-bosse-depuis-des-mois-comme-une-bagnarde-et-qui-ne-veut-pas-parler-de-son-concours-parce-que ça-l'angoisse* ?

* Petite note générale : *Je suis désolée mais j'ai demandé expressément au voisin écrivain de ne pas écrire un flash-back « concours ». Je ne vois pas qui ça pourrait intéresser de me voir, blanche et tremblante, attendre dans un amphi bondé que les appariteurs veuillent bien distribuer les sujets. Quel lecteur aurait envie de vivre, même par procuration, ce moment atroce où je prends mon sujet en main et où, lisant en diagonale les premiers QCM, je ne me souviens plus d'un* traître mot de mon cours ? *Qui serait assez sadique pour assister au spectacle d'une fille hébétée qui jette un œil sur ses voisins pour voir s'ils sont dans le même état qu'elle et qui constate qu'ils répondent sans l'ombre d'une hésitation, le sourire aux lèvres façon winner ?*

Quelle lectrice fan de Ma vie selon Moi *aurait le cœur à voir l'héroïne de la série, déjà mise à mal sur le plan affectif, mourir de peur lors du concours du second semestre ?*

Moi je n'en connais aucune...

* Petite note pour les lectrices fans de *Ma vie selon Moi**
Pourriez-vous, par mail ou par voie postale, soutenir ma demande ? Je crains que cette scène apparaisse sous la forme d'un bonus ou autre. Pour que ça ne vous prenne pas trop de temps, vous pouvez effectuer un copier-coller de cette phrase :
« Moi, ... *(écrivez votre nom et votre prénom),* demande que la scène du concours de Justine ne figure pas dans ce tome de *Ma vie selon Moi.* L'héroïne a déjà été placée dans des situations difficiles ces derniers temps et mérite qu'on la voie s'amuser un peu. »

Justine – Oui, Léa m'a prévenue que nous dînions à L'entracte, merci.

Ingrid – À 20 heures précises. On mange en trente minutes chrono, je ne peux pas perdre plus de temps, je dois réviser.

Attends, ce n'est pas à moi qu'elle va apprendre ce qu'est une vie passée le nez dans les livres ?

Et tandis qu'Ingrid se dirigeait vers la cuisine pour poser sa tasse de thé vert, elle a ajouté négligemment :

Ingrid – Au fait, Jules sera là.

Mon cœur a fait bang bang.

L'expression bang bang ne traduit pas la réalité.

Je reprends : mon cœur a fait une chute de 36 000 mètres puis, après avoir touché le fond, a amorcé un décollage en flèche en direction de la lune.

Justine – Jules sera là ?

Oui, je sais. Cette réplique-là non plus ne restera pas dans le top ten des répliques intelligentes mais la nouvelle m'a prise complètement au dépourvu. Admettez que cette annonce aurait mérité un minimum de préparation psychologique. Je vous rappelle que depuis une semaine, jour pour jour, je n'ai eu aucune nouvelle du garçon.

Même si notre dernière entrevue s'est très bien passée et que j'ai réussi à rattraper la mauvaise impression causée par « la psychopathe muette en jogging », j'ai encore du travail avant que le beau Jules soit my lover officiel *.

* **Grosse note pour le voisin écrivain :** *Là, en revanche, j'insiste pour que soit écrit le flash-back de ma RE-rencontre avec Jules. J'y suis vraiment à mon avantage et sans forfanterie aucune, je crois que je pourrais servir de modèle à mes lectrices si elles se trouvaient un jour dans une situation similaire. Si on pouvait caser cette scène avant la narration du dîner à L'entracte, ce serait parfait.*

* Grosse note pour les lectrices de *Ma vie selon Moi* : *Je ne voudrais pas abuser de votre gentillesse mais, là aussi, j'aimerais que vous vous manifestiez. Je vous propose le modèle de courrier suivant :*

« Moi, ... (*vous écrivez ici votre nom et votre prénom*) souhaite que la scène de RE-rencontre avec le grand brun aux yeux vert émeraude avec des étoiles filantes dedans, les cheveux noir ébène avec quelques fils argent, la peau mate et la voix grave légèrement voilée, soit décrite par le menu. Moi lectrice, j'aimerais en effet savoir comment Justine réussit à séduire avec classe le beau Jules (sans avoir besoin de sortir à moitié nue de sa douche parce qu'il y a une pseudo coupure d'eau à la maison rose). Si cette scène pouvait figurer avant la scène du dîner à *L'entracte*, cela me permettrait d'anticiper positivement ce repas, de tirer un trait définitif sur ses amoureux précédents : Jim-Thibault-Thomas et d'enfin imaginer une vraie belle histoire d'amour pour mon personnage favori. »

Ingrid – Ouais, Jules sera là. Elie devait aller chez lui ce soir mais comme je ne voulais pas rester seule, il lui a proposé de nous rejoindre à *L'entracte*.

Justine – Et il vient accompagné ?

Ingrid – Oui.

Mon cœur, qui après son ascension fulgurante était arrivé aux confins de la stratosphère, a plongé d'un coup en direction du fin fond des océans.

Je suis restée un long moment à fixer l'écran de la télé. Rebecca était toujours à moitié nue dans la chambre de Wes. Depuis le temps, elle avait dû attraper une pneumopathie avec épanchement pleural. Une bonne dose de pénicilline en intraveineuse lui sauverait la vie mais quand même, c'est idiot de traîner en petite tenue les cheveux mouillés.

Il m'a fallu quelques secondes pour arriver à prononcer LA question qui tue :

Justine – Mais avec qui vient-il ? Sa copine ? Il a une copine ?

Seulement, le temps que j'arrive à balbutier ces quelques mots, Ingrid était déjà repartie. J'ai donc bondi du canapé pour la rattraper. Je l'ai quasi percutée dans le couloir tellement j'allais vite.

Justine – Attends...

Ingrid – Mais tu es folle ? Tu m'as fait peur.

Justine – Désolée. Je voulais te demander un truc.

Ingrid – Quoi ?

Justine – Avec qui Jules vient-il ce soir ?????

Ingrid – Un copain du Parkour. Mais ce n'est pas sûr encore, le pote doit confirmer.

J'ai failli embrasser Ingrid pour la remercier de cette réponse merveilleuse mais je me suis retenue.

Depuis l'épisode 6 de *How to Get Away with Murder*, j'avais décidé d'être une fille mature qui contrôle ses émotions. Ne riez pas... Ma cool attitude lors de ma RE-rencontre avec Jules ne vous a-t-elle pas convaincus que j'en étais capable ?

Ah mais c'est vrai, je ne vous l'ai pas encore racontée...

Note très discrète pour les lectrices de *Ma vie selon Moi* : Vous remarquez que j'insiste pour que le voisin écrivain vous narre la fameuse scène de RE-rencontre mais il n'a pas l'air de se décider. Je me demande si je ne vais pas m'en charger moi-même. C'est pénible d'avoir à quémander tout le temps.

Justine – Et tu le connais, toi, ce copain avec lequel il va venir ?

Ingrid – Non. C'est bon, je peux y aller ?

Justine – Bien sûr.

Ingrid – Alors si tu pouvais arrêter d'enfoncer tes ongles dans mon bras droit et me lâcher, ce serait sympa.

J'ai désincrusté mes ongles de l'avant-bras d'Ingrid.

Justine – Ah, désolée. Je ne me rendais pas compte.

La peste a haussé les épaules et, reprenant son chemin vers sa chambre, elle a marmonné :

Ingrid – Sa chère BFF ferait mieux de lui donner des cours de yoga pour lui apprendre à se calmer au lieu de lui conseiller des séries américaines angoissantes.

Sans commentaire.

C'est bon, je commence tout juste à devenir une fille total control, on peut m'accorder quelques dérapages sans aussitôt m'envoyer en thérapie.

De toute façon, ce n'était pas le plus important. Il était 16 heures, Jules nous rejoignait à *L'entracte* à 20 heures, il me restait cinq heures pour être la fille la plus sexy du monde, la plus cool du monde, la plus drôle du monde.

Choisissez LE lieu : à l'extérieur, à l'intérieur, où vous voulez... mais de manière à **être cool** au moins la première heure.

Soyez **vous-même !**
Ce n'est pas le jour pour essayer le make up de Beyoncé et la tenue des sœurs Kardashian...

Respirez !!! Même si votre cœur s'emballe, que vos genoux s'entrechoquent, gardez le cap. **Détendez-vous,** n'oubliez pas de sourire, no poker face...

Profitez du moment !
Vous débrieferez avec votre BFF et vous ajouterez « en couple » sur votre page FB plus tard. **Là, c'est Lui + vous et c'est tout !!!**

C'est ridicule cette histoire d'être la plus « quelque chose »
du monde. Pourquoi devrait-on toujours être en concurrence
avec les autres filles ? Donc je reprends :

De toute façon, ce n'était pas le plus important. Il était
16 heures, Jules nous rejoignait à L'entracte à 20 heures, il me
restait cinq heures pour être une fille ~~la plus~~ sexy ~~du monde,
la plus~~ cool ~~du monde, la plus~~ drôle ~~du monde~~.

Je suis désolée de m'interrompre moi-même à nouveau
mais cette façon de vouloir apparaître autre que ce que l'on
est pour plaire aux garçons est également ridicule. Dans
une histoire d'amour il faut être soi et seulement soi. Je
reprends :

De toute façon, ce n'était pas le plus important. Il était
16 heures, Jules nous rejoignait à L'entracte à 20 heures, il
me restait cinq heures pour être une fille ~~la plus séduisante
du monde, la plus cool du monde, la plus drôle du monde~~.

En même temps, je n'ai pas besoin de cinq heures pour
être une fille, c'est déjà le cas. Donc, qu'est-ce que je suis
censée faire durant tout ce temps ?

Je ne pouvais pas en parler avec Léa, elle révisait et il n'était
pas question de la déranger avec mes histoires. C'est horrible, j'étais désespérément seule avec cette nouvelle chance
et je n'avais personne pour en parler.

À cet instant, ma BFF a crié depuis sa chambre :

Léa – OK, viens, Justine, mais seulement cinq minutes,
j'ai du boulot.

Il nous a fallu moins de deux minutes pour décider du plan
PAS DE PLAN.

Justine – Tu es sûre que la meilleure chose à faire est de ne
rien faire?

Léa – Oui! Et toi, en es-tu intimement convaincue?

Justine – Ben oui. Laissons les choses se réaliser sans rien
forcer. Je peux quand même me laver les cheveux et mettre
un peu de mascara?

Léa – Ça me semble raisonnable. Pas de plan ne signifie
pas fille négligée.

Justine – J'enfile un jean propre et mon tee-shirt indigo
avec l'encolure danseuse?

Léa – Évidemment! Tu ne voudrais pas passer pour une
pauvre fille sans allure.

Justine – Avec mes spartiates camel?

Léa – Cela va sans dire. Tu ne vas pas vivre une existence
entière avec tes Converse aux pieds.

Justine – Et tu me prêterais ton sac camel pour mettre mon
portable et mes clefs?

Léa – J'allais te le proposer.

Justine – Sinon, je voulais te demander, tu as encore les
échantillons de peeling et de masque qu'ils t'ont donné chez
Sephora?

Léa – Yes!

Justine – Il y a longtemps que je n'ai pas fait un bon nettoyage de peau.

Léa – Alors il en faut un avant ce soir ! Une peau jeune est si vite étouffée par la pollution et le stress.

J'ai éclaté de rire. N'importe quoi, l'argument de la peau étouffée avant le soir ! Léa est restée hyper sérieuse.

Léa – Et niveau épilation, tu en es où ? Je te rappelle que ton tee-shirt indigo est sans manche.

Justine – Il faudrait que je refasse une ou deux bandes de cire froide pour que ce soit parfait. Mais je crois que je n'en ai plus.

Léa – Moi non plus. Va en piquer à Ingrid. Elle en a des tonnes dans l'armoire de la salle de bains et comme elle est poilue comme un œuf, ça ne lui manquera pas.

Justine – OK ! C'est tout ?

Léa a réfléchi quelques secondes puis, avec toujours autant de sérieux, elle a ajouté :

Léa – Si tu dois t'épiler les aisselles, profites-en pour t'épiler aussi les jambes et le maillot.

Justine – Tu crois ?

Léa – Oui, c'est beaucoup mieux pour la repousse.

J'ai souri. L'argument « repousse » était vraiment tiré par les cheveux pour rester dans le domaine des phanères !

Léa – Et n'oublie pas après d'utiliser ma merveilleuse huile à l'amande douce.

Justine – Celle qui fait une peau de soie ?

Léa – Oui mais là, le but serait surtout de combattre les rougeurs dues à l'épilation.

Justine – Bien sûr.

Léa – Je crois que c'est tout. Donc, si je récapitule : pas de plan pour ta RE-RE-rencontre avec Jules. Nul besoin de te préparer comme si tu devais passer un entretien d'embauche.

Justine – Parce que les gens s'épilent et se font des masques avant un entretien d'embauche ?

Léa – Absolument, tous les employeurs te le diront. Un candidat épilé et sans points noirs fait meilleure impression qu'un candidat velu à la peau grasse.

Si Léa parvenait à donner, sans rire, de fausses raisons pour justifier peeling, masque et épilation, son dernier argument a eu raison de son sérieux.

Elle a fini par sourire.

Justine – Tu sais quoi ? Tu es la fille la plus embrouilleuse que je connaisse. Tu vendrais un congélateur à des Inuits !

Léa – Je ne saisis pas le sens de ta remarque. Donc je continue : pas de plan pour ta RE-RE-rencontre avec Jules mais avant 20 heures ce soir tu dois avoir fait peeling, masque, épilation, huile sur tout le corps, brushing, maquillage léger, petite touche de parfum et...

S'interrompant brutalement, elle a ajouté :

Léa – Si tu mets tes spartiates, n'oublie pas le vernis sur les ongles de pieds.

Justine – Je n'aime pas.

Léa – Au moins du transparent, Justine.

Justine – OK.

Léa – Bien, j'ai du travail et toi aussi. Donc, top départ et rendez-vous ici même à 19 h 50 pour un checking « allure générale ».

ठ

Les quatre heures suivantes ont à peine été suffisantes pour assurer mon programme « pas de plan ». Lorsque à 19 h 50 je suis entrée dans la chambre, Léa a applaudi.

Léa – Alors là, bravo. On ne voit absolument pas les efforts déployés cet après-midi. L'effet est complètement naturel.

Justine – Tu veux dire que j'ai l'air de sortir de mon lit ?

Léa – Pas du tout. Tu as l'air de la fille qui n'a besoin de rien pour être belle. Pas comme ces poupées de la téléréalité maquillées comme des voitures volées. Allez, assez discuté, on y va ?

Justine – On y va !!!

ठ

L'ambiance à *L'entracte* était plutôt calme. Hérold était en cuisine, Nicolas et Elie dressaient la table en silence et Jim, près du vieux juke-box, révisait. On avait la sensation que les préoccupations estudiantines de la maison rose avaient envahi notre café préféré.

Léa – Eh ben, il y a une ambiance de folie ici.

Nicolas – On vous attendait pour ça, les meufs.

Justine – Jules n'est pas encore arrivé ?

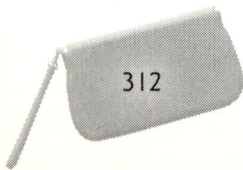

Léa m'a donné un coup de coude léger et m'a chuchoté :

Léa – Calme. Tu es une fille naturelle et cool.

Ah oui, c'est vrai.

Justine – Comment j'ai kiffé ma life devant ma série, aujourd'hui !

Léa (très bas) – N'en rajoute pas non plus, ça sonne faux !

Bon ben, je dis plus rien pendant au moins trois minutes. Top chrono !

♉

J'ai rejoint Jim au fond de *L'entracte* tandis que Léa, lovée dans les bras de Nicolas, lui parlait à l'oreille.

En fait, Jim ne révisait pas. Certes, il avait son livre de droit constitutionnel ouvert sur les genoux mais à l'intérieur se trouvait son portable. Et c'étaient des SMS qu'il lisait avec tant de sérieux. Envoyés par qui ?

Il a fermé son livre avec précipitation quand je me suis assise près de lui. Ça m'a fait bizarre qu'il me cache quelque chose.

Même si je ne connaissais pas l'expéditeur des missives, il y avait fort à parier que c'était une expéditrice.

Justine – Tu es prêt pour tes exams ?

Jim – Pas tout à fait.

Justine – Tu veux que je t'interroge ?

Le portable de Jim a vibré dans son livre fermé. Il a amorcé un geste pour le prendre puis il s'est ravisé. J'ai compris que ma présence le gênait.

Justine – Tu veux que je te laisse?

Jim – Mais non, pourquoi?

On est restés un petit moment à se regarder, l'air un peu bêtes. Le portable a vibré une seconde fois pour signaler qu'un SMS était arrivé et qu'il n'avait toujours pas été lu.

Pour éviter que cette situation gênante perdure, je me suis levée, l'air de rien.

Justine – Je te laisse réviser tranquille. On va bientôt dîner.

Jim – D'accord.

Le soulagement avec lequel Jim m'a laissée m'éloigner m'a attristée. Je suis allée m'asseoir à table. Même sans mes lunettes, je l'ai vu sourire en lisant le dernier message de l'inconnue. J'ai détourné la tête et j'ai trouvé Elie planté devant moi.

Elie – Ça va Justine? Tu as l'air fâchée. Something's wrong?

Justine – Non. Everything's all right.

Elie – Tant mieux. What would you care to drink?

Justine – A Coke.

Elie – Light?

Justine – Of course.

ठ

Il n'a pas fallu plus de dix minutes pour que tout le monde soit là. Même Jules. J'ai assuré à mort lorsqu'il est arrivé et personne n'a pu mesurer qu'il me faisait autant d'effet.

Note du voisin écrivain : Afin que tout le monde ait conscience que je veille à la crédibilité de mon héroïne et que je ne cherche pas à en faire un personnage caricatural (la fille gaffeuse qui s'y prend mal avec les garçons), je choisis de ne pas raconter la scène de Jules arrivant à *L'entracte,* et je laisse les lectrices croire la version de Justine. Dans la réalité, les choses ont été beaucoup plus « colorées » : Coca light renversé sur la table, joues rouges, difficultés à prononcer le prénom du garçon (Jules est devenu Bulle), ricanements intempestifs...

Nicolas a battu le rappel pour qu'on vienne s'asseoir à table.

Nicolas – Bon, je sers tout en même temps, comme ça ceux qui veulent réviser pourront s'éclipser rapidement. Au menu : tomates mozzarella, pâtes bolognaise avec parmesan râpé by myself et pommes au four à la cannelle avec une boule de glace vanille en dessert.

On a tous applaudi à l'annonce de ce menu italien. Tous ? Non. L'irréductible Ingrid a demandé si elle pouvait avoir des tomates sans mozzarella, des pâtes sans sauce et des pommes au four sans sucre et sans glace. Mon cousin a moyennement apprécié l'intervention.

Nicolas – Bien sûr. Je peux même te proposer mieux. Tomates mozzarella sans tomates et sans mozzarella, des pâtes bolognaise sans pâtes et sans sauce et, pour finir, un dessert zéro calorie : juste le four.

Ingrid – T'es pas drôle.

Nicolas – Toi non plus. Franchement, je ne sais pas comment fait ton mec pour supporter une fille qui chipote à ce point avec la bouffe. Moi je ne pourrais pas...

Elie n'a pas eu le temps de défendre sa belle, Léa a réagi aussitôt :

Léa – Et moi, tu me supportes parce que je suis une grosse gloutonne ?

Parfois dans la vie, quand on veut justifier une phrase maladroite, on ferait mieux de se taire.

Nicolas – Mais non, je n'ai jamais dit ça. Disons que tu manges bien ! Et que tu n'es pas la dernière à te jeter sur les macarons à la framboise, les tartines de Nutella et les pizzas !

Léa – Je te remercie. Voilà une image de moi hyper délicate.

Hérold, qui revenait de la cuisine, a tendu la corbeille de pain à Léa. Elle a plutôt mal interprété son geste.

Léa – Pourquoi tu me donnes le pain ? Je n'en veux pas.

Hérold – Je ne te le donne pas à toi, je te le tends pour que tu le poses sur la table.

Léa – Ah pardon. Désolée Hérold, tu es tombé au mauvais moment.

Hérold – Ce n'est pas grave. On dîne ?

Jules, qui avait très peu parlé depuis son arrivée malgré mes efforts, a dit au propriétaire des lieux :

Jules – Merci pour l'invitation, je suis content de partager ce repas avec vous tous.

Hérold – Tu es le bienvenu dans mon humble café. Pour ce qui est du repas, il faut remercier Nicolas. Il s'est chargé des courses et de la cuisine.

Jules – Merci Nicolas, alors.

Nicolas – You're welcome ! Les amis de mes amis sont mes amis.

Si Jules et moi devenons officiellement in love, je doute que Nicolas continue à être aussi accueillant.

Nicolas – Allez, finis les salamalecs, on mange ! Eh Jim, tu fermes ton livre, s'te plaît ? Tu peux interrompre tes révisions le temps du dîner, non ?

Jim – Deux secondes, j'arrive.

Inutile de m'approcher plus près pour deviner les pouces de Jim tapant sur le clavier de son Smartphone.

ठ

– Je te sers de l'eau ?

J'ai sursauté. À force de fixer Jim, j'avais oublié que Jules était assis près de moi.

Justine – Pardon ?

Jules – Excuse-moi, je t'ai fait peur ?

Justine – Oui... Non...

Jules m'a souri.

Jules – « Oui pour le pain » et « non pour la peur » ou « oui et non pour la peur » ?

Je ne comprends rien à ce qu'il dit. Il faut qu'il arrête de me regarder de ses yeux vert amande avec des étoiles filantes dedans, ça m'embrouille les neurones.

Léa, qui était pile en face de moi, m'a donné un léger coup de pied dans le genou qui m'a aussitôt débuggée. J'ai répliqué :

Justine – Non, tu ne me fais pas peur. Bien au contraire.

Re-coup dans le genou. Je crois que j'ai été trop débuggée.

Jules – Alors tout va bien ! Comment s'est passé ton concours ?

Justine – Moyen, je crois. En même temps, c'est un concours, il suffit que les autres aient été plus nuls que moi.

Jules – Parfait. Il te reste juste à attendre les résultats le plus sereinement possible.

J'ai bien une idée pour attendre mes résultats dans des conditions optimales. Je lui propose ou pas ?

Re-re-coup dans le genou. OK Léa, je ne propose pas.

J'aimerais toutefois qu'il le comprenne sans que j'aie besoin de prendre une douche dans la salle de bains d'Hérold et de ressortir en serviette avec un air de sainte-nitouche. Heureusement, à ce moment-là, Elie a fait diversion. Regardant son portable qui sonnait comme si le diable en personne l'appelait, il a hurlé :

Elie – Oh my God ! It's David Belle !

Nicolas – Eh ben réponds.

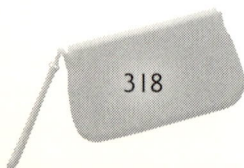

Elie s'est levé et s'est éloigné pour répondre. Jules s'est penché pour me chuchoter à l'oreille :

Jules –

Si vous ne voyez aucun mot écrit face au prénom de Jules, c'est tout à fait normal. N'allez pas vous plaindre à votre libraire en disant qu'il y a eu un problème à l'impression. Le souffle chaud de Jules dans mon cou m'a complètement anesthésiée. Je n'ai donc rien entendu.

Pour combler le blanc, je peux proposer quelques phrases susceptibles d'avoir été prononcées :

Option 1 : *Jules* – Tu es vraiment jolie, tu sais. Ce bleu indigo te va à ravir.

Option 2 : *Jules* – Tes cheveux sentent divinement bon.

Option 3 : *Jules* – Je suis heureux d'être là avec toi. Je voudrais que cette soirée ne finisse jamais.

Justine – Moi non plus.
Jules – Quoi, moi non plus ?
Bon, vous pouvez rayer l'option 3, visiblement ce n'est pas la bonne.
Justine – Excuse-moi, je n'ai pas entendu ce que tu as dit.
Jules – Je te disais que si David Belle appelle c'est que ça doit être important.
Justine – Ah oui, d'accord.

Je crois que je me suis emballée un peu vite pour ce garçon, je ne dois pas être son genre. Il vaut mieux que j'arrête de fantasmer. Après tout, je peux rester célibataire encore dix ou quinze ans. Au point où j'en suis !

On a écouté dans un silence religieux les réponses d'Elie pour tenter de comprendre ce que lui voulait le maître du Parkour.

Elie – Yes... Yes... Yes... OK...

Alors là, difficile d'imaginer quoi que ce soit.

Elie – Why not... Yes... OK...

Là aussi.

Elie – Yes !!! Thank you so much !!! Oh my God, it's a dream come true !

Ah là, ça se précise. On peut déjà en déduire qu'il lui propose quelque chose de merveilleux dont Elie rêve depuis longtemps. Peut-être la possibilité de le filmer quelques secondes ? Si ça pouvait se faire avant fin juillet, date du retour d'Elie aux States, ça serait formidable...

Elie – Thanks... Thanks a lot... Thanks David... What a gift... OK... OK... Bye... Thanks... Thanks... Bye... Bye...

À peine a-t-il raccroché qu'Ingrid a hurlé :

Ingrid – Qu'est-ce qu'il te voulait ?

Elie n'a pas immédiatement réagi. Il fixait son portable, totalement sidéré.

Nicolas – Oh, mec ! Tu la craches ton info ?

On a tous tapé sur la table en hurlant :

Tous ensemble – L'info ! L'info ! L'info !

Enfin, pas vraiment tous. Jim, trop occupé à répondre à l'inconnue, pianotait sur son portable. Je ne me souvenais pas l'avoir vu aussi épanoui depuis longtemps.

Elie s'est retourné vers nous, extatique.

Elie – David demande à moi de suivre lui during six months, with my camera, in most European capitals.

Ingrid a crié :

Ingrid – Génial ! Alors, tu ne repars pas aux États-Unis ?

Elie – No !!! I stay pour filmer David...

Ingrid – Top ! Je vais proposer ton projet comme sujet pour mon mémoire de deuxième année. J'aurai ainsi une raison officielle de te rejoindre souvent !

Elie – Cool !

On s'est tous levés (sauf Jim toujours hors zone) pour féliciter notre ami. C'était incroyable, il avait réussi en quelques mois seulement à obtenir exactement ce qu'il désirait.

Il a été très touché par notre enthousiasme.

Elie – Thank you my friends. C'est grâce à vous aussi.

Hérold est allé chercher deux bouteilles de champagne derrière son bar et, cinq minutes plus tard, nous avons levé nos coupes.

Tous ensemble (avec Jim cette fois-ci qui avait lâché son portable) – À Elie ! Santé !

Léa a proposé :

Léa – À nos projets ! Qu'ils nous emmènent à l'autre bout du monde s'il le faut, mais que nos cœurs restent toujours collés serrés.

À la vôtre !

Savez-vous pourquoi, lorsque l'on trinque, on entrechoque son verre à celui de son invité en le regardant dans les yeux ?

Cette tradition est issue du Moyen Âge ou, plus exactement, d'un comportement hérité du Moyen Âge ! À l'époque, les gens craignaient d'être empoisonnés lors de banquets ou de cérémonies. Afin de se prouver mutuellement leurs bonnes intentions, ils prirent l'habitude de verser dans leurs verres de métal une grande quantité de liquide et de les cogner. Ainsi, un peu du contenu de chaque verre se retrouvait dans l'autre. Les convives buvaient en même temps une gorgée tout en se fixant du regard. Si l'un des deux détournait les yeux, il était reconnu comme traître et soupçonné de tentative d'empoisonnement.

On a repris la prière de Léa. Elle était vraiment jolie même si elle me vrillait le cœur. Je déteste les séparations. Ça m'angoisse quand les gens que j'aime passent le seuil de la maison. Mais Léa avait raison. L'important était que nos cœurs restent collés serrés.

Comme on trinquait à nos projets, Nicolas a demandé à ma meilleure amie :

Nicolas – On leur dit pour moi ?

Léa – Allez ! Je crois que c'est le bon moment.

Quoi ? De quoi parlent-ils ?

Pourquoi ont-ils l'air si mystérieux tous les deux ? Que doivent-ils nous annoncer ?

J'ai regardé Léa, elle m'a souri. Le genre de sourire que te fait le dentiste quand il t'assure que tu ne sentiras presque pas sa roulette sur ta dent cariée.

Nicolas – J'ai une bonne nouvelle à vous annoncer, moi aussi !

Je crains le pire. Jim, intéressé, a levé les yeux de son écran. A priori, il n'était pas au courant non plus.

Nicolas – J'ai été admis à l'école Boulle pour faire mon CAP d'ébénisterie et après, très certainement, mon brevet des Métiers d'art.

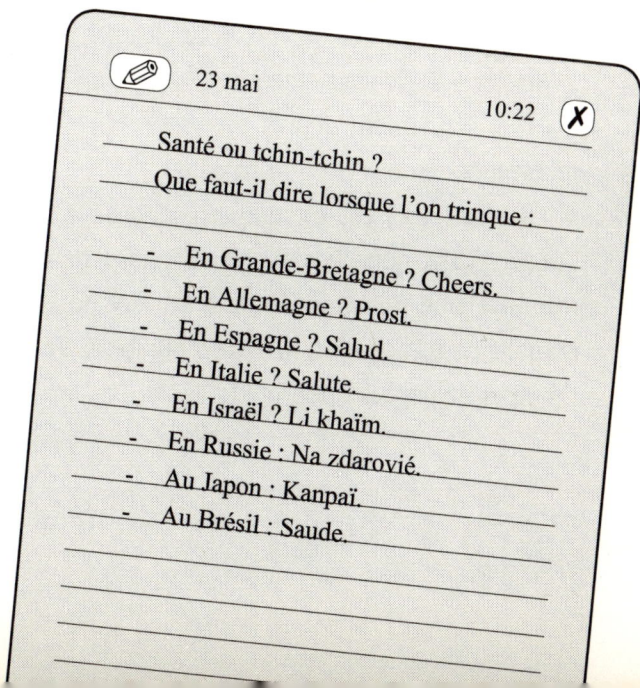

23 mai

10:22

Santé ou tchin-tchin ?

Que faut-il dire lorsque l'on trinque :

- En Grande-Bretagne ? Cheers.
- En Allemagne ? Prost.
- En Espagne ? Salud.
- En Italie ? Salute.
- En Israël ? Li khaïm.
- En Russie : Na zdarovié.
- Au Japon : Kanpaï.
- Au Brésil : Saude.

Le temps de traduire à Elie et tout le monde a applaudi. Sauf moi cette fois-ci.

Justine – Comment ça, tu as été admis ?

Nicolas – J'ai envoyé un dossier en mars et passé un entretien dans la foulée.

Justine – Où ça ?

Nicolas – Ben, à Paris.

J'ai failli m'étrangler.

Justine – Alors, tu vas...

Je n'ai pas réussi à prononcer le mot « partir ». Mon cousin a essayé de me rassurer.

Nicolas – Oui, mais je reviendrai souvent.

Tu parles. Cette promesse-là, je l'ai faite à mes parents et je ne l'ai pas tenue. Quand tu vis ailleurs, tu finis par nouer d'autres liens. Regarde Thibault, il n'est plus très sûr de rentrer en juillet. Il nous a annoncé sur Skype l'autre jour qu'il allait peut-être faire ses études aux États-Unis.

J'ai demandé à Léa, la voix étranglée par l'émotion :

Justine – Tu le savais depuis combien de temps ?

Léa – Seulement depuis dix jours. Nicolas a attendu de recevoir la réponse pour m'en parler.

Nicolas – Ça y est, c'est reparti. Je vais me faire engueuler !

Léa – Mais non Nicolas, ce n'est pas une critique. Justine me pose une question donc je lui réponds : je ne suis au courant de ton choix que depuis dix jours. Tu as pris seul la décision de postuler pour cette école.

Nicolas – Sous-entendu j'ai fait ça en douce et je t'abandonne pour vivre ma vie ailleurs.

Léa – Je n'ai pas dit ça.

Nicolas – Tu l'as pensé très fort.

Léa a soupiré longuement puis elle a déclaré avec émotion :

Léa – Nicolas... Je t'aime assez pour te laisser vivre ce que tu as à vivre. Je suis heureuse que tu aies trouvé ta voie et j'espère que tu deviendras l'ébéniste le plus talentueux et le plus heureux de France.

Mon cousin s'est mordu la lèvre inférieure et il lui a répondu :

Nicolas – Et je pourrai revenir le week-end à la maison rose te fabriquer ton bureau d'écrivain ?

Léa – J'y compte bien. Et les décors pour la première pièce de théâtre que j'ai décidé de monter l'année prochaine avec la troupe de la fac aussi !

Nicolas – Promis.

Nicolas s'est jeté dans les bras de Léa et ils se sont embrassés longuement. On a levé nos verres à leur amour qui allait durer toujours. Ou pas.

Ça aurait pu être la dernière image de cette soirée si Jim n'avait pas pris la parole.

Jim – Puisque tout le monde y va de sa petite révélation, j'ai un truc à vous annoncer, moi aussi.

Je n'ai pas pu m'empêcher de lancer :

Justine – Ah non, pas question que tu partes ! Toi, tu restes ici.

Ma remarque a provoqué un fou rire général.

Jim – Ne t'inquiète pas, je ne pars pas à Paris avec Nico !

Justine – Alors tu vas où ?

Le portable de Jim a vibré. Il a regardé l'écran rapidement et il a souri.

Je sais ce qu'il va nous annoncer : il prend un appart avec l'inconnue. Il n'habitera pas loin, peut-être à cinq minutes de la maison rose, mais il ne vivra plus avec nous. On n'aura plus ni Jim ni Nicolas. Autant dire que ce sera le vide intersidéral.

Jim – En réalité, j'ai deux choses à vous annoncer, aussi importantes l'une que l'autre.

Est-ce que quelqu'un a de la ciguë ou de la mort aux rats ? Je ne vais pas supporter d'attendre les deux « bonnes » nouvelles, je préfère en finir tout de suite.

Jim – La première, c'est qu'à partir de la rentrée je vais travailler à mi-temps pour l'association « Grand frère ».

Elie – What's that ?

Jim – Je vais aller au-devant de jeunes ados qui font des conneries et leur proposer des activités sportives. Le but étant de créer du lien, et peut-être de les aider ensuite dans leur vie quotidienne.

Nicolas – C'est génial. En fait, tu vas aider des ados qui ressemblent à ce que tu as été.

Jim – Exactement ! Je vais leur donner ce que j'aurais aimé recevoir !

Léa, pragmatique, a demandé :

Léa – Tu vas continuer tes études ?

Je ne voudrais pas paraître impatiente mais j'aurais préféré qu'elle demande : « Quelle est la deuxième chose que tu désirais nous annoncer ? »

Jim – Bien sûr que je vais continuer mes études. Ce job est même une raison de plus de devenir juge pour enfants.

Nicolas – Et comment tu as trouvé cette association ?

Jim – Le directeur de l'assoce est un client du club de sport dans lequel je travaille. Un jour je l'ai briefé pour des machines et puis on s'est mis à discuter. Je lui ai raconté mes années de zone quand j'étais ado, mon bac en candidat libre, mes études de droit et mon envie de devenir juge. Sur le coup, il n'a rien dit mais, quand il est revenu le lendemain, il m'a proposé de bosser avec eux. Il trouvait que j'avais le bon profil pour aider les ados en galère. J'ai accepté avant de savoir qu'il me verserait un salaire.

Nicolas – Cool ! Je suis content pour toi, mec !

Jim – Moi aussi, je suis content pour toi. Nos vies commencent à nous ressembler !

Les deux amis d'enfance sont tombés dans les bras l'un de l'autre. S'il n'y avait pas eu la deuxième annonce en suspens j'aurais pleuré mais là, il y avait encore du lourd à gérer. Jules m'a chuchoté :

Jules – Ça fait plaisir à voir une telle amitié.

Ah, il est là, lui, j'avais complètement oublié. Mais qu'est-ce qu'il est beau !

Justine – Et alors Jim, ta deuxième bonne nouvelle, c'est quoi ?

Jim a regardé son portable et il m'a répondu :

Jim – Ma deuxième bonne nouvelle va se présenter toute seule.

Il est sorti quelques secondes puis il est rentré en tenant par la main une très jolie brunette.

Jim – Je vous présente Nour.

Tous ensemble – Bonjour Nour.

Elle nous a souri. Non seulement elle était jolie mais en plus elle avait l'air sympathique.

Jim – Soyez sympa avec elle ! Je lui ai beaucoup parlé de vous et elle était inquiète à l'idée de cette première rencontre.

Nicolas a prononcé avec la voix du traître dans un mauvais dessin animé pour enfants :

Nicolas – Ne crains rien, jolie Nour, on ne va pas te dévorer toute crue. Il va juste falloir que tu répondes à quelques-unes de nos questions.

Jim a éclaté de rire.

Jim – Et voilà ce que je craignais. Vous allez la faire fuir !

Léa – Nous ne sommes pas des sauvages. Bienvenue, Nour ! Si Jim t'aime alors nous t'aimerons aussi, sans réserve !

Ingrid – Absolument.

Euh... Perso ? Non.

Nour a répondu aux questions sans chichis. Elle était étudiante en première année aux Beaux-Arts, vivait avec deux copines en centre-ville et rêvait de devenir illustratrice d'albums pour enfants.

Léa – Des livres pour enfants ? C'est formidable.

Jim – Je suis certain que vous allez super bien vous entendre. Nour pourrait illustrer le texte du kamishibaï que tu as écrit ?

J'ai avalé ma gorgée de Coca de travers. Moi aussi je peux faire des dessins pour Léa, d'accord, je ne sors pas des Beaux-Arts mais quand même...

Léa – Oh oui, quelle bonne idée. J'en serais très honorée. Je te montrerai le texte dès que j'aurai fini mes examens mais avant, il faut que tu saches une chose, Nour.

Nour – Ah oui, laquelle ?

Léa – Justine est ma meilleure amie pour la vie et jamais aucune fille ne prendra sa place dans mon cœur.

J'ai souri à Léa.

Oui, c'était rassurant de savoir qu'elle était ma valeur sûre, mon point fixe, ma sœur, rien qu'à moi. Bon d'accord et un peu aux autres !

Jim a ajouté :

Jim – Nour, tu dois savoir une autre chose à propos de Justine !

Nour – Ah oui ?

Jim – Justine est une des personnes que j'aime le plus au monde. Rien ni personne ne me séparera d'elle.

Nour (amusée) – OK ! C'est noté.

Cette fois-ci, c'est à Jim que j'ai souri pour cette marque d'amour qui m'a réchauffé le cœur.

Nicolas a tapé légèrement sur le bord de son verre avec la pointe de son couteau pour obtenir le silence.

Nicolas – Bon, moi aussi j'aime Justine et comme c'est ma cousine, je ne pourrai jamais m'en débarrasser mais ce n'est pas ce que je voudrais vous dire.

Ingrid – C'est quoi alors ?

Nicolas a inspiré profondément.

Nicolas – Les amis, il est tard et certains ont besoin d'aller réviser. Alors avant de nous mettre enfin à dîner, je voudrais ajouter un dernier mot. Même si elle n'est pas encore terminée, je sais déjà que cette soirée restera une des soirées les plus importantes de notre vie. De celles qui permettent d'avancer sans crainte vers des horizons plus larges ! Elle sera à jamais **La putain de soirée où tout a commencé.** Alors levons nos verres pour la célébrer et jurons-nous, sur notre amitié indéfectible, de nous retrouver autour de cette table chaque mois de juin jusqu'à la fin de notre vie !

Voilà des années que nous cheminions côte à côte et certains allaient prendre leur envol. Il ne fallait pas avoir peur de se séparer pour vivre ce que nous avions à vivre.

L'existence nous réservait des surprises et nous devions garder les mains ouvertes pour les recevoir. Réussites comme échecs… Et même si la terre était vaste, il était certain que nous nous retrouverions, parce que rien ne sépare jamais les gens qui s'aiment. Quelle que soit la forme que prend cet amour.

J'ai ajouté :

Justine – Attends, Nico, on appelle Thibault sur Skype pour qu'il trinque avec nous.

Nicolas – Bonne idée !

Alors que Thibault, posé sur la table, nous souriait, nous avons levé nos verres :

Tous ensemble (très joyeux) – À nous ! Qu'on fasse le tour de la terre pour réaliser nos rêves et qu'on finisse toujours par se retrouver !

Happy end *

* *Enfin, pas tout à fait. La nouvelle Justine, celle qui assume ses rêves et ses désirs, est enfin arrivée !!!*
(Il était temps, c'est la dernière page ☺)

Justine – Dis, Jules, et si pour nous deux c'était aussi la soirée où tout a commencé ?

Jules – Je n'attendais que ça !

Justine – Alors, approche-toi plus près, Yeux de jade, je crois que je vais t'embrasser...

THE VERY HAPPY END

Blog, avant-première, forum...

Adopte la Livre Attitude !

R
LIVRE
ATTITUDE

www.livre-attitude.fr

L'auteur

Après avoir passé toute son enfance à rêver au milieu des livres dans la librairie de son père ou dans l'imprimerie de son grand-père, Sylvaine Jaoui a décidé une fois pour toutes que la vie était un roman. Elle s'est donc mise à raconter des tas d'histoires à dévorer entre deux tranches de carton.

Aujourd'hui, si vous ne la trouvez pas en train d'écrire sur la table de sa cuisine, vous avez quatre possibilités : soit elle écoute Bach en regardant le soleil se lever, soit elle regarde des séries avec ses filles en mangeant des fraises Tagada, soit elle est sur la colline éternelle à rire avec des amis, soit elle est dans son lycée à Paris, lisant des romans à sa tribu d'ados.

L'illustratrice

Lorsqu'elle est née, la petite Colonel Moutarde a déclaré à sa maman qu'elle voulait être dessinateuse. C'est chose faite. Il lui faudra cependant quelques années avant d'être publiée, mais on ne décourage pas facilement un Capricorne.

Elle publie dorénavant chez de grands éditeurs de bandes dessinées (sa passion), en presse et en publicité.

Elle aime par-dessus tout mettre en images de chouettes histoires et ne boude pas pour autant les petits plaisirs de la vie comme de réveiller le chat qui fait la sieste, porter des bijoux gothiques pour effrayer ses enfants et s'acheter des tutus.

Crédits

P. 60 : Contenu soumis à la licence CC-BY-SA 3.0 (http://creative-commons.org/licenses/by-sa/3.0/deed.fr) Source : Article *Mariage homosexuel en France* de Wikipédia en français (http://fr.wikipedia.org/wiki/Mariage_homosexuel_en_France).

P. 113 : Citations extraites de : Amélie Nothomb, *Métaphysique des tubes*, Albin Michel ; Marcel Proust, *À la recherche du temps perdu, Albertine disparue*, Gallimard ; Jean-Paul Sartre, *Les Mouches*, Gallimard ; J. K. Rowling, *Harry Potter et la chambre des secrets*, Gallimard Jeunesse.

P. 131-132 : D'après *Un jour mon prince viendra*, paroles françaises de François Salabert/Bourne éditions.

Références des cours de médecine p. 260 et suivantes : http://www.cours-medecine.info/anatomie/angiologie-membre-superieur.html

« Coca » est le diminutif de Coca-Cola®, une marque déposée de The Coca-Cola Company

« Michoko » (Mi-Cho-Ko®) est une marque déposée de Cadbury Netherlands International Holdings B.V.

RAGEOT s'engage pour l'environnement en réduisant l'empreinte carbone de ses livres. Celle de cet exemplaire est de : **800 g éq. CO₂** Rendez-vous sur www.rageot-durable.fr

PAPIER À BASE DE FIBRES CERTIFIÉES

Achevé d'imprimer en France en septembre 2015
chez Normandie Roto Impression sas
Couverture imprimée chez Boutaux (28)
Dépôt légal : octobre 2015
N° d'édition : 6448 - 01
N° d'impression : 1503169